新
大宋十八皇朝
一
躍馬天下
許慕羲 著

前言

《新大宋十八皇朝》抒寫了從趙匡胤強勢立國到徽欽被俘失國，到宋高宗南渡，直到末代稚子皇帝被陸秀夫背負跳海的悲劇收場，其間有政治鬥爭，有宮闈秘史，也有忠臣冤死、權奸誤國的斑斑史蹟，令人低迴慨嘆。本書文筆清暢華瞻，敘事繁而不紊，乃是不可多得的講史佳構。

一

「誰把杭州曲子謳，荷花十里桂三秋，那知卉木無情物，牽動長江萬里愁！」宋代詩人謝驛的這首七絕，雖是承襲柳永名詞「望海潮」的詞意，但卻點出了宋朝何以邊患不絕的原因。

趙匡胤因陳橋兵變，黃袍加身，而成為宋朝的開國雄主。但他雖出身於後周禁軍將

領，也依循五代慣見的立國模式，登上了帝位，他與篡弒相尋的五代帝王，畢竟有基本性格與器識上的區別。他能夠嚴令子弟善待後周宗室，所以終宋朝之世，柴氏子孫的名位與福祉獲得庇蔭；他又能夠於軍事統一之後，曲意保全有功將領，以「杯酒釋兵權」的溫和方式，消除隱含的殺機，讓百戰功高的將領能與他共享富貴，以終天年，都說明了趙匡胤不失為收拾五代禍亂的最佳人物。所以，「千秋疑案陳橋驛，一著黃袍便罷兵」，其實不足以作為評估太祖功業的一個標準。

趙匡胤面對的是浩劫之後的神州大地，他雖然以加強中央集權、重訂朝廷體制的政治手腕，為宋代日後社會經濟的繁榮，創造了有利的條件，然而，積弱之後的中土，相對於崛起邊塞的西北遊牧民族而言，已經失去了漢唐時代的嚇阻力量。而緊榮所帶來的綺麗與溫柔，加上他唯恐重演前朝往事，一意採取「重文輕武」的政策，社會風尚以纖巧文弱為美，雖使有宋一代文風大盛，但欠缺足夠的武力為後盾，卻適足以招引邊塞強敵的入侵。期望有忠誠勇武的人物，捍衛江山，抵禦強敵，是當時民眾共同的心理趨向，所以，民俗文學中著名的楊家將故事，在宋朝軍民之間流傳極盛，其中部分情節，幾乎到了純屬虛構想像的程度，自有它的社會心理背景存在。

宋朝君主之中，只有身經百戰、創業開國的匡胤與光義兄弟，可以與雄踞大漠的契丹君王一較騎射功夫。但趙光義在「斧聲燭影」的疑案之後，繼位為帝，雖然仍繼承太祖遺志，攻滅北漢，統一中原，但已急於享受帝王的權威，對進而與援助北漢的遼國政權一決勝負，以及收復燕雲十六州，恢復唐時疆域，已經全無豪情壯志可言。到了宋真宗在遼國壓力之下，勉強御駕親征，總算將士奮勇，使他得以與遼主分庭抗禮，只須歲輸絹銀，便訂定了可以苟安良久的「澶淵之盟」，宋朝君臣似已喜出望外。自此之後，如楊業、楊延昭等抗遼有功的英勇將領，若不是屈死邊關，便是逐漸在當朝權力人物的心目中「淡出」了。

王安石變法圖強的計畫，在新舊黨爭之中，歸於幻滅。歐陽修、司馬光、蘇東坡等一連串中國文學史上光焰萬丈的天才人物，掩蓋不了北宋在長期積弱下，內部又滋生出來的變態腐化狀況。徽欽二帝時代，宋江等梁山好漢的出現，方臘等下層會社的起事，已經預示北宋王朝走入沒落階段。金人鐵蹄南下，猶如驟雨飆風，二帝被俘，開封淪陷，五國城的悲劇，對於耽溺宴安逸樂、不恤國脈民命的帝王，不啻是最尖銳而直接的教訓。然而，「空嗟覆鼎誤前朝，骨朽人間罵未銷」，自宋高宗以降，南渡後的宋室，並未記取這個教訓。

雖然如此，在中國歷史上，宋朝還算是對天下臣民最有思義的朝代。所以，宋朝淪亡前後，有意規復宋室江山的民間義勇組織，也遠較其他朝代為多。在這些抗金或抗元志士的心目中，禮遇文人、寬待百姓的宋朝，仍是一段值得懷念的太平盛世，值得珍藏在記憶

之中，正是：

「登彼太行，翠繞羊腸，杳靄流玉，悠悠花香。」

二

「五國風霜慘不支，崖山波濤浩無涯，當年國勢凌遲甚，爭怪諸賢唱攘夷？」王國維的詠史詩，對於南宋種種偏安逸樂的情事、主儒臣怯的表現，乃至苟延殘喘的演變，一概略而不論，獨獨著筆於崖山海域南宋亡國的最後一幕，可見在熟悉中國歷史的知識分子心目中，文天祥、張世傑、陸秀夫等宋朝遺臣的孤忠志節，壯烈行徑，確是感人至深的一幕悲劇。

從南宋王朝的具體作為來看，其實不配擁有如此壯美絕倫、扣人心弦的結局。一代英雄岳飛屈死於風波亭之後，宋高宗在秦檜的策畫下，與金國訂立了形同賣國投降的「紹興和議」，根本放棄中原豪傑「還我河山」的血誓，而一意度其「直把杭州做汴州」的荒唐帝王生涯。從此之後，偏安江南的心態，普遍瀰漫於南宋王朝的君臣之間。

然而，賣國苟安的條約，只換得了不到二十年的和平。當金主完顏亮發出「萬里車書盡混同，江南豈有別疆封？」的挑戰豪語，統率六十萬水陸大軍浩蕩東來，準備強渡長江，直薄臨安的時刻，能夠再創岳飛抗金奇蹟的人物，竟是久遭朝廷排擠和漠視的中級將領虞允文。采石磯之戰使完顏亮雄圖幻滅，甚至首領不保；也使南宋王朝轉危為安。然而，虞允文日後的投閒置散，悒鬱以歿，也明確畫定了南宋政治上永無進取意志的偏安格局。

當成吉思汗崛起漠北、雄霸塞外之時，南宋朝廷猶只知慶幸於金國遭逢勁敵，而渾不知曠古所無的歷史風暴，已在迅速醞釀之中。宋理宗決定聯合蒙古夾擊金國，並不是真有趁機匡復北方、湔雪國恥的雄心，而是受迫於民間忠義之士的呼籲。然而，本無戰鬥意志的朝廷軍隊，在聯元擊金的過程中，卻為志在橫掃六合的蒙古諸將覷盡虛實，所以，歌功頌德的大臣猶在向宋理宗遍進諛詞之時，蒙古鐵騎便已壓境而來。

每到國家遭逢外敵欺凌的關鍵時期，中國民間自發性的抗敵行動，便勃然而興。已在歐亞兩洲滅國無數，所向無敵的蒙古大軍，竟然圍攻襄陽十餘年，而猶不能越雷池一步，大汗蒙哥甚至因督戰而殞歿於四川合州的攻城之戰，可見南宋軍民並不是沒有捍衛家國的決心與能力。然而，從秦檜、韓侂冑，到史彌遠、賈似道，南宋朝廷始終為私心自用的權奸所操縱把持，抗元軍民的愛國鮮血，終於還是阻擋不了山河破碎的命運。

曾經縱情聲色、不問世事的文天祥，當山河破碎的關頭，卻奮然躍起，大節凜然，為南宋王朝寫下了無比英勇和壯烈的最後篇章。幾次面臨尊榮富貴與立即死亡之間的選擇，

文天祥在「讀聖賢書、所學何事？」的深刻反省下，都表現了令敵人與漢奸同感赧然的堅毅意志。一篇「正氣歌」，寫盡了文天祥皎若明月的高潔志節，也寫盡了中華兒女不屈不撓的愛國情操。

於是，在文天祥的精神感召下，張世傑、陸秀夫，以及無數布衣青衿的民間英豪，在蒙古鐵騎之前奮起抗爭，直到崖山兵敗、全體殉國為止。從此，中國陷入到另一個黑暗時代，正是：

「大風捲水，林木為摧，意苦若死，招憩不來。」

一個個的文明興起，
一個個的文明沒落，
花開花謝，燕去燕來，
澎湃的潮汐淘盡了古今的豪傑，
人類的故事是否亙古不變？

目錄

目錄

第一回　香孩兒

唐末干戈迭起，強藩割據稱雄。更延胡馬入關中，擾得人寰沸湧。
肇瑞夾馬營中，陳橋驛畔成功。欺凌孤寡肆凶鋒，竟使華夷一統。

這首《西江月》，是個文人讀了五代殘唐和宋朝開國的歷史，心中觸動了感慨，才提起筆來，做這首詞兒。它的意思分為兩層：上半闋是說唐朝末，造禍亂頻，仍藩鎮互相割據，各自稱雄，已是民不堪命。還有個後晉高祖石敬塘，不識羞恥，顛倒去認賊作父，開門揖盜，不但把燕雲十六州送於契丹，還把他的兵馬引入中國，把個花花世界擾亂得不可收拾，貽後來無窮之禍。下半闋是說宋太祖趙匡胤出生在洛陽夾馬營內，誕生的時候，已有異香不絕，金光遍身的祥瑞，乃是天上降下的真命帝主；後來陳橋兵變，黃袍加身，果然代後周而有天下。

只可惜他趁著周世宗初亡，擁兵還朝，生生的把七歲的幼主、青年的皇后，逼往西宮，自己篡竊了大位，還要口口聲聲說是天命攸歸，人心愛戴，方才仿著唐虞的樣兒，行那禪讓的禮節，真和古時的堯舜一般。其實他和部下鬼鬼祟祟，暗行篡位，簡直是欺凌孤兒寡婦得來的天下。

不過當五代之際，擾攘已久，天命所向，人心厭亂，世界應該平靖，所以能夠統一中國，南征北討，逆取順守，做了個開基創業天子。但是天理循環，報應不爽，雖然被他統一了華夏，究竟不肯使他安安穩穩，享受那玉食萬方的富貴。方將後唐西蜀平定，便弄出燭影斧聲的千秋疑案！非但使他身死不明，還有個忘恩負義的太宗，即位之後，立刻把皇后宋氏驅往西宮居住，竟和太祖對待周世宗的皇后一樣的手段，還不是眼前的報應麼？

後來皇子德昭遭了太宗的嫉忌，竟至不得其死，那報應不是更比到周恭帝還要慘酷麼？謂知人們做了惡事，天的報施不但來得快，而且慘。竟比到所施於人的，還要刻毒到幾千幾萬倍哩！

諸君不信，試看北宋傳到了八九世，便生出一個金國來，不但將河北的地方完全奪去，還把徽、欽二宗擄往五國城中，受那坐井看天的苦楚。到了康王南渡，建都臨安，仍然使他和後周一般，只剩得半壁江山，而滅亡的時候，也只剩得幾個小孩子。今年立一個，即被北兵擄了去，明年立一個，沒上兩年工夫，又驚駭而死，剩下了趙氏一塊肉，流離播遷，遁至崖山，不過度了一年，便覆亡了，雖有文天祥、陸秀夫、張世傑等幾個忠臣，赤心耿耿，要想保著趙氏骨血綿延一線之傳，也終歸計窮力竭，毫無效果，只落得置身無地，負帝蹈海，沉舟盡忠，徒以一死卸責。這個報應，不比到宋太祖篡後周的帝位，還要慘酷到幾千倍幾萬倍麼？

照著這樣看來，「天道循環，果報昭彰。」這兩句話，是歷歷不爽，任憑你用盡心機，安排計策，做成了絕大事業，傳到後世子孫手裡，自有人照著以前的樣兒，巧取豪奪，絲毫不爽。

聖人云：「貨悖而入者，亦悖而出。」這句言語，是一定不移，無可逃免的。不然，宋朝的太祖得了天下以後，鑑著前朝的過失，殫思竭慮，為後世子孫思患預防，可謂無微不至了。如罷諸將、典禁軍在杯酒之間，釋去功臣的兵權，可以沒有藩鎮跋扈的禍患；整頓宮闈，不令后妃預聞外事，可以沒有牝雞司晨的禍患；抑制宦官，不使干涉朝政，可以沒有閹寺專權的禍患；他如睦好懿親，善處骨肉，沒有宗室驕橫的禍患；任用賢能，防閒戚里，可以沒有外戚僭竊的禍患。宋太祖有這幾種杜禍未萌、防患未然的政策，豈但漢唐不能和他比並，就是夏、商、周三代，恐怕還不及他哩！何以傳到子孫手裡，就那樣的疲弱起來，受外夷的宰割，竟至於滅亡呢？

這也是天意使然，要令宋太祖的後代子孫受種種的苦楚，種種的羞辱，以彰果報。所

以宋太祖鑑前朝之天，把各種禍患都已防到，獨有那外夷，他卻不在心上。因此抑兵太過，致使遼、金、元三國相繼而起，永為遼患。到得南宋，又復任賢不專，聽信奸邪，內無良相，朝多佞幸，雖然外面有幾個良將如岳飛、韓世忠等人，又為奸臣秦檜所害。一則冤沉三字，身死風波；一則騎驢湖上，雄心灰盡。逐致專閫無人，束手待斃，始而媚外求和，苟延殘喘，繼則迎敵乞降，不恤國恥，終且蹈海殉國，宗社覆亡。這恰是懲前毖後的宋太祖所意想不到，防不及防的。

真是人有千算、天只一算，若非冥冥中自有主宰，哪能這樣的報應昭彰，毫釐無差著？然而太祖得國，雖由篡竊而來，恰是恢廓大度，好生惡殺，善政多而惡事少，他的深仁厚澤，實足以維繫人心，應合天意，並不像五代君主的專行暴虐，所以南北兩宋傳了十八主，計有三百二十五年，比到五代十三君，共只四五十年，已是相去天淵之隔，就是比較兩漢也只少數十年；比到唐代，恰長數十年。這正是，老天爺因為宋太祖能體天地好生之德，以愛民為心，寬和為政，所以使他享國長久，乃是彼蒼好善，格外優待的意思。

不過宋太祖雖然躬行善政，不像那五代時，朱溫、李存勖、石敬塘、劉知遠、郭威等人的淫凶強暴，單這區區寬厚的政策，終究抵不來篡竊天位的罪惡。若不降罪示罰，那後世的臣下都可以尤而傚之，弒君奪國，絕無忌憚了。又豈是彼蒼彰善癉惡的道理呢？所以

「得國由小兒，失國亦由小兒」這兩句話，雖是元朝伯顏拒絕宋使的口難言，並不是什麼讖語，但是把宋朝得國失國的因由仔細想來，伯顏這兩句話，倒好像上天藉他來表示有一種絕大的因果一般哩！

先嘮嘮叨叨的說上這一番空話，粗粗看來，好似迷信，細細按去，恰有道理。等到把這宋宮十八朝演義依著事實，挨次敘來，方知所言並非空中樓閣，實是信而有證哩！

且說五代時候，後唐明宗李嗣源接位以後，因為群雄割據，天下不能統一，幾十年來，兵戈擾攘，禍亂相仍，把那百姓弄得家破人亡，老弱轉乎溝壑，壯者散之四方，那種民不聊生的情形，他瞧入眼中，實在不忍。因此每晚在宮內，焚香叩拜，向天祝告道：「某是胡人，為眾所推，暫承唐統，願天早生聖人，為生民主，撥亂反正，統一中原。」

不料他一片誠心，每夕禱告，竟能感動，心鑑其真忱。在明宗天成二年，洛陽夾馬營內，果然誕生靈異，竟產下個香孩兒來。這香孩兒生產的時候，赤光繞室，並且異香馥郁，發自小兒身上，經宿不散，因此遠近傳為異聞，盡稱此兒為「香孩兒」，到處傳說這香孩兒生有異禀，是將來的真命天子，所以才有這樣奇異的預兆。

但是，這香孩兒，既人人說他是真命天子。你道他究竟姓甚名誰？

原來香孩兒便是大宋朝開基創業的第一代太祖皇帝，姓趙，名匡胤，本貫河南涿州人氏，世代為官，不同卑賤之家。高祖諱朓，曾經做過唐朝的永清文安幽都三縣縣令。曾祖單諱珽在唐官居節度，並御史中丞。祖諱敬，曾為營薊涿三州刺史。父親雙名弘殷，少驍勇，善騎射，神力過人，相貌嶔崎。後唐莊宗，因其勇猛，有膽略，命典禁軍，官拜都指揮使。娶妻杜氏，乃定州安喜人，杜三翁之女，幼讀詩書，生性嚴正，治家極有禮法，與弘殷夫婦同庚。自結縭以來，夫婦相敬如賓，真有孟光舉案齊眉的情形。弘殷因其知書達禮，持家有法，也十分敬愛於她。

那杜氏嫁了弘殷，第一胎便生一子，弘殷青年得兒，自然歡喜異常，遂取匡時濟世之義，題名叫做匡濟。不幸未及周歲，遽而夭折，弘殷夫妻心下十分悲傷。幸得第二胎復生一男，取名匡胤，便是遠近皆知，傳為異事的香孩兒了。

那香孩兒初生時，體有紅光，異香滿室，經宿不散。及至長大起來，生得蛾眉鳳目，隆準龍顏，面泛紅光，相貌異於常人，而且性情豪邁，膽略過人；更並性喜武藝，最好的是騎馬射箭，舞刀弄棒。又復膂力甚大，質地聰敏，凡是各種武技，十八般軍器，莫不一學便會，一會便精。尋常懂武術的人，哪裡近得來他！

其父弘殷，本是武官，歷事後唐後晉兩朝，未嘗失職。因此每逢校閱軍伍，操練行陣的時候，匡胤必定前往觀看，且喜出入營中，開硬弓騎烈馬，習以為常。弘殷愛子心切，也不禁止他。唯有杜氏見兒子專好武藝，不肯讀書，心下甚為不悅；又見弘殷任他如此，不加以禁止，更覺不快，便對弘殷說道：「香孩兒年紀漸長，應該使他入塾讀書，將來學成之後，可以效力王家，光宗耀祖，方不負你我生他一場，倘若聽憑他在外遊蕩，整日間跑馬射箭，持槍拈棍，學那匹夫之勇，將來一字不識，如何能夠出仕，豈不墮落趙氏的家聲麼？你應該勸他認真讀書方好。」

弘殷聽了杜氏一番言語，心下深以為然，命人把匡胤叫來，向他說道：「你年紀已長，終日裡舞刀弄劍不務正業，將來如何得了？從此以後，須要把刀槍弓箭一齊拋去，認真讀書，以圖上進，方不愧我們的世家子弟。」

匡胤聽了，奮然說道：「『治世用文，亂世用武。』現在時局擾亂，兵爭不已，兒很願練習武事，將來乘機崛起，始能安邦定國，揚名後世，方不虛此一生呢。」

杜氏從旁笑道：「但願兒能夠繼承祖業，不墮家聲，那就好了。還想什麼大功名大事業麼？」

匡胤笑道：「唐太宗李世民，當日也不過是將門之子，後來居然化家為國創成帝業。兒也是世代將門，所以注重武事，深願和唐太宗一般，轟轟烈烈做一番極大的事業，豈不很好麼？」

弘殷不待匡胤說畢，早已大聲喝道：「你不要信口胡說，世上講大話的人，往往沒

有用處，我不能任你如此胡鬧。」說畢，又回顧杜氏道：「匡胤在家讀書，無人訓誨，仍是沒用，我要親自教他，又因身典禁軍，沒有空閒。只有你父杜三翁，他是飽學之士，現在隱居家中，一無所事。我想把匡胤送往外公家內，請其教授詩書，不知你的意思如何？」

杜氏應道：「這有什麼不好呢？我父親通達古今，下筆萬言，真是宿學大儒。匡胤得他訓誨，將來是不患不成的。待我將行李略略收拾，明天清晨，就可以到外公那裡去了。」弘殷點頭稱是。

杜氏見主張已定，便回到後中堂，將行李一件一件替匡胤收拾好了，交與弘殷。當晚不便送匡胤去，到得翌日清晨，起身之後，弘殷又向匡胤叮囑道：「你此去原為的是讀書，須要小心謹慎，聽外公的教訓，如果稍有不對之處，為我知道，定然加以責罰，絕不寬容。你可牢牢記著，休得遺忘。到得外公那裡，尤其要上進用功，莫辜負我期望你的心意。此處到安喜縣，路途雖不很遠，我卻無暇送你前往，可由自己帶著應用之物，獨自前去。在外公那裡讀書，不可怠惰，有事方可歸來，無事不必歸家，致礙讀書。」

匡胤一一應諾，便帶著行囊，辭別父母，向安喜縣杜三翁家行來。

其時正值春天，杏花開放，細雨濛濛，匡胤策著青驄，冒雨前進，不上數日，早已到了，便令家人通報進去，說是涿州趙指揮之子趙匡胤前來拜訪，那家人忙忙答應道：「相公請暫候一刻，待我去通報了，再請你進去。」匡胤聽了，便在門房內坐下。

那家人進去通報，不多一刻，就出來請匡胤進去。匡胤整齊衣冠，來到裡面，拜見了外公杜三翁。三翁見外孫長得一表人才，相貌出眾，心下甚是歡喜。命他一旁坐下，問他獨自前來之意。

匡胤道：「父親因外孫在家不習文事，專攻武藝，將來難以出人頭地，意欲親自教導，又因身典禁軍，沒有空閒，所以命我出外從師，就外公處寄食讀書，以為日後立業之本。」

三翁大喜道：「我正因汝外祖母去世多年，只生汝母一人，又遠嫁在外，只剩我一人在家居住，覺得十分孤零。今得賢孫到此讀書，正可慰我寂寥，不至孤孤淒淒度那冷淡歲月了。只是汝父之意，要我親自教你讀書，若在十年以前，還可擔任此事，現在白髮盈頭，眼目昏花，哪裡還能教讀？幸得這裡有一位飽學文人，姓辛，名文悅，住在本縣五馬坊前，離此並不很遠。他開著學塾，專賴教讀為生。你若得拜在他的門下，受領訓誨，進步很是容易。好在我與他也十分要好，明天和他去說，諒無不成之理。」

匡胤聽了，諾諾連聲。三翁又命家人收拾出一間靜室，與匡胤居住。

到了次日早晨，匡胤起身，見過外公，三翁命他陪著自己用了早飯，吩咐：「好好在家，不要出外。我到五馬坊去見辛先生，和他商量你讀書之事。」

匡胤答應了一聲。那杜三翁扶了一根龍頭拐杖，顫巍巍的一步一步踱了出去。匡胤因為外公吩咐，不要出外，只得在家守候。

停了半日，那杜三翁方從外面拄了拐杖，慢慢的走了進來。匡胤見了，慌忙迎上前去，扶住三翁，口內連連說道：「為了外孫的事情，倒勞動外公了。不知那辛先生可肯收我在門下，加以教誨麼？」

三翁一面走著，一面笑嘻嘻地說道：「我到得辛先生書塾裡，把來意向他說了，辛先生初時因學生過多了，恐怕教授不能周到，反要誤人子弟，很覺躊躇。經我再三說明，那辛先生又知是我的外孫，不便推卻，只得答應了。明天乃是黃道吉日，你可前去上學讀書。」

匡胤聽了，連忙道謝。

杜三翁次日清晨命匡胤換了一身潔淨衣服，攜著香燭，和自己一同至五馬坊，拜了先生。辛文悅見匡胤生得鳳目蛾眉，十分喜愛。

自此，匡胤早上到塾中去，晚上宿在外公杜三翁那裡。轉瞬之間，已經半月有餘，並沒什麼事情。杜三翁見匡胤肯認真誦讀，心中不勝歡喜！早已寫了書信，通知弘殷夫妻，使他二人可以放心。

哪裡知道，匡胤是天生的英雄，性情是好動不好靜的，在辛文悅處讀書，初時和塾中這些學生並不認識，只得安安穩穩，遵守先生的規矩，不敢胡行亂做。到得半月之後，一切事情都已熟悉，如何還肯安安靜靜的讀書？便和同學的一班人聯絡起來，鬧出了很多的事情。

第二回　英雄性情

匡胤在辛文悅那裡讀書，因為辛先生是個積學之士，道德、文章都是獨一無二的，匡胤心內很覺佩服，所以在此讀書甚為安靜。但是辛文悅的規矩極其嚴格，匡胤乃是天性好動，不喜靜居的人，被他束縛了半月有餘，心下如何忍耐得住？況且塾中都是些年輕子弟，人人都喜玩耍，自從匡胤進塾，初時不甚熟悉，因此沒有話說，後來在一處長久了，大家結為朋友，便免不得弄些事故出來。

原來塾中的學生，有兩個人和匡胤最是莫逆。這兩個人是誰呢？一個叫做羅彥威，一個叫做石守信。兩人都只十七八歲，生得相貌魁偉，膂力無窮，和匡胤一見如故，十分要好。每日到了放學之後，三個人必定預約好了，到城外的曠野地方，或是馳馬，或是射箭。那書塾中的學生，都年紀相仿，誰個不喜這些事情？知道他們三人，每天必往城外練習武技，大家便都去觀看。

內中有個姓王，名喚伯旦的學生，他的生性十分狡猾，常常在先生面前講說他人的壞

處，挑唆先生，不是打這個，便是罵那個。只因這王伯旦最會獻小殷勤，先生十分寵信他。眾學生雖然心裡恨他，因他是先生喜愛的人，大家只得忍著氣，不敢奈何他。

匡胤的性情本來十分亢直，瞧見王伯旦時常在先生跟前搬弄是非，心下很不為然。只是他沒有侵犯著自己，未便干預旁人的事情，所以忍耐在心已有好久了。

這日也是恰當有事，放學之時，匡胤便約了羅彥威、石守信去城外比較拳腳。恰恰被王伯旦聽見，他便上前說道：「你們去比較拳腳麼？我從前也用過一番苦功的，對於拳術極有門徑，今天也去比較一下，不知你們敢和我較量麼？」

匡胤聽了這話，心中已是不樂，又見他那種傲慢的樣子，更感不快，便向他說道：「你要前去較量，我們豈有不敢之理，只是拳腳不帶眼睛，倘若受了傷，休要怨恨我們。」

石守信也從旁說道：「你要較量，就此前去，哪個不敢和你比較的，他就是烏龜，你若是口出大言，沒有真實本領，被我打傷了，休得追悔。」說著，便同匡胤、顏威一同向城外而去。

那王伯旦自恃有幾斤蠻力，自然也跟著他們而去。另外這些學生，大家都深恨王伯旦，聽說他今天和匡胤等比武，都巴望他被匡胤打倒，方才稱心，也一齊跟蹤而來，要看他們誰勝誰負。

匡胤等三人到得城外一片空場上，立將下來。那些看熱鬧的學生，早似看把戲一般，圍了一個圈子，中間騰出一片極大的空地，任他們比試。

就有個奸刁的人，把王伯旦一推道：「你既說要和他們比較，此時還不上去，更待何時？」

王伯旦雖然有些蠻力，也曾學過幾路拳技，只是沒有明師指點，苦不甚精，此時講了大話，被人家擠住了，不得退後，只有硬著頭皮，跳入場中，說道：「我只獨自一人，你們倒有三個，還是你們三人一擁齊上，打我一人呢？還是一個對一個，輪流較量呢？」

匡胤正要回答，石守信早已大聲喝道：「像你這樣儒夫，還用得著三個人拼你一個麼？不是姓石的說句大話，我只用一隻手便可將你打倒。」

王伯旦也深知三人的勇力，只因無意中一句言語，惹出事來，欲要上前，惟恐抵敵不住，如果後退，又與自己的顏面有關，正在那裡躊躇不決，進退兩難。旁邊這些看熱鬧的學生，一齊大喝道：「王伯旦，你平日耀武揚威，何等厲害！今日為何這樣庸儒沒用呢？」

王伯旦被眾人一聲斷喝，不覺滿面通紅，知道今天不能不比較一下了，當下便將腰帶緊了一緊，踴身一躍，跳進了空場，擺開門戶，等待交手。

那石守信早已脫去長衣，將一隻左手果然縮在腰內，單用右手舉拳打來。王伯旦忙將

身子一閃，也還拳擊去。兩人一來一往，打了幾個回合。只聽石守信喝聲「去罷」，一腳飛起，把王伯旦跌出一丈開外。

看熱鬧的人，見守信拳法如此高明，不由得轟雷一般，喝起采來！那王伯旦雖然跌了一跤，幸而沒受重傷，連忙爬了起來，飛逃而去。

眾人見王伯旦頭也不抬，只管奔逃，又不禁拍著手哈哈大笑了一陣。

匡胤見時候不早，便向眾人拱一拱手道：「今日為時已晚，我被王伯旦一擾，也沒興致練習武技了，眾位請各自回去，我們三人也要走了。」

眾人聽了這話，知道沒有什麼可觀，也就一哄而散。匡胤等三人待眾人走盡，也各自歸家。他們都是英雄性情，打敗了王伯旦，並不算什麼事情，絕不放在心上。

誰知那王伯旦，度量很是窄狹，被石守信踢了一腳，心中十分懷恨，立意要報此仇，自己仗著辛先生的寵愛，連忙跑到塾中，向辛文悅哭訴一番，卻將自己要和他們較量的話隱藏起來，只說匡胤等三人欺負自己，要先生代他出氣。說著，不覺放聲大哭起來。

辛先生是最喜愛王伯旦的，聽了這話，將他身上仔細一看，只見披在身上的一件熟羅長衫，已扯得不成模樣，頭臉上果然有幾處跌傷，便對王伯旦道：「你也不用悲傷！待我明天用個手段，責罰他們一場，便可出你胸中之氣了。」

王伯旦見先生允諾了責罰匡胤等三人，心中很是歡喜，料想這三個人必定要被先生重重地責罰一場了。心中想著，便辭別了先生，回家而去。

到得次日，匡胤等來至塾中。辛先生聽了王伯旦一面之詞，把匡胤、守信、彥威三人喚至面前，說他們在外闖事，不容分辯，每人打了二十戒尺，並說下次再不改過，定然逐出門外，不准在此讀書。

守信和彥威被打之後，倒也不把這事放在心上。獨有匡胤，被責打了二十下，心內十分不服，暗暗想道：「先生偏聽了王伯旦一面之詞，把我們如此作踐，這個仇恨，如何可以不報？但是要出這口氣，究竟怎樣下手呢？他是先生，我們是學生，難道可以和他揮拳麼？」想了一會，沒有主意，心中十分焦灼。

忽然抬頭一望，見階臺旁邊，擺著一把便壺，乃是辛先生夜間用的，陡地心頭一動，暗中說道：「我何不將他的便壺如此這般，一來可出胸中之氣，二來他不知道誰人幹的事情，可以免去責罰。」

當下想定主意，也不聲響，趁個空兒，將自己用的鐵鑽，在便壺底下打了幾個洞，覓些碎泥，將所鑽之洞一一塞住，仍舊擺在原處。

辛先生哪裡知道有人捉弄他，到了夜間，一覺醒來，仍然照著老例，把便壺拿上床去，一泡便溺，幾乎將便壺灌滿。不料壺底的碎泥經便溺一沖，早已不知去向，壺中所存的便溺早已源泉滾滾，從鑽孔中直流而出。

辛先生正在溺到將半的時候，忽然覺得兩腿之旁，一股冷氣直衝將來，吃了一驚，只疑自己睡夢之中沒有留神，溺在壺外，慌忙伸手一摸，那被褥早已完全濕透，立刻跳起身來，將便壺提起一看，只見那壺底有三五個窟窿，那便溺兀是在洞中滴瀝而出。辛先生至此方才恍然大悟道：「這必是學生之中有人怨恨於我，暗中施的促狹，待明天查訪出來是誰幹的，必不饒他。」心內想著，氣衝衝的將便壺丟在地上，把兩腿揩拭乾淨，床上的被褥也一齊換過。

忙亂了半天，方始收拾停妥，睡不上多時，已經天光明亮，眾學生陸續前來，辛先生也只得起身下床，盥洗已畢，歸入座中，見學生都已到齊，便開口說道：「你們隨著我讀書，所教所學，都以道德為先。我雖屢次責罰你們，也因你們不肯自己要好，力圖上進，方才略施夏楚之威，期得攻錯之助，並非有心凌辱，完全出自美意，你們就因此記了仇恨，昨天竟有人在便壺底下打了幾個洞，將床上的被褥完全糟蹋了，並且累得我收拾了一夜，沒有睡覺。這種行為，豈是誦讀詩書研究道德的人所應為的麼？這事是誰做的，速速承認了去，倘若此時不肯明言，待我察訪出來，定必加倍處責，決不寬恕。」

辛先生的言語方畢，只見學生之中，有一人立將起來，躬身言道：「先生的便壺壞了，說是學生們記了仇恨，有意捉弄，先生這句話，未免太輕視學生了。」

辛先生聽了，忙將這人一看，只見這人，生得龍眉鳳目，方口大耳，鼻如懸膽，唇若塗朱，真是玉立亭亭，相貌堂堂，與眾學生大不相同。辛先生認得這人，名喚柴榮，也在門下讀書，資性甚是聰穎，大有一目十行，過目不忘的光景，所以辛先生很是喜愛他。平日對待柴榮，也比旁人格外優厚。

當下辛先生便向柴榮問道：「你說我太輕視學生，何不把這理由講給我聽聽呢？」柴榮答道：「先生說學生們毀壞便壺，可有什麼證據麼？」

辛先生被他一問，沉吟了半晌，方才說道：「雖然沒有證據，但這裡除了一班學生，並無外人前來，不是他們有意毀壞，還有誰來做這事情呢？」

柴榮道：「先生試想，你的便壺擺在階畔，人人都看得見，塾中學生也有二十餘人，眾目昭彰，倘若有人起意，要毀壞這便壺，哪裡能夠不被他人所見呢？由此想來，這便壺忽然有了窟窿，或是年代過久，理應毀壞；或是洗滌的時候，沒有留神，碰在石子上面，以致如此，也未可知。我想學生們受了先生春風時雨之化，都知束身自愛，必不肯做此下流之事。況且學生們都是同出同進，也沒空隙做這沒意識的舉動。有這兩個原因，我所以說先生的話，未免太輕視學生了。」

辛先生被柴榮這樣一說，倒反堵住了嘴，沒有話講，只得點點頭道：「你的言語，也還有理，只是要說與學生們全無關係，恐怕也不盡然。待我慢慢地調查起來，得了真憑實據，自有辦法。」

柴榮聽得如此說法，不便多言，遂即歸坐。

當時柴榮和辛先生一番辯論，塾中的學生都因這事與自己沒有關係，毫不介意。獨有匡胤，初時聽辛先生說是學生記了仇恨，有意毀壞，心下未免吃驚，深恐先生追究起來，隱瞞不過，要受責罰，後來聽得柴榮一番辯論，能將辛先生說得默默無言，不禁暗暗歡喜道：「不料小柴竟有這般口才，我今天的事情若沒有他竭力遮掩，恐怕有些費事哩。」

從此以後，匡胤深感柴榮和他十分要好，柴榮見匡胤精通武藝，富有膽識，知道是個有用之才，也存心要結交他。兩個人彼此互相敬愛，居然如漆似膠，不勝莫逆。

有一天，正是中秋佳節，塾中放假，匡胤在杜三翁家內吃了午飯，獨自坐在靜室裡面看了一會書，覺得孤零零的，著實無趣。又不知石守信、羅彥威兩人往哪裡去了，便往柴榮寓處找他閒談，以破岑寂。

匡胤是來慣了的，知道柴榮吃過飯，正睡午覺，不待通報，即向臥室而來，推門進去，舉目一望，不覺大吃一驚！

你道是何緣故？原來匡胤步入門內，直奔床前，意欲喚醒柴榮，不料床上紅光繞帳，哪裡有什麼柴榮呢？竟是一條白龍盤屈在床上，像是睡著了一般。

匡胤驀然見此異事，不禁「啊呀」一聲叫了出來，接著又將身體往後退了幾步，一個不留心，將背後茶几碰倒，撲通一聲響。那床上的白龍，早已不知去向。

只見床中睡的柴榮忽地驚覺，翻身坐起，見是匡胤，隨即問道：「你從哪裡來的？因何面有驚懼之色？連茶几也碰倒在地？」

匡胤不便將瞧見白龍盤屈床上的話告訴柴榮，只得用話掩飾道：「我並沒什麼事情，只因今天放假，沒有事做，獨自在家。吃過午飯，看了幾頁書，心中十分煩悶，找尋石守信、羅彥威兩人，又沒找到，所以前來與你閒談消遣。不料走得急促點兒，竟將茶几碰倒，因此面上略現驚慌之色。」

柴榮聽了，絕不疑心，便走下床來與匡胤相偕坐下，談了一番空話。

匡胤一面談話，一面轉念道：「小柴有白龍盤床之兆，將來必能幹一番驚天動地的事業。現在變亂無常，兵戈遍地，沒有收拾時局，統一中原的人物，小柴既有異兆，或者是真命天子，能夠化家為國，亦是意中之事，我不如趁著微賤之時和他結為兄弟，後來方有倚仗，倘若遲疑不決，待他發了跡再去結交，那就遲了。」

當下主張已定，便和柴榮說道：「我與你在一塾讀書，意氣又復相投，雖屬異姓，無殊手足，何不效劉關張桃園結義故事，結為異姓兄弟，將來可以互相照應，不知你意下如何？」

柴榮也因匡胤是個命世英才，早就有意和他結拜，好做將來臂膀，只因貴賤懸殊，未便啟齒，今見匡胤情願與自己結為兄弟，正中機會，哪有不允之理！卻故意推辭道：「結

拜兄弟一層，恐怕有所不便。」

匡胤不覺詫異道：「你我情如骨肉，誼同手足，結拜一層，有什麼不便呢？」

柴榮笑道：「你乃世家子弟，父親又在朝為官，何等顯耀！我祖父和父親雖也出仕，現在皆已去世，家境又甚寒苦，哪裡比得上你，倘若結為兄弟，豈不要被旁人議論麼？」

匡胤聽了，連連搖頭道：「你的言語，也太迂氣了，自古道：英雄不論出身低，只要有所作為，能夠創立事業，論什麼門第呢？況且你父也曾出仕，你的姑丈郭威，又和我父是一殿之臣，門第正復相當，結拜一事，有什麼不可以呢？我的主意已定，你也不必推辭，擇個吉日，就結拜起來罷。」

柴榮見匡胤出自一片真忱，並非假意，也就點頭答應。兩人商議了一會，又取曆書查看，見明日便是上好的黃道吉日，遂決定次日赴北門外關帝廟去結拜。

匡胤從腰中取出一錠銀子，吩咐柴榮的家人去備三牲祭禮，明日一早，便挑往北門關帝廟去，料理好了，等候自己和柴榮前往結拜，家人領了銀子，自去置備。這裡匡胤又和柴榮約定，明日午前，自己一定到這裡來與柴榮前往關帝廟去，柴榮答應了。

匡胤見時候不早，便辭別柴榮，回到杜三翁家內，吃過晚飯，安心睡覺。到得次日午前，換了一身衣服，徑至柴榮寓所。

柴榮也換了潔淨衣服，正在寓中等候匡胤，見他已來，心下不勝歡喜。便問匡胤：

「是吃了飯去？還是立刻就行？」

匡胤道：「我們辦有三牲祭品，供過關帝，結拜以後，正可把來下酒，不必吃飯，就此前去罷。」

柴榮連道有理，立起身來，同匡胤出了寓所，徑奔北門，直向關帝廟而去。

兩人正行到北門天漢橋前，忽見許多人立在橋上，不知看些什麼，把過橋的路都擁塞住了，兩人一時不能前進，心下十分焦急。匡胤忍耐不住，叫柴榮跟在自己後面，他將身上前，用雙手向兩旁一分，那些站的人哪裡經受得住，早如波浪一般往兩下分開，中間現出一條路來，匡胤忙攜著柴榮，走上橋去。不知眾人擠在此處，究因何事。

兩人到了橋上，四下留心觀看，原來那橋的北面，站定一個黑漢，面前擺著十幾張弓，眾人打著一個大圈，團團圍住了黑漢。

匡胤和柴榮見了這般情形，心下好生奇怪，便向旁邊一個老人問道：「這黑漢是哪裡來的？眾人因甚圍著看他？那面擺的十餘張弓，又是什麼緣故？」

那老人見匡胤、柴榮相貌不凡，衣服整齊，知是宦家子弟，忙含笑道：

「二位公子不知，這個黑漢自前天到此賣弓，先向眾人言道：『我賣的弓，與眾人不同，人家做生意，賣東西，是要錢的，我賣的弓，只要有人能將弓拉開，非但不要他出錢購買，並且把弓送他一張，決不食言，眾位請上來拉罷。』眾人聽了這話，人人稀罕，個

個稱奇，內中有力氣的，便想平白地得他的弓。

「就有一人走上前去道：『喂！黑漢，你說把弓拉開了，就奉送一張，可是真的麼？』黑漢道：『我生平沒說過假話，只要有人將弓拉足，定必送他一張。你如有力能拉，儘管拉就是了。』那人聽了，便彎下身去，拿了一張弓，用盡平生之力，拉了半日，連吃奶的氣力都使了出來，休想動得分毫。那人滿面羞慚，只得將弓放下，轉身而去。

「又有一個大漢，生得身長丈餘，相貌甚是兇惡，看來力量也不很小的，見那人拉不開弓，抱愧而去，心中好生不服，大踏步走上前來，也不與黑漢講話，徑就地上拿起一張弓來，狠命拉扯，面上掙得通紅，那弓仍舊沒有拉開，也只得將弓放下，含羞而退。

「自從這兩個人出醜以後，便沒人敢來拉弓，黑漢卻不因無人拉扯移易地方，每天仍在橋北站立，等到夕陽西下，方始收弓回去。今天已是第三日了，不知可有大力之人把他的弓拉扯開來。」

匡胤聽了老人之言，心下想道：「這黑漢即說賣弓，並不要錢，其中定有緣故。」一面想著，一面舉目看那黑漢，見他生得面如漆黑，黑中透光，甚為發亮，兩眼如銅鈴一般，左目微眇，頷下一部鋼鬚，根根倒捲，身長七尺有餘，站在那裡，好似一座鐵塔，令人望而生畏！

匡胤見了他的相貌，便向柴榮說道：「這個黑漢，威風凜凜，相貌堂堂，真是英雄好漢！他必另有事故，才藉賣弓為由，意在引動眾人。你且在此略站一會，待我上前去把弓拉上一把，看他如何對待。」

柴榮也覺得那黑漢來得奇怪，見匡胤要去拉弓，並不阻止，只點了點頭，站在那裡等候。

匡胤分開眾人，走至黑漢面前，深深一拱道：「聽說尊兄的弓，任人拉扯，小可自不量力，意借寶弓一試，不知可蒙俯允？」

那黑漢也還禮道：「我有言在先，任憑何人，將弓拉開，遂即奉送一張。尊兄既願拉扯，請隨意揀取一張，拉了開來，我必將弓奉送的。」

匡胤聞言，也不回答，遂向地上揀一張較小的弓，拿了起來，雙手便拉，忽然聽得一聲響亮。

第三回　三雄結義

匡胤拿起弓來，雙手便拉，只因用力過猛，那弓響亮一聲，應手折斷。匡胤將斷弓丟在地上，彎著腰又取了一把最大的，輕輕一拉，那弓早如滿月一般扯將開來，匡胤卻面不改色，胸不喘氣，從容自如，把弓放還原處。旁觀的人無不拍手稱讚，都說這紅面漢膂力甚大，非常人所及。

黑漢見匡胤絕不費力便把自己的弓拉開，面上也現出驚愕之色，連忙搶上一步，滿面春風，雙手打拱，向匡胤說道：「英雄真好力量！但不知尊姓大名，何處人氏，請賜示知。」

匡胤也拱手答道：「小可姓趙，名匡胤，涿州人氏，拉扯一把弓，乃是尋常小事，有甚奇異。」

黑漢說：「原來是趙家公子，怪不得有此神力，果然不愧將門之子！小可聞名已久，今日得見，真是三生有幸。」

匡胤答道：「小可徒有虛名，毫無實際，何蒙揄揚，不勝慚愧！但不知壯士何方人氏，尊姓大名，因甚在此賣弓，又不收錢，願聞其詳。」

黑漢道：「小可鄭州人氏，姓鄭名恩，字子明，自幼父母俱亡，遺有良田千頃，頗可度日，只因小可生性好武，不惜重資，延請名師，教授武藝；又愛延攬人才，結納英雄，聞得有武藝出眾、本領驚人的好漢，雖然遠在天涯海角，也要想了法兒請他來家，因此年方弱冠，已經學成一身本領，十八般武藝，無一不精。但是武藝雖已學成，家產卻中落了，小可又天生的性情豪爽，不治生業，仍舊結交江湖豪傑，遇有患難之人，傾囊相助，並不吝惜，所以家財揮斥殆盡，飄蕩江湖，藉著賣弓為由，意欲結識幾個英雄豪傑，並非覓取蠅頭微利的商賈可比。」

匡胤聽了，喜之不勝道：「原來鄭兄賣弓，是為物色人才起見，現在有一位豪士，雖則是個文才，不懂武藝，卻是肝膽照人的朋友，鄭兄既愛結交，不可不與此人一見。」

鄭恩忙道：「公子所說的豪士，不知居住何處，是何姓名？務乞引往一見，那就感恩不盡了。」

匡胤道：「此人與我一同前來，尚在橋上等候，可以一呼就到，待我請他至此，替鄭兄介紹便了。」說著，舉起手來，向橋上招了幾招。

那柴榮正等得不耐煩，忽見匡胤招手叫他，便徑奔橋北而來。到了二人面前，匡胤便指著鄭恩，對柴榮說道：「這位是鄭州鄭子明兄，乃是當今豪傑，吾兄應該一見。」又把柴榮的姓名家世，也向鄭恩介紹一遍。

鄭恩躬身為禮道：「原來也是一位公子，小可失敬了！望乞恕罪。」

柴榮見鄭恩豹頭環眼，身長七尺有餘，竟是一員大將的模樣，便存心要結交他，當下不敢怠慢，慌忙答禮道：「我們都是豪俠襟懷，鄭兄何必如此客氣呢？」

鄭恩道：「小可出身鄉間，性情又甚莽撞，不諳禮節，還請二位原諒。」

匡胤笑道：「我們有幸相遇，正是天緣。今日我與柴兄來此，原是到前面關帝廟內結拜弟兄的，既然無意之中碰見鄭兄，何不一同前往，三個人結拜起來，就可以繼續劉關張桃園結義的佳話了。」

鄭恩大喜道：「小可鄉村愚夫，多蒙二位不棄，攜帶著一同結義，真是萬千之幸了。」當下將擺在面前的弓，除了匡胤拉折的一把棄置不要，其餘的都收了起來，跟隨柴、趙二人同至關帝廟內。家人們已將香燭點好，三牲祭禮擺設齊整，等候主人前來行禮。

三人瞧見諸事齊全，好生歡喜，遂即開出年庚，柴榮年紀最長，應居第一，匡胤居次，鄭恩第三，依次行了個禮，三人又對拜了兩拜，不覺格外親暱起來。

匡胤便對家人說道：「我們還沒吃飯，可把祭禮拿往後面，整備好了，取來下酒。」家人連聲答應，收了祭品，自去整備。

不多一會，早已端將上來，安排杯箸，請三人入座飲酒。

柴榮乃是大哥，坐在上首，匡胤第二，鄭恩末位斟酒對飲起來。

柴榮的食量本不甚好，只飲了幾杯酒。匡胤是宦家子弟，平日飲饌極為精緻，這三牲祭品燒煮得不甚入味，哪裡吃得下去，也只得飲了一會寡酒。獨有那鄭恩，他是鄉村上長大的，粗糙慣了，食量又較常人大起幾倍，把酒用大碗篩來，一口喝乾，雞、魚、肉整塊的塞入嘴中，一頓大嚼，早如風捲殘雲一般，吃得杯盤狼藉，所餘無幾了。

柴榮和匡胤見他這般模樣，一齊含笑說道：「三弟真是英雄，我等萬不及也。」

鄭恩摸著肚皮答道：「我從前在家，每餐須食斗米十肉，現在落拓江湖，長久沒有像今天這樣大嚼了，你們瞧著，不要笑我是酆都城內趕出的餓鬼。」說罷，哈哈大笑，十分有興。

匡胤、柴榮也不禁陪著他大笑一陣。

飲酒既畢，家人們收拾了剩酒殘餚，柴榮便約鄭恩到自己寓所居住，鄭恩一諾無辭。進了城，便把行李搬至柴榮寓內，安居下來。從此，匡胤除了讀書以外，便和石守信、羅彥威來到柴榮那裡，談論古今。有時高興起來，還和他們去騎馬射箭，練習武藝。連柴榮這樣文縐縐的，也被他們陶冶出來，竟能騎得烈馬，開得硬弓，尋常的人都近他不得。

日去月來，光陰迅速，匡胤到此讀書，轉瞬一年，忽然靜極思動，要回到汴京看望父母一遭，便將自己的意思對柴榮等說明。

柴榮道：「二弟既回汴京，我與家姑丈亦暌隔長久，等二弟動了身，也要往姑丈任上去趟。」

鄭恩道：「既然大哥二哥皆要歸去，小弟一人在此，有何興味，況也離家多年，應該回去看視一番，待兩位哥哥行後，小弟也到鄭州去了。但不知此次一別，何時再能相會，令人心中很覺不快，須要約個相會之期才好。」

匡胤笑道：「倘要會面，有甚煩難，明年正月元宵節，汴京必然大放花燈，慶祝元宵佳節。每年總是如此，已成慣例，並無更改。大哥，三弟！何不於元宵節時，赴汴京看燈，那時我們弟兄又可以在一處暢敘了。」

柴榮、鄭恩齊道：「此言甚為有理！明春元宵節，一定去汴京一行便了。」

匡胤見二人都已應承，心下不勝歡喜，也不再坐下去，便起身辭別道：「明日一早，即便登程，恕不前來辭行了。」

柴榮答道：「我們乃是自己弟兄，用不著這些浮文，明天我與三弟也要收拾行裝，不來送行了，就此分別，來年正月內再見罷。」

三人相對拱手作別。

匡胤自往外公杜三翁家，暗中想著：「我若說此番回去是自己的主張，外公一定不肯

放我歸去，只得假造一封家信，前去騙他一騙。」想定主意，遂即取過筆硯，造了弘殷的信，藏在懷中，徑至前面，見了杜三翁，行過了禮。

三翁命他一旁坐下，詢問近日的學業如何？匡胤按定心神，回答得井井有條，一絲不亂。三翁大喜道：「外孫來此，方將一年，學問已如此進步，倘能長久下去，精勤不怠，何患不成當代通儒呢！這也是你們趙氏的祖宗功德，所以才能這樣容易，但願你日進竿頭，方不枉了我的一番苦心和你父親深切的期望。」

三翁絮絮叨叨，講個不停，匡胤又不能阻止他，只得耐定性子，待他講畢，方從懷中掏出那封假信，呈於三翁道：「父親今天有信前來，說是有要緊事情，急待外孫回去商酌，並囑信到即行，不可遲延，恐誤事機。」

三翁聽了，將信接過，看了一遍道：「哦！哦！你來此也將近一年了，想必你父親記念著你，所以寄信叫你歸去。既有父親信來，我也不便阻擋，只是去了何時再來，這裡的功課，關係著你一生的前程，倘若半途而廢，豈不前功盡棄麼？」

匡胤陪笑答道：「父親來信說是有事相商，想必沒甚耽延，外孫回去，只要事情一了，立即趕回來，決不敢拋荒功課的。」

三翁點頭說：「如此也好，只不知何日動身？」

匡胤道：「父親的信，十分緊急，外孫明日清晨便要登程了。」

三翁道：「你也有些行李應該收拾一下，明天如何來得及呢？」

匡胤不禁暗笑道：「我瞞著你早已預備停妥，還有什麼要收拾呢。」當下不便明言，支吾應道：「外孫快去快來，行李不用帶去，免得途中累贅，外公以為如何？」三翁聽說，深以為然，遂允許匡胤於明晨回去。

到得次日一早，三翁尚未起身，匡胤已悄悄的命人將行李挑在城外，守候自己一同登程，免得三翁瞧見了行李，要將昨日謊話戳穿，這也是他的聰明之處，當下瞧著那人把行李挑去，自己重復回到裡面，直往三翁房內向他辭行。

三翁方才起身，正在那裡梳洗。見了匡胤，便叮囑他一路小心，早去早回，不可耽延時光，荒廢功課。匡胤諾諾答應，遂向三翁行了一禮，辭別出外，三翁一直送到門前，眼望著匡胤走得已遠，不能瞧見，方才回到裡面。

那匡胤離了外公家，放開大步，徑奔城外，到了約定的地點，與挑行李的人會齊，直向汴京而去。

一路之上，曉行夜宿，非止一日，已抵家中，卻巧弘殷正在家內，與杜氏在後堂對坐閒談，次子匡義、三子匡美，都在一旁侍立，忽報大公子已經歸來，弘殷許久不見兒子，正在記念，聽說匡胤回來，心內也覺歡然。

杜氏更比弘殷快活，忙向匡義說道：「大哥既已到家，你該出外迎接才是。」匡義答

應了一聲，飛奔出外，迎接匡胤。

不多一會，早見匡胤攙定匡義的手步入後堂，向父母行過了禮，方才說道：「孩子不孝，出外就學將近一年，有失定省之禮，尚請雙親恕罪。」

弘殷道：「你在外能夠認真求學，比在家侍奉我們還要孝順，哪有罪你之理！只是此時既非節下，又非年終，如何回來呢？」

匡胤道：「兒已出外多時，著實記念家中，現在離年終也不遠了，所以提早回來。」

弘殷道：「既已回家，也就不必多說了。只是休得像從前一樣，終日在外和那些朋友舞刀弄槍的胡鬧。須要在家溫習功課，以免荒廢。我不時要來考察你，如果仍和從前一樣，那時休要怪我。」

匡胤聽了，諾諾連聲。

杜氏坐在一旁，深恐匡胤講出甚話，觸惱弘殷，遂即打岔道：「匡義、匡美，你們兩人離開大哥將近一年，此時他既回來，如何不去拜見？難道做兄弟的道理都不懂得麼？」

匡義聞得母親吩咐，遂趨步上前，向匡胤下拜。那匡美還在呀呀學語時代，杜氏說的話如何省得？仍舊立著，不肯上前。

匡胤見匡義行禮，連忙將他扶住，舉目細細一看，見他生得面白唇紅，河目海口，雙眉入鬢，兩耳垂肩，真是龍鳳之姿，天日之表。雖然身材尚未長成，站在面前，已是亭亭玉立，十分可愛。

匡胤笑著向父母說道：「孩兒離家不滿一載，二弟已長成如此模樣，將來的後福要比孩兒好得多哩。」

杜氏道：「現在長得倒還不差，至於後福如何，只好看他的造化了。」

匡胤應了聲是，便告退下來，自去整理臥室。

從此匡胤安居家中，雖然遵著弘殷的教訓，不准出外胡鬧，但他的性情是好動的，哪裡按捺得住！過了兩日，舊性復萌，仍去找他的少年朋友，在外亂闖去了。

原來匡胤天生成神武有力，從前在家的時候，聲名甚盛，眾少年都敬愛匡胤，不敢侮弄。其中最莫逆的有兩個人，一個是磁州韓令坤；一個是太原慕容延釗，都是倜儻不群的勇敢少年，匡胤和這兩人本是舊日知己，如今遊學歸來，少不得彼此拜訪，互相往來，日日聚在一處，除了研究武藝，時或聯轡出遊，或射獵；或比箭；或擊球；或蹴鞠；甚至呼驢喝雉，樗蒲六博，無所不為。

有一天，韓令坤約了匡胤到一處土室裡面賭博為戲。正在興高采烈，勝負未分的時候，忽聞外面一陣聲音，甚為喧擾，二人忙將賭博停住，傾耳細聽，覺得這陣聲音只在土室上面往來旋繞，並不到旁的地方去，都覺驚疑起來。

匡胤向令坤道：「這聲音像是什麼禽類，你聽那聲音裡面，還夾雜著翅膀飛動之音

哩！此地本來鄰近山林，人跡稀少，莫非有什麼毒蟲猛獸經過這裡，因此驚動了林間的鳥類，喧擾得如此厲害？好在我們的弓箭都隨身帶來，何不出外觀看？倘有猛獸，射死了牠，也可與地方除害。不知韓兄意下如何？」

令坤道：「你言正與我意相合，可謂英雄所見略同了。」當下放了賭具，各人攜了弓箭，走出土室，四下觀望，哪見有什麼猛獸，卻是一群鳥雀在土室頂上飛鳴搏鬥，所以噪聲不已。

令坤向匡胤道：「這鳥雀甚為可惡！牠們身為同類，還要互相搏鬥，自行殘殺。無怪現在的軍人一言不合，便動干戈，雖殺人盈野，血流溝渠，也不顧惜了。」

匡胤道：「牠們這樣狠鬥，不肯休息，其結果必至兩敗俱傷，我們何不想個法子，替牠解圍呢？」

令坤道：「要替牠解圍，是很容易的，何用想法子，只要在地上拾幾塊碎石子向上拋擲，牠們自然驚散逃走，不再爭鬥了。」

匡胤笑道：「拋磚擲石，乃是小兒的行為，我們長大成人，並且自命為英雄好漢，豈可做那小兒的舉動呢？」

令坤問道：「你的意思要怎樣才好呢？」

匡胤道：「牠們既然同類相爭，便該處治一番，以儆效尤，而戒後來。我們都有弓箭在身，何不射死幾個鳥雀，以懲強暴。」

令坤聞言，連連點頭道：「此言很是！牠們搏擊不已，便是狠戾強暴的確證，我們射死了牠，並不為過。」說著，兩人退後了幾步，離開土室約有一丈開外。

正在抽箭搭弓，要放射出去，突然天崩地塌的一聲響，頓時灰塵飛揚，兩目難睜，眼前竟看不出是什麼東西倒將下來。

可是土室頂上，爭鬥搏擊，飛鳴不已的鳥雀經此一嚇，也沒命地逃走，不知去向。一剎那間，耳根十分清淨，居然悄無聲息。

兩人忙將眼睛揉了一會，方得睜開觀看。你道這聲響亮究是何物？卻是那座土室無緣無故崩倒下來。

匡胤連稱僥倖：「好好的土室忽然坍塌，我們不是這陣鳥雀的喧聲，正在裡面賭得有興，哪肯出外？豈不壓死其中，沒處呼冤麼？」

令坤也道：「真是奇事！想必鳥雀的爭鬥喧嚷正是來救我們的，雖然你我命不該絕，天借其便，引出土室，但是那群鳥雀總算是救命恩人，我們不能知恩報恩，還要用箭射牠們，豈不罪過？」

匡胤接口說道：「幸而土室坍塌迅速，這群鳥雀沒有被射，否則不知要傷殘多少性命了，從此以後，你我對於物命，務要加以保護，即使細如蟲蟻，也不可去傷害牠，方是體

恤上天好生之德呢。」

令坤點頭嘆息道：「你所說的真是仁人之言，其利甚溥，我當緊緊記著這番言語，日後不到萬不得已，決不傷殘生靈。」

匡胤道：「此言方是正理！須知天地之大德曰生，無論宇宙間一草一木，只要是含有生機的東西，都是天地所愛惜保護，不忍殘害的，如果我們無緣無故去作踐了它，那就是有背好生之德，不免上天動怒了。」

令坤不待言畢，接口說道：「據你這般說來，我們將來帶了兵馬和敵人開仗，也不能傷害他麼？」

匡胤道：「兩國相爭，各賭生命，這是為國效力，為民請命，又當別論。不然，湯武都是聖人，為什麼有牧野之師、孟津之會呢？正因為去殘除暴，救民水火，乃是體恤彼蒼好生之德。如果抱定了婦人之仁，不肯傷害生命，那天下的人民，不都要被桀紂暴虐而死麼？所以湯武的傷殘生命，正是救護生靈，你卻不可聽了我的話，弄誤會了。不過還有一層，做了帶兵的將官，雖然刀槍無情，不能不傷生命，只是到得那時，應該抱著好生的主義，能夠少一番殺戮，就是為國家留一點元氣，須於絕無生路之中，覓出生路來，方是道理。所以同是一樣的爭城奪地，那仁暴之分，就這等地方判別出來了。」

令坤聽得他這篇議論，不覺十分佩服，心裡還想同他談論，因見時候不早，深恐不能趕入城去，只得停了談鋒，各人攜帶弓矢，回到城內，分手而去。

光陰如駛，早是殘冬已盡，臘去春回又到新年。匡胤忙忙碌碌的把新年過去，不覺又近元宵佳節，汴京城內，照例大放花燈，與民同樂，在三日之前已經預備起來。匡胤此時，倒反沒有事情，惟日夕盼望柴榮、鄭恩來踐看燈之約。

哪知盼望到十五這日，還不見兩人的蹤影，料定柴、鄭二人絕非有意失約，必然有甚要事不能脫身，所以如此，只得悶悶的挨到晚上，在家內陪著父母兄弟，吃團圓筵宴。那弘殷因身典禁軍，責任重大，不敢多延時刻，只在席上略坐一坐，飲兩杯酒，吃些兒菜，應個景兒，便去調派禁軍，彈壓遊人，巡查街市去了。

匡胤陪著母親，吃了飯，散席之後，方始禀告杜氏，說是有朋友約著，同去看燈。杜氏吩咐早去早回，不可在外闖事，匡胤口稱領命，便辭了杜氏，大踏步出外。

行到眾人約會之所，只見許多少年，如韓令坤、慕容延釗、張光遠、楊廷龍、周霸、史圭、李漢升、李重進這一班兒都齊集在那裡，一見匡胤到來，盡皆歡呼迎接道：「趙兄既到，我們應該出發看燈了。」

當下議定南天門天慶樓燈采最是壯麗，又與此處相近，先往那裡遊玩一番。眾人齊都贊成，徑向南天門而去。

此時燈火已經點齊，一路之上，笙歌刮耳，弦瑟並陣。又加著綠槐夾道，青柳垂堤，

那風景的奇妙，真令人賞心悅目，如入山陰道上，大有應接不暇之勢。只是有一樁事情最為惹厭，乃是遊人如櫛魚貫而行，不得超越而前。如有亂行之人，那站在街旁的禁兵就要上前干涉，所以這一夜金吾不禁，人數雖多，能夠維持秩序，不致擾亂，就是這個緣故。

匡胤知道這個章程，只得耐定性兒，慢慢地行向前去。過了天慶樓，已至御勾欄，其時御勾欄內，有南唐進獻的一雙美人，一名大雪，一名小雪，生得千嬌百媚，豐神綽約，並且精擅歌舞。今天乃是元宵節，兩個美人在門前搭了高臺，獻她的歌舞技藝，此時雙美正在臺上開始歌舞。匡胤同了眾人，卻卻到來，擠向臺前觀看，真是輕歌妙舞，十分動人！看得他們心花怒放，禁不住高聲喝采。

第四回　教坊佳人

匡胤正同著眾人在臺前觀看歌舞，看到精采之處，不禁大聲喊起好來。喝采的聲音未畢，忽見人叢中鑽出一條黑漢，直奔匡胤面前說道：「二哥原來如此快樂！小弟沒有一處不找到了。」

匡胤見是鄭恩，不覺大喜道：「你如何此時才來？」

鄭恩道：「我因數年沒有回鄉，此番歸去，因家內事情絆住身子，不能早日出行，所以今日傍晚方始到此。一到這裡，覓個寓處，安放了行李，便去找你，哪知你已出門看燈，我沒有法子，只得獨自一人到燈市來找你。這人山人海的地方，哪能尋得著？好容易在此相遇，免得再去亂闖，真是大幸！柴大哥去年也約定到汴京來的，想已至此多時，因甚不同你來看燈？」

匡胤搖著頭道：「柴大哥至今還沒到來，他不是言而無信的人，必定有甚事故難以脫身，所以失約的。此時暫且不要管他，我先替你介紹幾位朋友，認識了他們，將來可以互

相援助，創立事業。」說著，引了鄭恩和韓令坤等人一一相見，彼此通了姓名，都是少年英雄，意氣相投，如何不喜！

張光遠因見大雪、小雪歌聲宛轉，舞態翩翩，心內很覺羡慕，便要在御勾欄內飲酒取樂，並且藉此與鄭恩接風，遂將此意言明。

眾人齊都贊成，唯有匡胤竭力阻止道：「你們不知道這兩個妓女，一名大雪，一名小雪，大雪深得漢主的寵幸，小雪卻是太師蘇逢吉的禁臠。其中的秘密事情，外人都不能知，我卻甚為了了，有多少豪華子弟看上了大雪、小雪的美貌，至御勾欄內揮霍銀錢，想和兩個美人取樂，漢主身處宮禁，未必立即知道，倒還沒甚要緊，那蘇逢吉是個胸襟窄狹、最善吃醋的人，他自與小雪要好之後，深恐有人去和她勾搭，便派了許多心腹在暗中偵察，倘有什麼人轉了大雪、小雪的念頭，立刻前去報告，蘇逢吉就施出手段處治這人。所以有許多王孫公子、高官顯宦，不過愛著兩個妓女的才貌，至勾欄內走動了一二次，蘇逢吉便把他們恨入骨髓，暗中傾陷。因此，為了大雪、小雪喪身亡命，破家蕩產的人不知其數。我們若去飲酒取樂，真是太歲頭上動土，一定攪出大禍來的，奉勸你們，還是息了這個念頭吧。」

慕容延釗聽了這番話，心內很不服氣，勃然怒道：「勾欄乃是公共之地，人人可以取樂，怎麼蘇逢吉竟敢霸佔住了，不許旁人玩耍？況且他身為宰輔，乃朝廷大臣，百官的表率，挾妓飲酒已經有罪，如何還要禁止他人不准到勾欄中去尋歡取樂呢？別人怕他的勢力，我慕容延釗卻不怕他。大家儘管放心前去，如果姓蘇的有甚話說，我只要一拳就將他打倒，看他有什麼本事處治我？」

匡胤不待延釗講畢，連連搖首道：「快休如此亂說！你們倘若不聽我的言語，一定要鬧亂子的。」

眾人尚未答言，史圭也不服氣道：「趙兄向來膽量很大，今天怎麼如此怕事起來？我想，蘇太師此刻正隨著御駕，在五鳳樓看燈侍筵，哪有工夫到這裡來？正可乘此機會樂上一樂，有何不可？」

匡胤道：「有人到勾欄中去，他當時並不出頭干預，待至日後，卻暗暗的用計陷害。受禍的人，自己喪了性命，還不知道是何緣故哩！古人說的，明槍易躲，暗箭難防，何必為了玩耍的事去蹈危機呢？況且取樂的地方不止一處，我們既要飲酒，可以往旁的妓院中去，何必定要在此呢？」

韓令坤接口說道：「趙兄所言很為有理，玩笑場中本是取快樂的，既有這種危險，盡可另覓地方，開懷暢飲，各敘衷曲。前天聽說教坊司內，新近才到一妓，叫做韓素梅，色藝俱佳，比較大雪、小雪還要美貌，我們何不到她家去走一遭？」

眾人一齊應允，遂即從人叢中擠了出來。一共十個少年，沿路走去，卻因看燈的人往

來不絕，途中甚不易行，只得慢慢走著，且行且看。只見遊行看燈的人，老的少的，男的女的，蠢的俏的，好的歹的，不計其數，把一條大道擁擠不通。

匡胤等十人，好容易轉過了東閣巷，來到教坊司門首，聽得裡面簫管盈耳，歌聲遏雲，那景象的美麗，景況的熱鬧，果然不亞於御勾欄。十個少年心下甚喜，直向裡面走去。

管門的鴇兒見這一群人都是鮮衣華服，氣概不凡，知是宦家公子，能得他們進門，定然財星照命，如何還肯怠慢，慌忙立在一旁，雙手下垂，打了個千，直挺挺的立著，向眾人問道：「多蒙各位爺光臨，頓使蓬蓽生輝，但不知是照應哪個姑娘的，請吩咐明白，暫請在客廳待茶，小的這便去通報了，好讓姑娘迎接爺們入內。」講了這話之後，仍舊躬身而立，等候吩咐。

不料，走在前面的，乃是鄭恩、周霸兩人，多是魯莽得很，鴇兒說的這番話，哪裡聽得出頭緒？見她唧唧噥噥說了一會話，還是垂著手立在一旁，並不引導自己進內，心下疑惑鴇兒瞧不起人，所以做出這般模樣，便齊聲吆喝道：「你就是這樣的烏龜麼？嘴內嚼些什麼？如何嚼完了還站在這裡，不引著我們進去，是何緣故？難道怕我們前來白玩，不肯花錢麼？」

鴇兒見這兩個人生得面如黑漆，好像煙熏太歲一般，嚇得她手足無措，哪裡還敢答話。

鄭恩見鴇兒一聲不響，早已勃然大怒道：「你這王八羔子！竟敢如此慢人，那還了得！待我來教訓一下，日後方才不敢放肆。」一面說，一面舉起巨籮般拳頭要打那鴇兒。

匡胤見了，忙從後面搶上前來，擋住鄭恩的拳頭道：「你怎麼如此莽撞？她早就問照應哪個姑娘，你不把韓素梅的名字說出，院子裡的姑娘不止一人，她將我們引到哪個姑娘房裡去呢？你不怪自己不懂規矩，反責她瞧不起人，這就錯了。」

鄭恩被匡胤訴說了一番，自知理曲，只得默默無言，立在那裡。

匡胤又向鴇兒道：「我們人數雖多，卻沒一個和你們院內的姑娘認識，只因聽說新近到了一位韓素梅姑娘，色藝冠絕一時，汴京城內沒人趕得上她，所以前來瞻仰素梅姑娘的容光，託你把我們領到韓素梅姑娘房間內去就是了。」

鴇兒聽說，連稱領命。遂把匡胤等人引到房前，喊聲素梅姑娘，有客人來了。素梅聞得客來，忙將門簾揭起，親自迎到門外，把眾人讓入房內，相請坐下，一一問了姓名，應酬十分周到。

眾人見她從容不迫的款待客人，已是暗暗稱讚，果然名不虛傳，就這應酬功夫，已非旁的姑娘所能企及，再細細的看她相貌，卻生得圓姿替月，杏臉羞花，蛾眉曼倩，星眼清靈；那身材更是不長不短，不瘦不肥，十分婀娜。最及銷魂的是裙下雙鉤，不滿三寸，

盈盈的立在那裡，真如月裡嫦娥臨凡，廣寒仙子降世。那種秀麗天然的姿態，再也形容不來，當下竟把眾人看得呆呆的坐著，連話也講不出。

只有鄭恩、周霸乃是兩個莽夫，並不覺得怎樣是美豔，怎樣是醜陋，進得房來，剛才坐下，匡胤等正在飽餐秀色，他們兩人早已鬧著要擺酒筵。

匡胤此時心神略定，忙阻止鄭、周兩人道：「你們且慢性急，待我來和素梅姑娘商酌，自然有酒喝的。」說罷，回頭對素梅道：「我們兄弟十人，久聞芳名，渴思一見。今天冒冒率率徑至貴院，承蒙姑娘不棄，沒有屏絕不見，以閉門羹相待，已是萬幸。但是我這兩個兄弟還不知足，更有進一步的要求，意欲借姑娘的妝閣擺一席酒，暢敘一番。只是初次見面，便這樣的騷擾芳閨，恐怕姑娘見怪，還望原諒他們不諳禮節，休要責備。」

素梅忙道：「趙公子說哪裡話來，仰承青眼，不棄葑菲，肯到我們這小地方來，已是萬千之幸！何況還要擺酒，照應我的生意，更是求之不得的事情，哪有見怪之理！但是公子們初次來到敝院，區區一席酒筵，應該賤妾作東，以盡地主之誼，請公子們萬萬不要客氣才好。」

匡胤道：「姑娘之言說得太客氣了，我們初登妝閣，哪有討擾姑娘之理。」說著，取出十兩一錠銀子，遞給素梅道：「費心關照庖廚代辦一席，倘有不敷，再行找補。」

素梅哪裡肯接銀子，再三推讓，匡胤只是不允，沒有法想，方才收下。便命廚房內速速整備豐盛酒筵一席，立刻就要，不得遲延。

下面連聲答應，果然只要有錢，甚為容易。不上一刻工夫，早有一個當差的鴇兒來問素梅道：「姑娘酒筵擺在哪裡？」素梅道：「趙家公子不比旁人，就擺在房裡罷。」鴇兒答應一聲「是」，就在房內調排桌椅，安設杯箸，陳列好了，素梅便請眾人入座。眾人都推匡胤去坐首席。匡胤道：「這個如何使得。」鄭恩見匡胤不肯坐首席，早就嚷道：「二哥不用謙讓了！柴大哥不在這裡，論年齡也應該是你坐的，還是從直些罷，不用讓再讓三，多方作態，我的肚子很覺饑餓，再也忍耐不住了。」

眾人說道：「還是鄭三弟爽快！二哥就坐了罷。」匡胤見他們一定不依，只得坐了首位。眾人也按著年齡，挨次而坐，一席共是十個人，多是知己弟兄，並不客氣，酒到杯乾，很為暢快！素梅敬了一巡酒，便坐在匡胤身後親拉弦索，唱了一支曲兒。歌聲抑揚，真有裂石遏雲之妙！眾人無不大聲喝采道：「果然名不虛傳！真是色藝雙佳。」彼此談談講講，觥籌交錯，十分有興。

散席之後，時已不早，各人辭別素梅，都要回去。素梅對於匡胤，很現出一種戀戀不

捨之狀，原來素梅本是好人家的女兒，只因父母雙亡，又值亂世荒年，因此流落平康，卻頗知自愛，只以聲技博些纏頭，藉此度日，從來不曾留客住宿，心內很想擇人而侍，跳出火坑。今天見趙匡胤，覺得他方面大耳，紅光照人，龍行虎步，品貌不凡，知道這人後福不可限量，不禁十分屬意，唯恐他一去不來，自己的心事竟成畫餅，所以臨走的時候，攬住匡胤的衣袖，再三叮囑，叫他常來院中走走。

匡胤是個豁達大度之人，這些事情，哪裡放在心上，不料鄭恩見素梅對於匡胤十分愛慕，大有依依不捨之狀，便取笑她道：「你能始終保全貞節，不失身於旁人，我就勸趙公子，日後發了跡，納你做個偏房，不知可能答應得下麼？」

也是素梅生來有做官妃的福分，她聽了鄭恩的話，遂即指天誓日的說道：「賤妾一定依著鄭爺的吩咐，始終保全清白之身，守候著趙公子，決不失言。但是，趙公子發跡之後，卻不可翻悔的，要請眾位爺作個憑證，留件信物，妾始放心。」

匡胤見素梅聽了鄭恩說的笑話，竟認真起來，連忙分辯道：「這是鄭爺打趣我們的話，你萬萬不可認真，須知，我有父母在堂，自己作不得主，況且正室未娶，哪有先娶偏房之理！快快把這念頭打消，不要貽誤你的終身。」

素梅道：「妾所求於公子的，並非立刻就要成為事實，乃是待公子發跡之後方才踐約的。公子說，現有父母在堂，自己作不得主，這話是不錯的，但是公子到發跡之後，難道自己還作不得主麼？即使時間略略遲延，無論到十年二十年後，妾總保全此身守候公子，絕不怨恨就是了。至於未娶正室，不能先娶偏房，這是人生的大道理，賤妾自當聽候公子的命令，萬無催促之理，此時只要公子答應一聲，留件信物，妾就放心了。」

匡胤被素梅說得低頭無語，竟有進退兩難的情形。原來匡胤見素梅生得美麗如花，又復擅長歌舞，正在愛慕不勝，今見素梅情願做自己的偏房，心下哪有不喜之理！只是礙著家中規矩嚴謹，所以不敢答應，突然間被素梅說出兩層道理，因此委決不下，一時之間，竟至無言可答，所以低頭不語，現出為難的情形。

張光遠瞧著匡胤的模樣，知道他進退兩難，便向匡胤說道：「素梅既真心實意願作你的偏房，好在此時並不實行，就答應她罷。」

韓令坤也道：「古人說的，佳人難得，素梅一見了面，便屬意於你，真是前生的緣分，如此好事，豈可當面錯過，還以答應為是。」

匡胤聽了兩人的話，尚未回答，鄭恩是最巴望此事成功的，已搶著說道：「二哥平日最爽快不過，今天為何像婦女一般毫無決斷。這樣的好事，哪有不允之理？素梅既要一件信物，腰間常掛的那塊玉珮，就可以給她的，你自己不好意思，待我來替你除下就是了。」說著，走至匡胤身旁，在腰間把玉珮解下，隨手遞給素梅道：「這塊玉珮，便算是趙公子的信物，你可好好收著，日後公子發了跡，自然要來娶你的，但是我老鄭在中間如

此出力，將來的謝媒酒，你要格外豐盛些才好。」

素梅聽了鄭恩的話，不好意思回答，只得含羞帶笑，把玉珮接去，好好收藏。

匡胤此時也樂得順水推舟，一任鄭恩替自己作成這事，所以並不阻擋。

慕容延釗見事情已成，不禁大聲說道：「還是老鄭來得爽快，竟把一件美事辦成了功，真是有趣。」

眾人也都和著延釗，稱揚一番。因為時已過晚，只得大家分手，各自散去。

匡胤自此安居家中，每日除了讀書習武，遇有空閒，便到外面和張光遠等一班少年任意遊玩，況又多了韓素梅這個膩友，和她來往盤桓，更加容易消磨歲月。不知不覺，已經由春至秋，其父弘殷已為匡胤聘定賀姓之女，擇吉親迎。燕爾新婚，郎才女貌，夫婦情愛，自然深厚得很。

過了幾時，已到漢隱帝乾祐元，卻因鳳翔與河中、永興三省，因隱帝初立，互相聯絡，違抗朝命，少不得要派將出師，以彰討伐，隱帝卻派弘殷往征鳳翔。旨意既下，弘殷匆匆的點兵調將，擇日興師。匡胤聞得父親奉命出征，卻提起一股雄心，要跟隨弘殷一同出發，把自己的意思告知父親。

不料，弘殷因他娶親未久，堅執不允，匡胤哪敢違命，只得暫時遵從，心中早已打定一個主意，只待送過父親，便要實行。

你道打定的是什麼主意？他因為弘殷不准自己隨營出征，這一腔壯志無從發洩，始而想和母親妻子言明，待父親行後，立即收拾行李，趕往營中，到了那時，自己既已出外，父親也就不便趕他回來，就可力圖功名，創建事業了。

繼而一想，父親是個大丈夫，奇男子，尚恐怕自己隨同出兵，或有危險，不准所求，母親妻子乃是女流之輩，膽量更小，倘若言明，知道兒子、丈夫要去打仗，哪裡肯安然放行？如此一想，所以打定主意，等到弘殷出兵以後，不如瞞著母親妻子，私自趕向前去，給她們一個不別而行，免得種種阻撓。

胸中有個主張，倒反十分安詳，幫著弘殷料理了公私之事。

到得出師的吉日，弘殷祭過了旗，自和送行諸人一一話別，又囑咐匡胤，管理家務諸事謹慎，按著課程讀書，不可出外遊蕩，匡胤連聲答應。

已聽得三聲炮響，前鋒軍隊早就啟行，弘殷跨上雕鞍，向著送行的人將手一拱。只見旌旗招展，刀槍縱橫，許多兵將前圍後繞，簇擁著弘殷，徑向鳳翔一路而去。那些趕來送行的同僚和親戚，見弘殷已去，就陸續散回，匡胤少不得代父親致謝一番，直待送行的人都已散盡，方才怏怏的向家內而行。

他今天瞧著父親出兵時那樣威風顯赫，心下更是羨慕，恨不得立刻趕往軍前，立下大功，出仕王家，也好像父親一般，身為元戎，受那些將官兵士的擁護。想到這裡，如何還

肯遲延？立刻回至家內，敷衍了母親妻子一會兒。

好在存著私行的念頭已非一日，早將應用的東西並一個包裹，藏在背人之處，此時不用費事，挨到次日清晨，在杜氏面前扯個謊，只說有事出外，逕自暗中插弓帶箭，攜了桿棒，提著包裹，也不通知張光遠、韓令坤等一班朋友。就是韓素梅，和匡胤那樣要好，也不曉得他有潛身出外的事情，直到張光遠等打聽明白，前來告訴了素梅，方才知道匡胤已經不別而行，出外從軍去了。

素梅見匡胤已去，乃是無可如何之事，只盼望他早早立功，奏凱歸來，自己的事情便有希望了，從此安居家中，閉門謝客，果然守定前盟，並不應徵侑觴，來往的人，也只有匡胤的朋友，如鄭恩、張光遠等前來報告些消息。到得後來，鄭恩等人也各自去趕功立業，連一個人也沒有來了，直到匡胤篡了後周，登基以後，方才宣召入宮，立為妃嬪。

這是後話，將來自有交代，此時暫按不提。

卻說匡胤提了包裹，潛行出門，卻因自己動身沒有告知家中，唯恐母親妻子突然不見了自己，心中未免著急，便在路上寫了封信，託人帶往家內，安慰她們。杜氏婆媳接到匡胤來信，得知已前往鳳翔從軍，雖然十分記念，但事已如此，也就無可奈何，只得由了他去。

匡胤初次出門，上路之後，哪裡認得路途，往鳳翔去，本該向西而行，他卻匆匆的，恨不得立刻趕到，好立大功，所以絕不詢問，放開大步，向前直奔，哪裡知道把方位弄錯，該向西行，反倒繞道，誤向南方去了，乃至知道走錯了路，已經行了三日，只得鼓著勇氣，將錯就錯，仍往前進，以碰機緣。

這日，又因貪行路程，錯遇了宿站，看那天色，已是暮靄四起，一輪紅日落下西山，漸漸地黑暗起來。要想覓個宿處，留著心向四下觀望，都是些曠野之地，不要說沒有人家可以寄宿，就是行路的人，也不見一個。

此時正是深秋天氣，時光將晚，半空裡罩著薄薄的一層暮雲，耳聽得一陣西風，呼呼吹來，把地上的落葉捲起，颼颼的響個不停。

那種淒涼景象，就是攜著同伴，相偕而行，也要令人不歡，何況匡胤獨自一人，孤孤零零，遇到這般環境，心中豈有不動之理，因此把胸中滿具的一腔空抱壯志，未遇明時的牢愁提將起來，不覺四顧茫茫，天下如此之大，竟沒一個巨眼人能夠識得我的本領，可見知音難遇，古人這句話，未嘗不是閱歷之談。想到這裡，心內好生難受，長吁一聲，仍往前進。

幸虧匡胤的膽量甚為雄壯，雖然覺得風景蕭瑟，胸中不樂，但還不懼怕。但因所行的路徑過於冷僻，唯恐有甚危險之事突然發生，把桿棒取將出來，拿在手中，以防萬一。又恐天色晚將下來，遇不到人家可以借宿，只得不顧高低，捨命地向前狂奔。哪裡知道，放

出腳力，一陣奔跑，片刻之間，居然趕了十餘里路，竟被他越過一座樹林，抬頭一看，不覺大喜起來！

第五回　夜鬥煞神

且說匡胤貪趕路程，錯過宿站，沿路行來，都是曠野地方，四下並無居人。天色又漸漸的黑暗下來，只得緊緊的趕向前去，希望前面有甚鄉村小戶借宿一宵。

果然不出所料，走過一座樹林，抬頭一看，見有幾處炊煙在半空中裊裊不已，心中大喜道：「既有炊煙，就有人家，今晚可以免得野宿了。」一頭思想，腳下提足氣力，急奔向前。

到了那裡，果是小小的村落，只有五、六家人家，卻都把大門掩上，絕無聲息，只有一家門前，立定一個身帶重孝的婦人，手中拿著鐵鎖，將門閉好，正要上鎖。匡胤慌忙搶前幾步，對那婦人深施一禮，口稱：「夫人請了。」

那婦人乃是村野農婦，如何懂得夫人的稱呼？卻對著匡胤搖一搖頭，用手將身上指了一指道：「你不見我身穿孝服麼，丈夫死去尚沒多日，已是無夫的人了，怎麼還稱我夫人呢？」說著，仍舊用鎖將門鎖上。

匡胤聽了婦人的話，知道她不懂得「夫人」的稱呼，便順著她的口吻說道：「你既沒了丈夫，我就稱你為無夫人罷。」

婦人道：「天色已晚，你叫我做什麼呢？」

匡胤道：「我是過路的人，只因多趕了幾里路，把宿站錯過，想借你家中住宿一夜，明日一早便行。」

婦人連連擺手道：「不行！不行！我的丈夫死了，今夜正值回煞，連我也不敢住在家內，所以鎖了門，回到娘家去權宿一夜，免得沖犯煞神，致傷生命，如何可以留你寄宿呢？」說罷這幾句話，踅轉身來，頭也不回的竟自去了。

匡胤見那婦人不允借宿，拋下自己而行，心內不覺躊躇道：「這婦人說丈夫死了，今夜是回煞的日子，她要趕往娘家，免得沖犯煞神，照此看來，屋內已沒有什麼人了，我何不自入內住上一夜？天明即行，省得再到旁的人家去多費口舌，豈不甚妙！只是她已將門加上了鎖，倘若破門而入，不要被人家見怪麼？」便向房屋的四周留心觀看，見那牆垣很是低矮，遂道：「有了，我只要越垣進去，住上一夜，明日不待婦人歸來，早些動身，豈不很好。」

主意已定，遂將包裹繫在腰內，走近牆垣，踴身一躍，早已跳上牆去；又用力向內一縱，飛身而下，雙腳點地，落在天井裡面。舉目看到房屋時，卻是小小的三間平屋，中一間停著靈柩，靈前垂著白幔，供桌上點著明晃晃的香燭，並有許多魚肉菜蔬，酒飯杯箸供在上面，想是那婦人把接煞的手續預備停妥，方始出外的。

匡胤大喜道：「我腹中正在饑餓，既有現成的酒飯和豐盛的餚饌，樂得飽餐一頓，倒頭而睡，明天婦人回來，見酒飯菜餚一罄而空，必定疑心是煞神前來享受，絕料不到是我做的事情。」想罷，走入屋中，將腰際的包裹、弓箭一齊解下，擱在地上，又把桿棒靠牆豎定，然後在靈桌上面，把所有的酒餚菜飯一陣狼吞虎嚥的亂吃，早已壺盡杯乾，碗底朝天，絕無所剩。

匡胤大嚼一陣，腹內已飽，覺得行路辛苦，精神疲乏，便想安睡。急向左右兩間房內一看：原來左首乃是廚房，右首屋內卻有一張木榻，兩隻破椅擺在那裡，想來就算房間了。匡胤也不顧什麼，竟把靈前的燭臺攜入房內，又把包裹、弓箭也取將進去，向木榻上橫身一倒，和衣而臥。卻因日間過於勞苦，倒頭便已睡著。

乃至一覺醒來，已是半夜，耳中聽得似有什麼聲響，翻轉身來，朝外一看，並沒什麼東西，卻見先前由靈前攜入房中的燭臺，那蠟燭雖還很長，火光卻變成綠色，漸漸的低將下去，竟把房中變成一種陰慘蕭森的景象。那中堂的靈柩，又好像噗噗的似有爆裂之聲，此聲方過，又似乎有人發出一聲長嘆，其音甚為幽細；接著又從天井裡起了一陣旋風，直撲到屋內，非但靈前的燭光陰森森的動搖不定，就是攜入房裡的那個燭臺也更加慘黯了。

旋風過去，便聽有「噗哧、噗哧」，好像有什麼怪鳥展動翅膀，飛至靈前一般。

匡胤雖然生成的大膽，到了此時，眼看著這樣現象，耳聽得那種異聲，也不禁毛骨悚然！暗暗想著：「那裡真有鬼麼？我倒不很相信，必須出外一看究竟。」一面想著，一面從床上坐了起來，把心神定了一定。

此時房內的燭光，已不像先前的幽黯，瞧見自己的桿棒仍舊靠牆豎定。便走下床來，先把桿棒取在手中，徑奔門前，向外一望，不禁十分驚異，原來靈幃之前，供桌之旁的椅子上面，停了兩隻大雞，正在那裡向供桌上覓取食物。匡胤停睛細看，覺得這兩個東西，雖然和雞相似，身體卻要大到數倍，翎毛都呈灰黑之色，頸項甚長，眼圓喙尖，銳脛利爪，形狀極其勇猛。左首的一個，頂上像雞冠一般，簇將起來，右首的一個卻光光的，並無雞冠。

匡胤暗道：「這兩個東西，想來是一雌一雄，相匹成偶。世俗相傳，人死之後，遇到回煞的日期，必有煞神前來享受所供的祭品。倘若回避不及，沖犯了煞神，就有殺身之禍。這兩個似雞非雞的怪物，生相異常兇惡，莫非就是煞神？今天被我碰見，真乃千載難逢的機會，正可把牠剿滅，為民除害，此刻還不下手，被牠驚覺逃去，那就很可惜了。」

心下想定主意，舉起桿棒，躥將出去，唯恐這兩個怪物飛往門外，無從尋覓，卻把身體當門立定，使牠不能逃走，方才放開霹靂一般的喉嚨，大聲喝道：「好怪物！我在此處下榻，竟敢前來現形，膽氣真個不小，快快上前來領死。」口中說著，一桿棒當頭劈去。

那兩個煞神正在尋覓靈前的祭品，出其不意被匡胤一聲大喝，頂上的陽光隨著喝聲冒將起來。煞神見了，知是大有來歷的人，便覺十分驚駭，要想躲避。無奈，匡胤是個真命天子，動起怒來，發出的陽光比較常人，不知大上幾倍，煞神被他的陽光懾住，不能躲閃；況且匡胤又當門立定，要想逃走，又不能夠，說時遲，那時快，匡胤的桿棒已是劈至煞神頂上。

那煞神原是最兇惡不過的東西，如今為匡胤逼住，既不能躲避，又無從逃走，只得展開翅膀，向棒上一擋；匡胤的桿棒被牠的翅膀碰著，似有千斤之重，虎口震動，手內的桿棒竟握持不牢，噗的一聲，早已飛過一旁，落在地上。

匡胤失了桿棒，心下大大吃驚道：「不料這個東西竟具如此力量，倒要留神一點，不要為牠所害。」當下伸出雙拳，直向煞神打去。兩個煞神，也就叫了一聲，拼命來鬥。

匡胤施展平生本事，一來一往，和煞神鬥了半日，幸虧聖天子到處，百靈相助，煞神雖是兇狠，和匡胤只鬥得一個平手。

後來天光將亮，陽氣愈盛，陰氣潛消，兩個煞神漸漸的氣焰低下，不能抵敵。匡胤反覺愈鬥愈勇，精神百倍，忽然奮起神威，大喊一聲，伸出手去，把頂上有冠的煞神一把拉住，那一個煞神見勢不妙，拼命地向外撲去，飛往空中，不知去向。

那個被匡胤拿住的煞神，還不肯服服貼貼的就擒，卻把兩個利爪在匡胤腕上亂撲亂抓。匡胤不覺大怒，用個擒拿手法，將牠兩隻翅膀握牢，隨用左手把牠的羽毛亂拔，不一會，早已羽毛零落，鮮血迸流，不能動彈。匡胤知道牠已無逃走的能力，將手一鬆，把牠丟在地上，自己爭鬥了半夜，也覺十分乏力，就在一個椅上，坐下休息一會，等到精力復原，就要上道。

此時天光已經大亮，匡胤坐了一會，已經復原，正要取起包裹，即行動身，不想低頭一看，見自己的衣服上面到處沾漬著血跡，倘若走在路上，豈不惹人疑心？正要解開包裹取衣更換，忽聽前面的大門「呀」的一聲，走進一個人來，匡胤看時，不是別人，正是昨天身穿重孝的那個婦人。

她因避煞，趕往娘家住了一夜，只因惦記家中無人照顧，東方剛才發白，便辭別父母，回家來，到了門前，取出鑰匙將鎖開了，推門進來，驀然瞧見匡胤手中正在解取包裹，疑是竊賊，趁著自己家中無人前來行竊，唯恐家內的衣物已經失去，心下慌張異常，大聲喊著捉賊。

那左右鄰舍一齊吃了早餐，要去下田，忽聽婦人大喊捉賊，便一窩蜂的擁進門來，七嘴八舌的問那婦人失了什麼東西？賊人可曾逃去？婦人卻用手指定匡胤道：「這個青年漢子就是竊賊！我昨夜因為丈夫回煞，到娘家去住了一夜，天明歸來，剛走進門，這個青年漢子在此收拾包裹，我也不知失了些什麼東西，須要檢查一番，方得明白。」

眾人聽了，一齊注視匡胤，見他滿身血跡，大家不勝驚詫，正要喝問匡胤，因何趁婦人家內無人，膽敢行竊？身上許多血跡，又是什麼緣故？誰知匡胤不待他們喝問，早已向那婦人道：「無夫人，你難道不認識昨天鎖門時借宿的人麼？這包裹乃是我自己的，並未偷你什麼東西。」

婦人聽了此言，方始記起昨天的事情，便道：「不錯！你正是昨天向我借宿的青年，只是我鎖了門，沒有允許你借宿，怎麼戶門沒開，你竟能到家裡來的呢？況且你昨天身上的衣服十分潔淨，並無一點污穢，為何又弄得滿身都是血跡呢？」

匡胤答道：「你要問門戶未開，我怎麼能夠進來的麼？只因我見你匆匆鎖門而去，知道內中無人，免得再到旁的人家去借宿，又要多費周折，便從牆上跳入裡面，預備住一夜，天色未明即便動身。不料睡到半夜，煞神前來將我擾醒，我就和煞神爭鬥了半夜。一個煞神鬥不過我逃走了，一個煞神卻被我一把抓住，將牠打死，現在躺在那邊，那血淋淋的東西，不是煞神麼？我身上的血跡，就是和煞神爭鬥沾染上的。」

眾人聽了匡胤的話，齊把打死的東西一看，認得果是煞神，不覺驚喜欲狂，一齊而上，把匡胤圍住，有的向他叩頭，有的向他禮拜，有的口稱恩人，還有的對著已死的煞神，戟指罵道：「你如今還能禍人麼？天道好還，也有今天這一日，真是快心得很。」

匡胤被他們一陣胡鬧，弄得如墜五里霧中，一點頭緒沒有，只是呆呆的看著他們，一句話也說不出來。

幸虧眾人當中，有個為首的老者，瞧見匡胤呆呆立著，不敢開口，知道匡胤不明白其中的原因，就把眾人攔住道：「多蒙這位英雄替我們地方上除了大害，向他道謝，原是正理，只是也應該把內中的詳情細細的告知，然後再行道謝，方使他可以安心受你們的禮拜，像這樣亂七八糟的瞎鬧一陣，反把他弄得沒有頭緒，那樣行為，豈是感念恩德所應該如此的麼？你們快些退立一旁，讓我向英雄說知備細，再行道謝，也還不遲哩。」

眾人聽了老者的言語，方才把圈子一鬆，齊齊退向後面，等候著老者和匡胤說話。

老者不慌不忙，取過一張椅子，讓匡胤靠著靈前的供桌，坐將下來，方才向匡胤說道：「不知英雄尊姓大名？仙鄉何處？因甚來到此地？」

匡胤見問，便將姓名籍貫，以及赴鳳翔行營，因貪趕路程，錯過宿站，方才到此的話，一一告訴了老者。

老者聽了，肅然起敬道：「原來是位宦家公子！老漢失禮得很。」

匡胤道：「老丈休要客氣，我們萍水相逢，總算有緣，不知這裡是何地名。我昨夜與煞神爭鬥，將牠打死，也不過偶然之事，那些人為什麼要現出這般模樣？還請老丈不嫌煩瑣，詳細告我。」

老者答道：「承蒙公子下問，老漢敢不詳告。我們這村，叫做桐蔭村，屬於襄陽府所管。若問打死煞神，眾人為何要如此模樣，這話說來很長，因為我們這個村莊，不知在哪一朝，哪一代興出的例兒，無論何等人家，不問富貴貧賤、官宦平民，如果有人亡故，必定要回煞的。到了回煞的日期，相傳有兩個煞神，似雞大，鶴頸鳥喙，鐵翅銅爪，相貌兇惡，力大無窮，乃是一雌一雄，相配成偶，死人回煞，煞神一定前來享受祭品，死者的家族到得回煞這夜，無論男女老幼，都要回避出外，不得存留一人，倘若有人在家，觸犯了煞神，便立即將魂魄吸去，這個人不上三日就一命嗚呼了。

「那煞神來往，必有一陣旋風，非但死者的家族不能觸著這風，就是左鄰右舍和遠近的行人也不能觸犯的，如果稍不留神，碰著旋風，就有不測之禍，任是仙人，也解救不來。所以本村每逢有人亡故，請陰陽先生算定了回煞之期，必須通告村中住戶，使他們預先防備，到了這一天，家族人等，固然避往親戚人家，就是近旁的鄰居，也要關門閉戶，不敢出外，否則遇著旋風，往往有不幸之事發生出來。

「剛才這一班人，都是受過煞神之害的，有的是父母沖犯了煞神，沒了性命；有的是妻女遇了煞神，吸去魂魄，皆是受了煞神的禍患，無從伸雪，心中十分怨苦，又沒有法子可以抵制，如今忽見公子竟將煞神打死，並且死的還是個雄的煞神，單剩下一個雌的，牠沒有雄的那樣厲害，雖然逃走去了，可以不必懼怕。公子這麼一來，真是替我們村上除去

一個大害，那些人圍繞著公子，叩頭禮拜，正是表示他們感謝的意思，不過沒有將內中的詳情說明，反使公子摸不著頭緒了。」

匡胤經老者把情由表明，方才知道其中的緣故，一心要想趕路，立起身來，辭別老者，便要動身，老者連忙挽留道：「地方上蒙公子除去大害，全村的人都要奉請一下，以表謝意，少不得屈留公子居住幾日，使我們略盡地主之誼。」

匡胤哈哈笑道：「我打死了煞神，不過是偶然遇見，僥倖成事，並非有意替你們除害，如何要酬謝呢？快請老丈傳語這些鄉鄰切勿如此。我有萬分緊要的事情在身，頃刻也不能留在這裡的。」說著，立起身來，匆匆欲行。老者又再三挽留，匡胤只是不允。

老者見匡胤堅執要行，無論如何也留他不住，實在沒有法想，只得說道：「公子既然一定要去，老漢也不敢過於挽留。只是此刻時將晌午，公子自早晨至今未進飲食，腹中豈不饑餓？況且離了我們這村，有數十里人跡罕見的曠野之地。公子若不用飽飲食，到了那裡，前不著村，後不著店，豈不大受其累？我勸公子還是略延片刻，吃過了飯再行動為上。」

匡胤初時一心要想趕路，卻把飲食一事拋在腦後，並不記憶，現在被老者一言提醒，覺得腹中甚是饑餓，也就笑著說道：「我因有事在心，竟把吃飯也忘記了。既蒙老丈和眾位鄉親一片美意，留我吃飯，若再執意推辭，那就太覺不近人情了，我便老老實實在此吃了飯再動身罷。」

老者和眾人見匡胤答應在此吃飯，一齊大喜。老者道：「我原說，公子乃是爽快不過的人，何至吃一頓飯都不肯賞光呢？只是此間擺著一口靈柩，地方過小，連桌椅都沒處擺，還請到老漢家裡去坐罷。」

匡胤已允許在此吃飯，也就不再推辭，便同了老者到他的家內而去。眾人因匡胤急切要動身，連忙備了酒飯，請匡胤飽餐一頓。匡胤吃罷飯，遂即插弓袋箭，提了包裹，辭別老者和眾人，登程而去。

走了兩日，已抵襄陽。所苦的是此次出外，乃是背著母親妻子不別而行，隨身資斧所帶無多，這時已經用罄，再向前去，尚不知有無機緣，所以心內甚為著急。

也是匡胤不該落拓窮途，自有際遇到來，這日正當天色將暮，身邊沒了盤纏，不能至旅店內寄宿。尋到一處僧寺，步入裡面，見了僧徒，說出行路經此，無處安身，欲借寶剎，暫宿一宵的意思。

不料做僧徒的人，都是勢利的居多，他們平日見了富貴顯赫的人，自然呵奉不遑，現在瞧著匡胤，行囊蕭索，衣履敝舊，知是日暮途窮的征客，無甚油水可沾，如何肯留他住宿下來？當即一口回絕，不容存身。

匡胤此時進退兩難，只得婉言懇切，但求得容留，便在廡下寄居一夜，也不妨的，哪

知這些僧徒任憑再三央告，總是白眼相向，不肯允許。

匡胤見他們如此勢利，不覺發起火來，厲聲說道：「出家人慈悲為本，庵觀寺院又是受的十方供獻，我們過路客人借宿一宵，乃是應該容納的，如何這般央求，還是不肯答應呢？休要惹我發起性來，得罪了你們，那就懊悔嫌遲了。」

內中有個僧徒，見他說話強硬，正要發作，忽見一個小沙彌從裡面匆匆走出，向眾僧徒說道：「你們又在這裡爭鬧些什麼？老師父叫我來問你們，守候的貴人此刻可曾到來？他在那裡盼望著呢！」

眾僧徒齊聲埋怨道：「都是老師父不好，無緣無故看什麼天象，說是紫微星朗照本方，今天午後，必有貴人降臨，命我們在此守候。我們自從吃了飯就在此坐守，直到此刻，天色將晚，也沒有什麼貴人降臨，倒反有個過路窮人，硬要在寺內投宿，我們不肯答應，他便倔強起來，正在和他爭鬧哩。」

小沙彌道：「老師父說的，真人不露相，露相不真人，你們俗眼凡胎，哪裡識得？這投宿的過客，正是貴人。老師父已知他現在到了本寺，命我來關照你們，好好的請他到裡面去，不可怠慢著他。」

眾僧徒一齊詫異道：「落魄到這般樣子，老師父反說他是貴人，不知貴在哪裡，我們可瞧不出來。老師父既要請他進內，你就同著他往裡面去罷，我們卻沒這閒工夫來陪侍他。」說罷這話，竟自一哄而散，不來理睬匡胤。

那小沙彌卻經師父再三吩咐了出來的，見眾僧徒一齊散去，只得上前陪笑說道：「貴客休要嗔怪！他們多是些無知之徒，不懂接待賓客的禮節，我們師父已經知道貴客到此，在方丈室裡等候許久了，命我前來奉請，望貴客一同到方丈內去罷。」

匡胤早把小沙彌的話聽得明明白白，料定裡面的老師父必是異人。又見小沙彌如此客氣，也就不肯怠慢，口中連連稱謝，遂將適才放下的箭囊弓袋，和那包裹，一齊拿了，跟隨小沙彌，徑向方丈內去。

第六回　異僧贈偈

匡胤跟隨小沙彌來到方丈處，早有一個皓首龐眉的老和尚降階相迎。匡胤見這和尚，矍骨清顏，衲衣錫杖，飄飄然大有出塵之概，知道他非尋常僧人可比，連忙向他拱手，老僧也慌忙答禮道：「小徒無知，冒犯貴人，尚望寬宥為幸。」

匡胤道：「小可原想投效戎行，博取功名，因此離家遠行，不料性急匆忙，走錯路徑，以致資斧告匱，落魄窮途，棲止無所。今天雖蒙上人青眼，得瞻道範，有處安身，但後顧茫茫，機會難遇，尚不知如何結局，上人無故稱為貴人，未免擬非其倫。況且小可毫無才幹，不能奮發有為，創建事業，揚名四海，只落得長途奔波，靦顏向人，哪裡敢當這貴人兩字？還請上人不要如此稱呼，使小可聽了，十分汗顏，無地容身。」

老僧道：「此事早有定數，不過時機未至，龍困淺水，尚缺風雲，一旦得了機會，自然飛黃騰達，無人能及，此時何必過謙呢？」一面說著，邀匡胤在方丈處坐下。

小沙彌獻上茶來，匡胤喝著茶，詢問老僧的姓名，老僧答道：「老衲自幼出家，世事

久已拋棄，迄今年逾百歲，哪裡還記得俗家姓名，不過當年出家的時候，本師曾代老僧取色即是空，空即是色之義，起個法名喚做大空，因此人家都叫老僧為大空和尚。」

匡胤問道：「上人壽過期頤，道行高妙，必然能知過去未來之事，小可愚昧，未知將來結局如何，還求上人指示迷途，加以教誨，就是萬幸了。」

老僧道：「赤光繞室，已呈預兆，奇香不散，早有異徵；點檢作天子，已有定數，後福正是不淺，結局何用憂慮呢。」

匡胤見老僧竟將自己出生時的赤光異香都說了出來，好似目睹一般，不覺十分驚詫，只有所講的「點檢作天子」那句話，心內不甚明白，便追問道：「上人所說的點檢，究竟是何人物？小可生性愚魯，不能懂得隱語，還請上人明白指教，以釋我疑，那就感激得很了。」

老僧微笑道：「天機不可洩漏，日後自然明白了，老僧饒舌，已經罪過了。」

匡胤道：「未來之事，深恐洩漏天機，致於上蒼罪譴，恰不必去談它，但是小可此時窮途躑躅，進退兩難，未知向哪一方面行去，可以碰到機緣能夠得志，這是指點迷途，救拔眾生的事情，略略談論，想必無其妨礙。」

老僧毅然答道：「此刻機會將到了，只要再向北方進行，自有奇遇。」

匡胤聽罷，沉吟了半晌，低頭不語，現出十分躊躇的樣子，老僧不待詢問，早就明白匡胤為難的緣故，遂即說道：「但請放心，不用憂慮，區區盤纏乃是小事，老衲自當代為籌備。」

匡胤謝道：「萍水相逢，便承上人資助，小可心下如何得安呢。」

老僧道：「結些香火因緣，也是老僧分內之事，何必心下不安呢！今晚權請在敝寺暫宿一夜，明日即當送行，免得錯過機會，又要多費周折。」說畢，遂喚小沙彌近前吩咐道：「你引這位貴客至客房內暫時休息一下，並命廚房備飯款待，休得怠慢。」

小沙彌答應了一聲，便代匡胤拿了弓箭包裹，請他往客房裡去，匡胤起身向老僧致謝告退。老僧扶了錫杖，款款的送出門外，自回方丈。

匡胤同了小沙彌來到客房，見是一間小小的房屋，內中床帳被褥，色色俱備，並且收拾得窗明几淨，一塵不染，十分清淨。

匡胤接連趕了好多天的路，在途中所受的塵氛之氣，到了此處，不覺一掃而空，心內很是爽快，忙將身上的塵埃拂拭乾淨，坐在房裡，飲了杯茶，那小沙彌已攜進一個燭臺擺在桌上，用火將燭點上，把桌子揩拭一下，隨後出去，搬入晚飯，將菜餚碗箸安排齊整，回身對匡胤道：「貴客請用晚膳。」

匡胤腹中正覺饑餓，便狼吞虎嚥的大吃一陣，吃得腹中已飽，方才把碗筷放下。

等到小沙彌將殘餚撤去，送上洗面水，匡胤淨過了臉，身體已覺疲乏異常，遂將被褥

取過，倒身在床上呼呼睡去。只因行路辛苦，連日在鄉村人家借宿，沒有好好的睡眠，今天在這客房裡面，覺得甚是舒服，所以一會兒睡著，竟是貪眠忘曉。

及至一覺醒來，已經紅日當窗，連忙披衣坐起道：「怎麼一覺睡至此刻方始醒來，豈不有誤行程麼？昨晚那個老僧曾言今天送我動身，免得錯了機緣，倘因起身遲延，把際遇錯過，那就追悔莫及了。」一面說著，走下床來，早見小沙彌送進了面盆手巾，侍候梳洗。梳洗方畢，早又搬進早餐，匡胤隨意吃了一會兒，遂即整衣出外，徑向方丈而來。

老僧已扶著錫杖在那裡守候，兩下相見，互相問了早安，便邀入方丈坐下。匡胤唯恐錯過機緣，急欲告別登程。

老僧笑道：「貴客休要性急，從來說一飲一啄，莫非前定，斷乎沒有差錯的，貴客就是此刻動身，也要到得那個時候才有機會碰著，卻是勉強不得的。況且老僧尚有薄酒三杯奉敬貴客，以壯行色，等到午後登程，並不嫌遲。」

匡胤聽了老僧的話，哪有不依之理，遂又重行坐下。和老僧閒談一會兒，不覺談及時局，匡胤便問老僧道：「天下大勢，一治一亂，原是循環不息的，所以前人曾說『分久必合，合久必分』，便是易經上也說『無平不陂，無往不復，否極泰來，亂極必治』，現在的時局，離合縱橫，兵戈擾攘，已經四五十年，也不可謂不久了。照著常理推測起來，天心也應厭亂，但時之久暫遠近，小可凡胎俗骨，難以細度，上人能知過去未來，想必久已明瞭，究竟不知何日方得太平？」

老僧答道：「貴客所說分久必合，合久必分的話，一點也不錯！到了中原混合為一的時候，自有太平出現；老僧夜觀天象，為期也不遠了。」

匡胤道：「混合中原之期，既已不遠，那真命帝主想已出世的了，不知現在何處？」

老僧道：「貴客要問真命帝主在於何處，卻是遠在天邊，近在眼前；但天心雖然相助著他，也總要戒殺好生，才能夠統一中原。玉食萬方，孟子所言『不嗜殺人者能一之』，正是這個意思。如果違背了這個道理，一味的荼毒生靈，以償所欲，即使能夠統一，他的國祚也決不長久的。」

匡胤聽了，連連點頭道：「上人的言語，實在有理！天生民而立之君，原是要他代天宣化，保護人民的；倘若只管自己爭城爭地，不管百姓的死活，又何必要這君主呢？不用上溯唐虞，但就周秦兩代而論，文王、武王專以保民為主，所以國祚綿長，傳至八百年之久。秦始皇雖然統一了中原，專門暴虐百姓，荼毒人民，唯恐天下背叛，費盡心血的收兵器以對內，築長城以禦外，焚詩書以塞民智，禁偶語以杜反側，這樣的防微杜漸，總認為以子孫帝皇傳至萬世了，哪裡知道，陳涉崛起田間，振臂一呼，天下響應，傳到二世就滅亡了。把周秦兩朝的事蹟略一比較，可見開基創業之君，斷乎不可以多事殺戮的。」

老僧不待匡胤說完，早已拍著手道：「貴客能見及此，真是蒼生之幸，老衲可以斷定

貴客的後福，將來竟沒有限量哩。」

兩人談論得十分投機，不知不覺時已晌午。老僧一看日影，笑向匡胤道：「我們只管饒舌，連時間都忘記了，貴客還要趕路哩，老衲如何昏蒙到這樣地步，把正經事情也幾乎誤了。」說著，即命小沙彌快去開飯。

小沙彌去了一會，搬進來幾樣素菜，另有一把酒壺，盛著熱酒，一齊擺在桌上，又取過一副杯箸，安排在上首。老僧起身，請匡胤上坐，匡胤道：「既蒙上人款待酒飯，如何一個人獨吃，上人何不一同用膳呢？」

老僧道：「既請貴客飲酒，老衲理應奉陪，只因服氣已久，煙火食屏絕多年，老衲只好旁坐相陪，請貴客獨用罷。」一面說，一面執壺斟酒，讓匡胤入席。

匡胤見老僧不吃酒飯，也就不再謙讓，致謝了一聲，便在上首坐定，舉杯一飲而盡，老僧又執壺斟滿，匡胤甚覺不安，便向老僧道：「上人既不飲酒，可讓我自己斟罷，如此勞累上人，心中實在不安得很。」

老僧還要客氣，匡胤早將酒壺取在面前道：「讓我自斟自飲，倒可多喝幾杯，上人倘若再不允許，我就從此停杯不飲了。」

老僧見匡胤並不作客，也就任他自便，不復多禮。

匡胤飲著酒問道：「剛才上人說，服氣已久，屏絕煙火食已經多年，不知道『服氣』

是什麼一種功夫，像我們俗骨凡夫，可以學習麼？」

老僧道：「服氣一法，乃是禪門真訣，大凡修道的人，都要從此入手，無論什麼人，只要真心從道，皆可學得，而且學習久了，效驗異常宏大。但是這種秘訣，只有修道的人才要學習，像貴客一般人物，將來還要玉食萬方，享受四海的供獻，用不著導引辟穀的法子。」

匡胤聽了，方不多言，飲了一壺酒，便命小沙彌盛飯，老僧道：「只因貴客還要趕路，老衲也不奉勸多飲了。」

匡胤吃罷飯，小沙彌送上洗面水，方把殘餚撤去，老僧已取出十兩銀子，送給匡胤，匡胤再三推讓，不肯收受。老僧道：「貴客休得客氣，這銀子也由施主捨給敝寺，老僧特地取出，送給貴客的。大概由此處起身，向北而行，不過十日便有機緣。這區區銀子雖是少數，已夠應用了。」

匡胤知道推卻不了，方才收了銀子，向老僧再三道謝，遂即取了弓箭包裹，作別欲行。老僧道：「且慢，老僧尚有幾句偈語，為貴客送別，雖沒什麼深意，留作後來應驗，也是好的。」

匡胤道：「上人既有偈語，自當恭聽清誨。」

老僧遂作偈道：「遇郭乃安，歷周始顯；兩日重光，囊木應讖。這十六字，請貴客記取，將來自有應驗。」

匡胤聽了，茫然不解，知道這是天機，便向老僧追問，他也不肯直言，只緊緊記牢了四句偈語，回答了領教兩字，並不向老僧細細詰問。

當下由小沙彌將箭囊弓袋並包裹等件，拿了出來。匡胤向老僧作別道：「仰蒙上人厚愛，深情懇摯，小可不勝感激！此去若能得志，定當報答恩德，但不知何日再得會面，上人能識未來之事，想必已經知道的了。」

老僧道：「若問再見之期，須要待到太平時候，才能重行聚首。」（「太平」二字暗伏太平年號。）

匡胤遂即攜了行李弓箭，邁步出寺。老僧親自送至寺門，道了聲沿途珍重，回身入內。

匡胤依了老僧囑咐的話，直向北方前進。一路之上，縱覽形勝，細玩風景，倒也不甚寂寞，況且有了老僧所送的十兩銀子，資斧不憂缺乏，心裡很是寬慰！迤邐行來，已至漢陽，當即雇了舟船，渡過漢水，循著江岸，向前進行。

走了一會，忽然一座高山，遮斷前途。匡胤看那山時，恰見層巒疊嶂，勢甚險峻。山的後面，隱隱的傳出角聲，似斷似續，聽不清楚。匡胤心下狐疑不定道：「這個聲音，分明是軍營中的角聲，難道此有甚軍隊駐紮在這裡麼？」一面想著，也不顧山路崎嶇，奮力走上山頂，舉目觀看。只見四下裡靜悄悄的，絕無所見。

唯有前面一座大營，依山傍水的駐紮在那裡，且有一面大旗豎在軍中，蕩漾空際，耀日生光，旗上寫著一個大字，被風吹著，飄搖不定，急切間也看不出字。

匡胤只得走下山來，又向前行了數十步，才看清楚，旗上乃是大大的一個「郭」字，不禁觸目驚心，暗中轉念道：「前在襄陽遇見的老僧，臨別時贈我四句偈語，第一句就是『遇郭乃安』，莫非我的機緣就在此處麼？這倒不可錯過。」暗暗轉念了一會兒，拿定主意，直叩營門，求見主帥。便將衣服整理一下，搶步前進。

到了大營，見有衛兵在營門外守護著，便上前問道：「貴營的郭元帥，可在裡面麼？」

兵士道：「在裡面呢！你打從哪裡來？問他做什麼？」

匡胤答道：「我從汴京到此，特地來拜見郭元帥，要求他收錄在營，出力報效。」

兵士聽了，向他渾身上下看了一會兒，方才問道：「請將姓名籍貫告我知道，方好替你通報。」

匡胤道：「我姓趙，名匡胤，乃是涿州人氏，父親弘殷，現為都指揮使。」

兵士搖著頭道：「瞧不出你還是個公子哩！但是父親既做到都指揮使的爵位，樂得安居家中，享受富貴榮華，怎麼反要來投軍呢？」

匡胤道：「古人說的，『時勢造英雄，英雄造時勢』，現在正值世界擾亂，乃英雄豪傑有為之時，不趁此建功立業，尚待何時？」

兵士道：「不料你年紀很輕，倒有這般壯志，待我與你通報，見與不見，可要看你造化。」說著，回身往後營去了。

你道這座大營裡的郭元帥，究竟是何人？原來就是後周太祖郭威，乃是邢州堯山縣人氏，生得相貌魁梧，力大無窮，自幼學習武藝，弓馬嫻熟，韜略深淵；少年時候，行為甚是無賴，最喜賭博、樗蒱之戲，一擲萬金，絕不吝嗇。頸上黥著飛雀啄黍之狀，說來卻也奇怪，初黥那飛雀的時候，這粒黍距離飛雀約有寸許地位，後來出仕為官，頸上的飛雀和那粒黍竟會漸漸的相近起來。

有個相面先生替郭威相面，說他相貌異常，雖然出身微賤，後來必然大富大貴，竟是九五之尊。郭威問他，應在何時可以發跡？相面先生道：「等到頸上黥的飛雀啄到了那粒黍，便是身登大位的時候了。」

相面先生講了這番無影無蹤的話，非但郭威嗤之以鼻，便是旁邊的人，也都不相信道：「頸上黥的飛雀啄黍，乃是不能移動的，相距寸許遠近，豈有可以啄到之理？這明明是相面先生的胡言。」

哪知和郭威在一處賭錢吃酒的朋友，卻把相面先生的話，當作一件新聞互相傳述，人人皆知。從此以後，都叫郭威為郭雀兒。

那郭威在鄉黨之中，頗有俠氣，常常替人家排難解紛，遇有窮途落魄。或是遭了急難的人，他也肯解囊相助，十分慷慨，因此地方上很有人感激他。有個姓柴的，名喚守禮，為了一樁官司被人誣陷，幾乎惹出大禍。幸得郭威出頭排解，方才沒事，守禮感念郭威恩德，無可報答，便把自己妹子嫁於郭威為妻。守禮的兒子，便是柴榮。前回書中，匡胤、鄭恩三人結義之後，匡胤將回汴京，柴榮不是說也要動身去看望姑丈麼？就是去看郭威的，只因郭威娶了柴氏，並未生育兒女，卻把柴榮視同親生兒子一般，十分中看！

後來郭威跟了後漢高祖劉知遠，立了許多戰功。知遠器重郭威，遇有機密大事，都是史宏肇、郭威兩人代為劃策，所以知遠篡了後晉，史宏肇、郭威都是開國元勳。知遠臨歿，郭威、史宏肇又做了顧命大臣，擁立太子承祐為帝，就是後漢隱帝了。其時隱帝幼弱，諸事都聽郭威、史宏肇的指揮。所以隱帝即位，便命史宏肇為樞密使，郭威為樞密副使。又因鄴都是國家的重鎮，須要威望素著的將帥前去鎮守，遂加郭威為侍中，兼鄴都留守，帶領部下兵將，坐鎮鄴都。

郭威奉到聖旨，知是朝廷倚仗自己的威望，壓制各鎮，好使他們不敢暗生異心，所以有這樣的重任，哪裡還敢怠慢？立刻收拾行裝，帶了家眷，徑往鄴都就任。

不料郭威到了鄴都，沒有多時，那護國節度使李守貞據了河中，聯絡了永興的趙思綰，鳳翔的王景崇，三處藩鎮一齊抗命起來，聲勢猖獗異常，各路將帥不能抵敵，紛紛告

急，文報絡繹，如同雪片一般飛來。隱帝年幼無知，如何應付得來？立召樞密使史宏肇，同平章事蘇逢吉、楊邠入宮，商議發兵之策。

史宏肇畢竟是閱歷已深，很有才幹，能擔重任的人，他見隱帝急得手足無措，便從從容容的安慰了隱帝，叫他不要著急，一面與蘇逢吉、楊邠商議調遣將帥，分路出兵。當下議定，命趙弘殷征討鳳翔的王景崇，郭從義征討永興的趙思綰。唯有河中的李守貞，兵力最強，聲勢也最厲害，須要極有威名，能征慣戰，智勇足備的大將前去，始能抵敵李守貞。

史宏肇等躊躇了半日，除卻鄴都留守郭威以外，便沒旁人可當此任，當下商議已定，入見隱帝，奏明此事。隱帝一一准奏，卻另外下一道諭旨，命郭威為西面招慰安撫史，征討河中，諸路軍馬皆受節制。郭威奉到諭旨，見軍情緊急，自然不敢遲延，略略挑選兵將，帶了內侄柴榮，秘書王濤，率領部下人馬，兼程前進。

這日行到半途，紮下大營，在路旁暫憩，匡胤恰巧到來，遇個正著，便直叩營門，請求效力。兵士代他通報進去。郭威因在用人之際，既有壯士投效，自然不肯拒絕，立命召入相見。

匡胤聞召，隨定兵士步入中軍帳前，向郭威打了一拱，侍立帳下。郭威未曾開口，先把匡胤的相貌端詳一會兒，見他正在壯年，身材魁梧，心下已有三分喜愛，遂問明姓名籍貫並及三代履歷。匡胤朗朗回答，聲音洪亮，語言鮮明，郭威見了，更加合意，早有留他在營之心，卻故意問道：「你年紀尚輕，正應在家讀書，徐圖上進，如何出外投軍，輕蹈險地呢？」

匡胤答道：「現值時局多故，正是大丈夫立功之秋，稍有志氣的人，怎肯枯坐家中，不思出外建立功業呢？我久已抱定入營效力的志願，上可以酬報國家，略盡食毛踐土之誼，下可以顯親揚名，不致虛生人世，這就是我前來投效戎行的本意了。」

郭威道：「你的志願如此宏大，正可追隨令尊，同往鳳翔，建立功績，因何不隨父前去，反到我營中來投效呢？」

匡胤經此盤問，料知難以隱瞞，只得將父母愛子心切，不許從軍，並自己如何潛身出外，走錯路程，始到此處的情形，一字不遺的述了一遍。

郭威聽了，方才明白匡胤前來投軍的原由，遂即言道：「我與你父，本屬同寅，今既到此，哪有不肯錄用之理。現在且留在我帳下，同去征討河中，等到立了功勞，自然保薦。」

匡胤謝了郭威收錄之德，正要告退出帳，忽然有一位青年將軍走入中軍帳內，一眼瞥見匡胤，現出驚詫的神情，向他問道：「你如何不在汴京，竟會來到這裡呢？」

第七回　太祖投軍

匡胤謝了郭威錄用之德，正要告退出帳，忽見一位青年將軍匆匆入內，一眼瞥見匡胤，現出驚詫的神氣，急忙問道：「你怎麼離了汴京，來到此處？」

匡胤見了那人，也不禁驚喜交集，來不及回答他的話，趕上前去和他執手行禮，訴說自己到此的情由。

你道這位青年將軍是誰？他瞥見匡胤，為何要現出驚詫的神氣？匡胤見了他，又為何驚喜得話也不及回答，趕上去和他執手行禮呢？原來這青年將軍並非他人，乃是前回書中和匡胤、鄭恩在關帝廟內結義的柴榮。

那柴榮自在定州安喜縣內與匡胤、鄭恩分別的時候，本約定次年元宵佳節至汴京看燈，再行聚首，不料回到鄴都去看望姑丈、姑母，他的姑丈郭威，姑母柴氏，因為膝下無兒，心下正感不快，見柴榮忽地遠遠的跑來看望自己，哪有不喜之理！又見柴榮長得長身玉立，儀表堂堂，並且生性溫和，待人接物彬彬有禮，侍候尊長，更是柔聲下氣，頗具孝

心，郭威夫婦更加鍾愛，索性寄信於柴榮之父，要將他撫養為子，所有郭威的家財產業及朝廷恩蔭的爵位，言明日後都歸柴榮承受。

柴榮之父，名喚守禮，原因郭威有恩於己，無可報答，遂將妹子嫁他，現在郭威又是漢主的開國元勳，官居極品，並兼將相，十分顯赫，他的言語怎敢違背！況且自己兒子做了郭威養子，便可平步青雲，立刻變成貴人了，這種機會真是千載難逢，豈可錯過，遂即回信答應。

郭威夫婦見守禮唯命是從，竟肯把兒子送於自己，這一喜好似天外飛來一般，當下擇定吉日，率領柴榮祭告天地祖宗，把柴榮承嗣過來，撫養為子。從此以後，柴榮便改姓為郭，稱為郭榮，不再姓柴了。

郭威夫婦自得郭榮承繼之後，忽地有了兒子，出入追隨、朝夕侍奉，把膝下蕭條之憾完全除去，心下的快樂自然不可言喻。再加郭榮秉性和平，夙諳禮節，做了郭威的養子，更是施出平生本事，晨昏定省，出告返面的克盡於職，所以郭威夫婦愈加喜歡。不但視若親生，並且看待他如胸頭之氣，掌上之珍，連一時一刻也離不開他。

你想郭榮有了這樣際遇，如何還能離開鄴都，遠赴汴京，實現從前與匡胤、鄭恩所訂的元宵看燈之約哩？這便是郭榮失約的原因，趁此交代清楚。

閒話休提。單說匡胤、郭榮兄弟二人，無意之中在軍營會面，哪能不驚喜異常，互相握手細訴別後的情形，郭威見自己的兒子和匡胤認識，並且十分要好，即便問道：「榮兒，你與趙指揮的公子是何時相識的，怎麼我竟沒有知道呢？」

郭榮見問，便將自己在安喜讀書，與匡胤乃是同窗好友，後來又因賣弓，遇見鄭恩，三個人因意氣相投，在關帝廟內學著劉、關、張桃園結義的故事，結拜為異姓兄弟，一一告知郭威。

郭威聽了，也喜逐顏開的對匡胤道：「趙公子原來與我兒是結義兄弟，從此以後，我倒要忝居長輩，喚公子為賢侄了。」說著，又回顧郭榮道：「趙賢侄今日方至營中，尚沒有安身的營帳，你們既是結義兄弟，就和自家人一般，可同了他到你帳下，好好款待，等到將來立了戰功，受了軍職，自有區處。」

郭榮得了父親的吩咐，諾諾連聲，引了匡胤，向郭威告退，同回自己營帳，細敘契闊。從此匡胤更加死心塌地跟著郭榮，隨在營內，徑赴河中，征討李守貞。

匡胤正值壯年，勇猛非凡，又一心一意要想建立功績，出人頭地，所以披堅執銳，所至無敵，竟立了無數戰功。直到李守貞戰敗，無可為力，與妻子舉火自焚而死，河中地方完全平定。郭威回任鄴都留守，待遇匡胤格外優厚，卻始終不肯保薦，因此匡胤雖立了許多功勞，仍舊未得官職。

這卻不是郭威埋沒功績，因見匡胤少年英雄，到處無敵，乃是一員虎將，自己帳下，少他不得，倘若把功勞敘出，加以保薦，朝廷任用，便不能單為自己膀臂。為了這個緣故，只把匡胤羈繫在自己部下，不肯放他做官；又恐匡胤因為有功不賞，心懷怨望，所以款待得異常優厚，暗中又命郭榮再三寬慰，叫他暫時忍耐，將來自當格外酬報，不愁沒有高官重祿，匡胤也知郭威要把自己留在部下，所以不肯保舉，倒也毫不介意，並沒怨望的意思。

不多幾時，郭威篡了後漢，建國號為周，便拔補匡胤為東西班行首，並拜滑州副指揮使，未幾，又調任為開封府馬直軍使。

到得此時，匡胤總算遂了做官的心願，但郭威因為要他出力建功，不肯把他的官職輕易加大，唯恐他因官高爵重，心懷滿足，不再替自己出力建功，這正是駕馭英雄豪傑的手段，所以終郭威之世，官爵不過到馬直軍使而止。後來郭威既歿，世宗即位，不但念他功勞甚大，並且還有結義的一層香火因緣，有意重用，剛才嗣位，便命匡胤入典禁兵，而且款待他也異於常人，每逢萬機之暇，世宗無甚事情，便召匡胤入宮，和他閒談，或時飲酒，還是和未貴時一樣，略分言情，仍舊稱為二弟。

此時鄭恩亦已受職，與匡胤同典禁兵，世宗待他，也和匡胤一般，絕無歧視。世宗又因天下未能統一，燕雲十六州淪於契丹，沒有恢復，便加意練兵，竭力搜羅堪以勝任將帥的人物，匡胤早把慕容延釗、韓令坤等一班少年時節的朋友薦引入朝，世宗召見他們，一一量才錄用，卻都十分稱職。朝廷上面，自從郭威殂逝，世宗繼承大位，勵精圖治，引用人才，濟濟盈廷，真個能人輩出，賢才登進，大有修明之象。

世宗本要征漢滅唐，平定西蜀，先統一了中原，然後討伐契丹，收回燕雲，無如還在國喪期內，未便用兵，只得忍耐住了。

哪裡知道，世宗因為居喪期內，守著禮節，不去侵犯他人，那北漢主劉崇，他偏生不識好歹，只道世宗初立，年紀又輕，必定沒甚才幹，又加以郭威才死了並無多日，主少國疑，將帥未必用命，乘喪侵犯，定可大獲全勝，卻恐自己兵力單弱，不能抵敵周兵，故與群臣商議，聯合契丹並力伐周。主意已定，便遣使臣齎了許多金帛，賄賂契丹，求他出兵相助，幫同伐周，契丹得了北漢的金帛，自然一口答應，發兵相助。

劉崇聞得契丹兵已到來，現在河東駐紮，心中大喜，便命邱從暉為都部署，張元徽為先鋒，長子成鈞為親軍使，丁桂率了群臣，留守晉陽。分派已定，親自帶領諸將，統率三萬人馬，會同契丹派來之兵，擇日起程，一聲炮響，浩浩蕩蕩，殺奔潞州，乘喪伐周。

他以為這一舉，周人必不料及，可以乘其不備大敗周兵，趁勢恢復基業，哪裡料得，世宗非他人可比，雖然年紀尚輕，就是老成練達，閱歷很深的人，也及他不來呢。

當下北漢的兵馬，一路上旌旗招展，殺奔潞州。那潞州在後周時，稱為昭義軍節度使，乃是李筠。李筠本名李榮，因避世宗御諱，改名為筠。那李筠雖也了得，但是生性甚

是輕率，遇到事情，很有一往直前的氣概，卻不預備退步，就在這生性上吃虧不少，他還是不肯改悔，仍舊任性而行。

當時報稱北漢人馬，聯合了遼兵，前來侵犯邊界，李筠聞報，勃然大怒道：「劉崇這老匹夫，太不講道理了！我國正在喪期之中，竟是毫不顧恤，乘喪動兵。在他以為我國剛才沒了國主，今上年紀尚輕，又是初登大寶，正是人心疑貳，守備鬆懈的時候，乘喪進兵，必可獲勝。須知昭義軍有我李筠在此，豈能任你這老匹夫前來猖獗！若不放些手段出來，殺他個下馬威，怎麼知道我的厲害。」

李筠便傳下將令，命部下軍馬，齊集教場伺候出戰。總算他有些計算，派了四名將官，各帶一千人馬，預備下矢石滾木及一切守城器具，分守各門，不得懈怠，倘有疏忽，定以軍法從事，決不寬貸，其餘的兵將一齊跟隨自己出城迎戰。

傳令已畢，也不問北漢兵馬究有多少，自己所率的六千人馬是否能夠抵敵，居然放起一聲號炮，率領部下人馬搖旗吶喊，衝出城去。也等不及漢兵到來，傳令前軍從速前進，遇見漢兵，須要個個奮勇，迎頭截擊，不得放他逃走，自己押著後隊，親自督戰。眾兵將奉到命令，又見主帥也親自臨陣，果然個個勇氣百倍，徑向前進。

李筠的前部先鋒，乃都指揮穆令均，沿路迎將上去，行到將近上黨地方，才與漢兵相遇。劉崇遙見周兵前來迎戰，隊伍整齊，旌旗飛揚，其勢甚為鋒銳，知道不可與他力戰，遂即傳齊眾將，命先鋒張元徽，率兵五千埋伏在巴公原之左；都部署邱從暉，率兵五千，埋伏在巴公原之右，等候敵兵殺至分際，聽得炮聲響亮，一齊殺出，分左右截擊，不得有誤。邱從暉、張元徽一聲得令，各自領兵前去埋伏。

劉崇又命大將楊袞，帶領五千人馬，迎敵周兵，詐作戰敗，引他到巴公原下，等到伏兵殺出，再指揮人馬，回頭追殺，必可大獲全勝。楊袞得了將令，遂即領兵迎敵。

劉崇調遣已畢，便將人馬約至隱僻之處，並知會遼兵，待敵人中計，一同殺出，邀截他的後路。

那穆令均奉了李筠的將令，叫他奮勇向前，卻不料劉崇暗施詭計，在那裡守他，正與沖沖的殺上前去，與楊袞的人馬劈面相遇。兩下布開陣勢，穆令均挺槍躍馬，高聲喝道：「殺不死的匹夫，怎敢乘我國新喪君主前來侵犯邊界？知事的快快退去，饒爾不死，否則惹惱了我，定把你們殺得全軍覆沒，匹馬不返；便是那劉崇老匹夫，也要生掠活捉過來，碎屍萬段，以為乘喪欺人者戒。」

楊袞聽了，也忍不住怒髮衝冠，橫刀出陣，指著穆令均罵道：「無知匹夫！怎敢口出狂言，快快通名過來，你老爺刀下，不斬無名之將。」

穆令均道：「吾及昭義軍節度使部下先行官，都指揮穆令均是也！來的老將何名，我

看你年紀很大，白髮盈頭，如何不知進退，還敢前來上陣交鋒，若知本先行的厲害，速速退去，免得死於槍下。」

楊袞怒道：「你休誇口，可知山後的金刀楊袞麼？可惜我的寶刀，今天要斬你這個鼠輩，未免有汙刀鋒。」

穆令均也不回言，挺槍便刺，楊袞舉刀相迎。兩人一來一往，戰了二十餘合，未分勝敗。楊袞想道：「我奉令誘敵，何必與他力戰？」遂詐作力乏，虛砍一刀，回馬便走。穆令均只道楊袞真個戰敗，哪肯放他逃生？揮動人馬，盡力追殺。北漢人馬都抱頭鼠竄而逃。看看追過了巴公原，忽聽一聲號炮，左有張元徽，右有邱從暉，率領伏兵，兩路殺出，夾擊周兵。

周兵與楊袞大戰了一場，又急急的追逐了十餘里路，已是筋疲力乏，怎禁得兩路伏兵皆是以逸待勞的生力軍，如何抵敵得住？早已毫無鬥志，紛紛亂竄。那楊袞又揮動人馬，回頭殺來。三面都是漢兵，直把周兵圍在垓心。

穆令均仗著一支槍，左衝右突，要想殺出重圍，哪裡能夠？正在危急的當兒，忽見漢兵陣腳鬆動，一標軍殺入重圍，十分勇猛，漢兵攔擋不住，已經被他衝將進來。穆令均舉目觀看，卻是主帥李筠，率領牙將劉瓊、王彥直，帶了人馬前來救應。穆令均與眾兵士瞧見救兵已到，個個精神奮發，捨命衝殺，與李筠合兵一處，突出重圍，向後逃走。邱從暉哪裡肯捨？指揮三路軍馬緊緊追趕。

周兵無心抵敵，直向潞州奔去。不料行至分際，又是一聲炮響，劉崇親自帶領大軍，一聲吶喊，從隱僻處殺出，截住周軍歸路；又加上遼兵幫同夾擊，直殺得周兵屍橫遍野，血流成渠，幾至全軍覆沒。穆令均座下的馬略一遲慢，已被楊袞追上，舉刀便砍。令均慌忙用槍相還，哪裡還來得及！早被楊袞手起刀落，斬於馬下，正是：

一時豪傑成何事，千古冤魂怨落暉。

李筠見穆令均陣亡，嚇得心膽俱喪，哪裡還敢抵敵，拍著馬，向前亂奔。幸虧劉瓊、王彥直率領敗殘人馬，且戰且走，死命的保住李筠，逃入潞州城內，慌忙吩咐緊閉四門，竭力守禦。

這一場大戰，李筠的六千人馬，被殺死五千有餘，只剩得數百敗兵，逃進城中。漢兵已直抵城下，乘勢攻打，幸虧李筠出戰的時候，派四員大將，各自領兵一千，分守四門，早將守城器具預備齊全。漢兵前來攻打，城上灰瓶石子、弓箭鳥槍一齊打下，反把漢兵打死無數。邱從暉見城中有備，料知不能取勝，遂即收兵回營。

李筠見死了穆令均一員大將，漢兵已合圍攻城，如何還敢出戰，只得憑城堅守，一面備了告急本章，遣人星夜趕赴汴京，奏明北漢接聯遼兵，乘喪侵犯邊界，自己率兵迎敵，

大敗一陣，現在漢兵圍攻潞州，十分危急，請求速發救兵。

世宗接得李筠告急表章，欲親自率將兵前往潞州，抵禦劉崇。把這意思告知群臣，群臣一齊諫阻，世宗不聽，大師馮道竭力固爭道：「千金之子，坐不垂堂，陛下奈何忘先帝付託之重，以萬乘之尊輕臨險地，況且我國新遭大喪，陛下初登寶位，山陵未曾修竣，梓宮尚未奉安，人心容易搖動，不可輕出，但命智勇之將，禦之足矣。」

世宗道：「昔唐太宗初得天下，凡遇征伐，未嘗不親臨戎，行以唐太宗之英明，尚不敢偷安避危，朕自知萬不及太宗，怎敢深處宮闈，不身先士卒，為眾將表率呢？且劉崇乘我大喪，欺朕年輕，前來侵犯，正要乘我不備，僥倖萬一，朕若不親自率將兵前往禦敵，非但為敵人輕視，且不足以振作士氣，奮發人心。」

馮道還要爭諫，世宗深為不悅，只因馮道為先朝元老，不得不優容一些，所以不加申斥。

唯有同平章事王溥，卻以親征為然，勸世宗御駕親赴潞州，不難大破劉崇。世宗遂命馮道，奉梓宮赴山陵，下詔親征。

趙匡胤出班奏道：「朝廷平昔整飭戎行，勤加操練，將士中固然不少英雄。但此次御駕親臨，不同尋常，臣意陛下宜於出兵之前，親至教場，命眾將比較武藝，挑選能征慣戰，英雄無敵之將，任為先鋒，方可以鼓勵將士，群思自奮，破敵便不難矣。」世宗聞奏，深以為然，即從其言。

次日清晨，親至教場，在演武廳上升帳坐定。匡胤奏道：「披堅執銳，殺敵致果，以勇為貴，乘人不備，暗中取勝，以箭為上。陛下宜先試弓箭，後試勇力，取其弓馬嫻熟、力量兼人者為正先鋒，技藝稍次，力量略小者為副先鋒。」

世宗道：「所奏甚是。」乃傳旨命於教場平坦之地豎起箭鵠，令眾將先較射，後比武。一聲旨下，早見左班中趨出一將，生得面如傅粉，唇若塗朱，身穿大紅箭袍，腰圍金帶，腳登烏靴，相貌堂堂，威風凜凜，甚是英雄。眾人視之，乃張永德也。

永德向上打拱道：「恕臣甲胄在身，不行全禮。」

世宗道：「卿亦欲較射麼？」

永德道：「願得充先鋒，為國效力，如何不要較射？」

世宗許之。永德退下，披掛齊全，一躍上馬，在教場中，放開轡頭，跑了一轉，抽弓搭箭，覷定紅心，一箭射去，喝聲「著」，那支箭不偏不倚，恰中紅心。

永德連放三箭，支支都中紅心，將臺上的鼓擂得咚咚不絕。眾將看了，無不稱揚，只因御駕在此，不敢高聲喝采，一齊竊竊私語。

永德跳下了馬，收過弓箭，上廳打拱道：「先鋒之職，當與臣充當否？」

世宗道：「卿之弓箭甚為佳妙，果然可充先鋒。」

語尚未畢，右班中一將，喊聲如雷道：「先鋒印還當與我。」

世宗視之，乃虎將鄭恩也。鄭恩上帳打拱道：「臣幼習弓馬，箭法之妙，不讓於張永德，願陛下命臣與永德比拼高下。」世宗點頭允之。

鄭恩退下，披掛好了，上馬來到場中。眾人見他黑盔黑甲，又是生就的黑臉，跨下一匹烏騅馬，渾身上下全是黑色，猶如一片烏雲相似。也和永德一樣放馬跑了一轉，連射三箭，均中紅心，將臺上鼓聲又擂個不已。

鄭恩下了坐騎，走至帳前，向世宗道：「先鋒之職，應該與臣充當。」

張永德連忙道：「臣與鄭恩都射中紅心，箭法並無高下，先鋒自應由臣充當。」

鄭恩怒道：「你的箭雖也射中紅心，哪有我的箭法高妙？」

張永德也發怒道：「你我箭法分明沒有高下，如何要強充先鋒？」

世宗見張、鄭兩人互相爭論，遂即說道：「二卿休得爭論，你們的弓箭果然難分高下，朕本言明，先較弓箭，後較武藝。二卿弓箭都中紅心，未便強為判斷，可再較量武藝，誰人武藝高強，便授先鋒之職，不得互相爭論，有傷和氣。」

鄭恩聽了，便怒目向張永德道：「你硬說箭法沒有高下，可敢與我比武麼？」

張永德道：「有甚不敢，就與你戰三百合，又待何妨？」

鄭恩並不回言，跑下帳來，跨馬提刀，要與永德廝拼。

永德亦取兵器，上馬奔來，與鄭恩比較。

趙匡胤深恐二人有失，忙上前阻住道：「且慢！待我見了主上，自有分別高下之法。」鄭恩、永德各自勒馬停刀，在場中立定。

匡胤上帳啟奏道：「鄭恩、張永德皆是當世虎將，從來說『兩虎相爭，必有一傷』，尚未出軍，先使自己將官廝拼，甚不相宜。臣有一法，可以不用刀槍，分別二人的勇力誰強誰弱。」

世宗道：「朕正因刀槍無情，兩人比武，恐有傷害，卿既有妙法可以不用刀槍，那是最好的了。不知是何法兒，可速奏明。」

匡胤道：「教場之前，左右各有石獅一個，分立兩旁，每隻石獅重逾千斤，陛下何不傳旨，令張永德、鄭恩各舉石獅，誰舉得高，便是誰的力大，即便參授先鋒，不得爭執。」

世宗大喜道：「卿言有理！朕當依言而行。」遂傳旨張永德、鄭恩二人，不許用刀槍比試，可各舉石獅，能夠繞教場一周，仍將石獅還與原處者即為先鋒，不得再有異言。張永德、鄭恩得到旨意，爭向前去，舉那石獅。

第八回　奸人報應

張永德、鄭恩奉到世宗聖旨，命二人各舉教場前的石獅比試勇力。永德、鄭恩一齊至石獅之前，舉目端詳，見那石獅乃是整塊大石，經匠人雕琢而成的，其高約五尺有餘，埋入地中有七八寸之深，重量至少也有一千六七百斤，當下永德、鄭恩觀看已畢。

永德先開口道：「誰先來舉這個石獅？」

鄭恩道：「你年紀比我大，理應讓你先舉。」

永德也不謙遜，左手攬衣，右手將石獅搖了一搖，周圍泥土已經鬆動，然後雙手捧定石獅下面的座子，用盡平生之力把石獅掇將起來，離地約有一尺光景，卻一步也行動不得，如何能繞著教場走個周遭呢？

永德掇了一刻工夫，方將石獅放於原處，讓鄭恩來舉。鄭恩走上前去，也將雙手捧定石獅，掇將起來，說也奇怪，竟與永德一樣，也只離地一尺，要想行動，亦復寸步難移，只得也掇了一刻時光鬆手放下。

眾將士一齊稱奇道：「這兩個人，箭法和勇力居然相同，怎樣分得出高下呢？」

眾人正在竊竊私議，忽然從隊伍中走出一個青年壯士，直奔石獅跟前，高聲說道：「張、鄭兩位將軍舉它不起，待我來試它一下。」說著，撩起衣襟，雙手將石獅一捧，輕輕的舉將起來，竟沿著教場繞了一周，走回原處，把石獅放下，端立不動，面不改色，氣不湧出，如若無事一般。

眾將看了，都把舌頭伸了出來，縮不回去，齊聲說道：「這才是真力量呢。」世宗見了，更是驚喜，連忙命人將青年壯士邀至中軍帳前。

那青年奉令上帳，參見世宗，行過了禮，側身站立。

世宗見他相貌雄偉，虎背熊腰，確是一個英雄。不覺喜動龍顏，向青年問道：「你姓甚名誰？何處人氏？素昔作何生理？可一一告知朕躬。」

青年躬身奏道：「小臣姓高，名懷德，乃真定常山人氏。父親諱行周，曾為天平節度使，因得罪先帝，削去爵位，鬱鬱家居，患病而歿。小臣自幼膂力過人，由父親傳授武藝，立定志願，要想建功立業，喪服既滿，遂赴汴京，藉碰機緣，不料資斧用盡，毫無門路，何以進身，因此流落汴京。今日聞得聖上駕臨教場，比較武藝，選取先鋒，所以前來瞻仰。因見張、鄭兩位將軍未能舉得石獅，不覺技癢起來，大膽上前舉起石獅，還求聖上恕小臣冒昧之嫌。」

世宗道：「你原來是高行周之子，行周只因得罪先帝，削奪了官爵，不料他竟抑鬱而死，深為可惜！朕看你將這千斤以外的石獅輕輕舉起，不但毫不吃力，還能繞著教場走了一周，這力量果然不小，不愧為將門之子，但是力量雖大，不知弓箭如何，可能射否？」

高懷德道：「小臣幼年便習武藝，十八般軍器無一不能，這弓箭一道，便是家傳絕技，比較旁的武藝尤其擅長。陛下不信，小臣可以當面試驗，如果不能中的，甘願認罪。」

世宗道：「很好，你就當場射與朕看，倘若射中紅心，朕當逾格錄用。」說罷，吩咐預備鞍馬弓矢，令高懷德射箭與朕觀看。

懷德奉旨，退出帳來，跨上馬背，往來馳驟了一會，連放三箭，俱中紅心。世宗瞧著，心內大悅，遂即授懷德為帳前步騎，日後有功，再行升賞。

匡胤出班奏道：「陛下今日比箭較藝，原是選取先鋒的，早經明降旨意，箭法高超，武藝出眾者，充為先鋒之職，今懷德箭法武藝都非諸將所及，自應授懷德為先鋒，方與前旨符合。」

世宗道：「卿言雖甚合理，但事有經權，不可執一而論，前部先鋒，責任重大，懷德固是英雄，年紀尚輕，且係新進，恐其未經大敵，有誤軍機，那時追悔莫及了。」

匡胤極力保薦道：「臣看懷德，年紀雖輕，勇猛異常，諸將中無人能及，用為先鋒，

即係新進，亦無妨礙；並且張永德、鄭恩共爭先鋒，箭法勇力又復不分高下，選取先鋒頗難定奪。懷德本領勝過張、鄭二人，使充先鋒，諸將可無異議。況懷德以白身之人，絕無功績，陛下因其武藝超群，不次拔擢，必定銜恩感德，力圖報答，絕不至有誤軍機，陛下儘可放心。」

世宗深然其言，遂命軍政司取過先鋒印，授與懷德，並囑其奮力殺敵，報效國家，不可有負朝廷。懷德初時，不過想博取一官半職，所以前來施展本領，哪知匡胤見他人物軒昂，英武絕倫，有意羅致他為自己的膀臂，因此在駕前竭力舉薦，竟得充作先鋒，這一喜真是不可言喻，當下接過先鋒印，謝了聖恩，退下帳來。

世宗將先鋒選定，遂即下詔親征，由柴太后監國，李穀為樞密使，范質參知政事，輔佐柴太后，權理一切國政。又以趙匡胤為宿衛親軍使，鄭恩為宿衛親軍副使，張永德為監軍使，並調回張光遠、羅彥威、史彥超、馬全義、劉詞等一干眾將，隨駕親征。分遣已畢，點起八萬人馬，並程而進，不到兩天工夫，已抵澤州東北，命將解了潞州之圍。

北漢主劉崇，知世宗親自出征，曉得是個勁敵，方悔不該欺他年輕，乘喪侵伐，便將軍馬駐紮在高平之南，預備交戰。

到了次日，兩軍一齊出營，布成陣勢，世宗全身披掛，親自督戰。劉崇亦親身臨陣，指揮作戰。那漢兵勢如怒潮一般，人人奮勇，個個揚威，直向周陣猛撲過來。世宗見了，也慌忙揮軍迎戰。兩下裡兵對兵，將對將，各持軍械，戰鬥起來。

哪知戰不到一會，周陣內忽然躥出一隊人馬，棄甲倒戈，投降漢軍。還有步兵千餘人，跟隨過去，一齊向著北陣，高呼萬歲，自願降順。世宗吃了一驚！連忙看時，卻是右營步軍使樊愛能與副將何徽，率領部下千餘人，甘心做那降虜。世宗經此一激，不禁怒氣填胸，親自出陣，揮軍直進。

漢主劉崇立在旗門影裡，見世宗冒著矢石臨陣督戰，便命幾百個弓弩手，把強弓勁弩攢射世宗。左右護衛的親兵見弓弩射來，忙用盾四面蔽護，把世宗遮在中間，那麾蓋上，已是矢集如蝟。周兵見自己將佐投降敵人，漢兵又十分勇猛，不覺有些慌亂，漸漸的陣腳鬆動，支持不住。

趙匡胤見勢頭不佳，大聲說道：「主憂臣辱，主辱臣死，現在十分危急！正是我輩拼命殺敵之時，難道袖手旁觀，一任漢兵猖獗，主上被困麼？」言畢，躍馬如飛而出。

鄭恩也怒聲如雷，向高懷德道：「你受主上特別殊恩，此時不捨命報效，更待何時？我與你同去衝突漢陣。」

高懷德點頭答應，與鄭恩各挺軍器，拍馬衝去。

漢將劉顯、劉達，深恐自己陣勢為高、鄭兩人衝動，拍馬出陣，迎住二人，大呼廝殺。鄭恩殺得性起，一刀劈去，劉顯措手不及，中刀落馬，鄭恩復加一刀，砍為兩段。劉

達見劉顯陣亡，心下慌亂，手腳一慢，被高懷德一槍刺中左肩，疼痛難禁，哪裡還敢再戰，拍馬向後而逃。

漢軍見劉顯已死，劉達受傷，未免有些膽怯，銳氣頓減，又被匡胤同張永德衝入漢陣，一陣亂殺，漢兵死者不計其數。史彥超、馬全義目擊匡胤、永德，已將漢陣衝動，各引一千鐵騎，乘勢殺出，忽地向左右分開，從斜刺裡突入漢陣，亂砍亂殺，聲震山嶽，漢兵如何抵敵得住，紛紛向後退走。

劉崇見自己人馬倒卻下來，拔出寶劍，將退後的兵士殺了數名，要想藉此阻住，哪裡阻止得來？前隊軍馬已如崩山倒海一般往後逃走，後軍也被前軍牽動，無心再戰，一齊亂竄起來。劉崇見勢已不支，怎還顧得廝殺？帶轉馬頭，匆遽逃走。

世宗乘勢指揮人馬，追殺上去，漢軍愈亂，周兵越追越緊。劉崇初時還望遼兵前來助戰，豈知遼將見漢軍一敗，非但不來救援，反領了人馬走回本國，置劉崇於不顧。劉崇無奈，只得拍馬加鞭，逃回河東，收集殘兵，閉門固守。

世宗率軍直達城下，擇地安營。那背軍降敵的樊愛能、何徽，也想入城。劉崇因其不忠於周，未必能忠於自己，拒絕投降，不准入城，二人無法可施，只得仍回周營，伏地請罪，求恕一死。

世宗大怒道：「背君賊子！尚何顏面見朕，若不以軍法從事，如何儆眾。」立命推出斬首，將兩顆血淋淋的頭掛在營門號令示眾，全軍見了，莫不股慄！可憐樊、何二人，背周降漢，原想圖謀富貴，不料劉崇拒而不納，反倒送了性命。這也是奸人的報應。

到了次日，世宗傳令攻城，城上矢石雨下，周兵反被擊傷。匡胤大怒，誓欲攻破此城，以洩其憤，遂即身先士卒，用火焚城。城上守兵愈覺慌張，只得將箭亂放，抵住周兵，不使上城。

此時風助火威，煙焰漲天。匡胤正在攻打，急忙中被矢射中左臂，血流如注，還要裹創再攻，不甘退卻。世宗見匡胤受傷，急命回營休息，且因河東城高池深，糧草充足，料知攻打不下，況頓兵堅城素為兵家所忌，便與諸將商議，暫將人馬撤退，遇有機會再取河東，諸將齊聲贊同。

世宗主意已定，拔隊退還，仍返汴京。因此番出征，匡胤戰功最著，特擢為都虞侯，領嚴州刺史；其餘諸將，如鄭恩、高懷德等一班戰將，依其功績之大小，量加升拔。

到了世宗三年，又下令親征南唐，遂拜李穀為行營都部署；司空趙弘殷副之；殿前都虞侯趙匡胤為侍衛指揮使；韓令坤、李重進等諸將，一律隨軍進征。惟鄭恩患病未起；高懷德留守汴都；符彥卿、藥元福，年紀已老，不能臨陣，未曾同行。其餘大小將弁，莫不摩拳擦掌，隨營立功。

顯德三年正月，車駕發大梁，直告南唐進兵。那南唐主，名喚李璟，佔據江淮，與

周也是敵國。世宗有志統一中原，欲蕩平江淮，然後再取嶺南巴蜀，所以發兵南下。這次的先鋒，卻是李重進，官拜歸德節度使，奉了世宗旨意，一路浩浩蕩蕩，旌旗招展，到了正陽。

唐主聞得周兵到來，即遣劉彥貞為都部署，將兵二萬，迎敵周師於壽州；皇甫暉、姚鳳領兵三萬，屯於定遠；又飛召鎮南節度使宋齊邱，速還金陵，商議退敵之策。那劉彥貞，本是壽州人氏，生得蛇頭鼠目，素昔驕傲，並無才略，專一賄賂權要，以固祿位，奉到唐主旨意，提兵前進，打聽得李穀的前部先鋒李重進兵至正陽，他便帶了人馬，直趨正陽。

清淮節度使劉仁贍、池州刺史張全約，竭力諫阻道：「周兵遠來，利在速戰，公但扼定淮泗，不令前進，彼遠道輸運，甚不便利，待到糧盡，自然退去，待其既退，而後擊之，可以大獲全勝，否則屯兵壽州，以逸待勞，雖無大功，亦無失著，還屬中策。若領兵直趨正陽，我兵奔走之餘，力乏筋疲，如何能與交鋒，正中他反客為主之計，待到失利，悔無及矣。」

彥貞不聽二人之言，傳令眾軍，從速前進。

仁贍謂全約道：「劉公不聽忠言，此行必無僥倖，我與公早早預備守城器械，免得措手不及。」全約從其言，即命所部，依淮而守。

其時李重進引兵前行，卻與劉彥貞在途中相遇。彥貞屯軍安豐，列營數十里，聲勢甚為烜赫，一望去好似數十萬大軍的樣子。重進不敢冒昧，遂登高觀察一番，謂眾將道：「彥貞營棚，皆不如法，雖然聲勢甚盛，破之極易。」即召部將曹英道：「與汝三千軍馬，自上流出其不意，突然擊之，彼軍可破矣。」曹英得令，率兵自去。

次日，重進全身披掛，橫刀躍馬，出陣討戰。彥貞亦領兵出營，擺成陣勢，操槍勒馬，立於旗門之下，指定重進罵道：「無故侵犯我國，是何道理？速速退去，尚可免受誅戮，否則教你死無葬身之地。」

重進大怒，也不答言，掄刀縱馬，直取彥貞。彥貞正要接戰，身後一將，躍馬而出，抵住重進，彥貞視之，乃牙將張萬也。二人兩馬相交，刀槍並舉，戰有五十回合，重進佯輸詐敗，拍馬繞陣而走。張萬放馬追來，重進待他身臨切近，按住刀，挽弓搭箭，回頭射去，張萬應弦落馬，重進舉刀一砍，揮為兩段。彥貞見折了張萬，心頭火起，大喝一聲，挺槍直取重進，重進回馬相迎。

二人交鋒，正在難解難分之際，忽然一聲炮響，曹英率領三千軍馬從上流殺來，唐兵陣勢大亂，彥貞料不能敵，勒馬逃走。曹英乘勢追殺，唐兵大敗，喪折殆盡。

彥貞奔走了十餘里路，又見前面山坡之下旗幟飄揚，一隊人馬攔住去路，正是李穀的副將王成，劈面迎來。彥貞此時，前有敵軍，後有追兵，進退無路，只得拚著性命，與王

成死戰，不料彥貞心慌意亂，戰未三合，馬失前蹄，將彥貞跌落坡前，被周兵擁上，亂刀砍死。李重進知道彥貞被殺，乘勢急進，俘斬唐軍萬餘級，獲其輜重盔甲，不計其數。

這場大戰，殺得唐軍亡魂皆冒，從此望見周軍旗幟，便覺懼怕。

劉仁贍在壽州城內，探知彥貞戰敗身亡，又見敗兵紛紛逃來，只得開城收納，幸得自己早有預備，守城器具甚是完全，糧餉亦十分充足，便一面料理守城，一面遣人星夜至金陵告急。

唐主得知彥貞兵敗陣亡，壽州危急，忙召群臣商議。樞密使陳景聞奏道：「周師銳不可擋，彥貞新敗，吾軍聞風膽落，若與交鋒，必難獲勝。主上可傳旨，命各處將帥堅守城池，不得輕易出戰，守老其師，然後擊之，始可獲勝。」唐主聞奏，深以為然，即傳旨令各處堅守，不得出戰。哪知旨意方下，滁州失守的警耗早又傳來。

滁州怎麼失守如此之快呢？只因彥貞戰敗的訊息傳播開來，那皇甫暉、姚鳳本來奉了唐主之命屯兵定遠，二人得到彥貞敗信，便商議道：「定遠無險可守，周兵之勢，鋒銳異常，倘若到此，我們怎能抵擋？只有清流關最為險要，我們不如棄了定遠，退保清流關。即使周兵到來，我們能夠勝他，原是很好；如果不能取勝，只要堅守關城，周兵也無奈我何，豈不比在定遠地方好得多麼？」

兩人商議已定，居然棄了定遠，帶領人馬，退守清流關而去。

世宗率兵前來，如入無人之境，便在下蔡地方，架成浮梁，預備渡淮。卻因清流關甚是險要，必須攻取到手，才能直下南唐。

原來，那清流關在滁州西南，依山靠水，勢甚雄峻，大有一夫當關，萬夫莫開之概，所以皇甫暉、姚鳳駐守關中，擁眾自固。世宗也深知此關最為緊要，但能破了這座關城，滁州等處便可垂手而得，南唐也不難平定了。只是皇甫暉、姚鳳擁著數萬大軍，據著天險之地，很不容易攻入，因此心下十分躊躇，不知派遣誰人前去，才能不負委任，攻破此關。

正在帳內遲疑不決，沒有主意，忽見匡胤步入中軍，啟奏世宗道：「清流關為南唐要害之區，我們不能不拼力攻打，奪得關城。臣願得二萬人馬，往攻此關，望陛下准臣之奏，命臣前去，定將清流關取來，倘若不能獲勝，甘願治罪。」

世宗道：「卿雖勇猛無敵，但清流關堅固異常，皇甫暉、姚鳳又是南唐宿將，守禦得法，恐怕難以攻取。」

匡胤道：「以臣觀之，皇甫暉、姚鳳都是毫無勇敢之人，陛下可以不用憂慮。」

世宗問道：「皇甫暉、姚鳳向稱南唐名將，屢經大敵，未嘗挫衄。唐主李璟命他將兵，正是倚仗兩人平日的威名，卿如何說他沒有勇敢呢？」

匡胤道：「暉、鳳兩人，如有勇敢，早已拒住定遠，不使我兵到此了。即使定遠無險可守，退至清流關，以謀萬全之策。我兵既到，也應開關出戰，以決勝負，不該藏身關

內，擁兵自衛。臣說他不勇敢，就是為此。我兵突然進攻，暉、鳳二人，懾於聲威，必定不敢迎戰，主將既已畏怯，軍士更無鬥志，攻取關城，自易為力。臣雖不才，願當此任，奪關破敵，生擒暉、鳳就在此舉，陛下請勿疑心。」

世宗道：「卿既力請攻關，願當此任，想必胸有成竹，可操勝算，明日命卿前往便了。」

匡胤道：「處事不可遲疑，機會不可失誤，欲破清流之險，除卻驀地掩襲，使他不及防備，沒有他法。陛下既以臣為可任，事不宜遲，就在今日！」世宗大喜，遂命匡胤領二萬人馬，前去攻關。

匡胤奉了旨意，星夜行進，一路之上，掩旗息鼓，絕無聲響，但令人馬魚貫而行。將近天曉，已行至距關十里之地。

匡胤惟恐天明之後被關內得了訊息，便難下手，急命軍士趕速前行，人馬到關，卻值黎明，關中守兵尚在睡夢之中，完全沒有知道，直到天已大明，方命偵騎出關，察探敵情。不料關門剛才開放，忽來一員大將，蠶眉鳳目，綠袍青巾，好似天神一般，手提大刀連殺數人。守關兵丁知道不好，急欲閉關，後隊兵馬早已一擁而進，關內頓時大亂，自相踐踏，死者不計其數。皇甫暉、姚鳳方始起床，聽得外面喊殺連天，不知何故。

正要命人探問，已接連報稱，周兵殺入關中，兩人驟聞此信，嚇得手足無措，不知如何是好。姚鳳連說：「怎麼了？怎了？」身體已經顫動不已。

還是皇甫暉略有主意，向著姚鳳說一聲快些走罷！飛奔出室，跳上馬背，連加幾鞭，拼命逃走。姚鳳也就跟著後塵，如飛而去。

總算兩人奔走迅速，逃得性命，徑向滁州城內去了。只可憐關內的數萬唐兵，出其不意，毫無防備，被周兵一哄進關，大刀闊斧，四下亂殺；又沒了主將，連兵器也來不及攜取，哪有抵抗的能力？只恨沒有長著翅膀，飛不出去，被周兵殺死大半，有一小半僥倖得脫，都向滁州奔逃。

皇甫暉、姚風一口氣跑至滁州，回頭一看，只見塵土飛揚，旌旗飄蕩，周兵已如飛一般，追殺將來。兩人見了，不禁連聲叫苦，料知預備守城器具，再也來不及了，只得把城外吊橋從速拆毀，還可阻住周兵，使他暫時不得進城，才可料理守禦之事。當時一聲令下，吩咐拆橋，許多兵士七手八腳的把橋板拆卸下來，果然壕寬渠廣，如果不架浮橋，竟難飛越而過！

哪裡知道，天下事情最難逆料，皇甫暉、姚鳳以為吊橋既已拆毀，縱然不能永遠阻住周兵，使他不能攻城，也可以略緩須臾，免得一時之間措手不及。誰知竟是出於意外，那大隊周兵趕到壕邊，一聲吶喊，早已「噗咚噗咚」一個個跳入水中，連那統兵大將趙匡胤，也勒馬一躍，跳入壕內。

第九回　大破唐軍

皇甫暉、姚鳳失了清流關，奔入滁州，未及修繕守備，周兵已如飛追來。皇甫暉、姚鳳無法可施，只得將吊橋拆毀，總道可以暫時阻住周師，使他不能近城。哪裡知道統帥趙匡胤來至壕前，勒馬一躍，竟跳過七八丈寬闊的壕渠，絕不沾泥帶水，從從容容的立在城下。那些周兵瞧見主帥已經跳過壕去，哪裡還肯怠慢，個個奮勇爭先，跳入水中，鳧水而過。

暉、鳳二人見周營的兵將如此勇猛，這一驚非同小可，慌忙避入城內，閉門自守。匡胤便命攻城，一聲令下，部下的二萬人馬將滁州圍住，四面駕起雲梯，出力攻打。

忽聞城上有人高聲說：「請周將前來答話。」匡胤舉目觀看，見城上立定的並非他人，就是南唐的大將皇甫暉。匡胤躍馬上前道：「事已至此，有甚言語，趕快說來。」

皇甫暉向匡胤拱手道：「來者可是趙統軍麼？我與你本無私仇宿恨，不過各為其主，請你暫停攻打，讓出空地，容我軍成列了和你決一勝負，我若再行戰敗，願將此城奉獻。」

匡胤聽罷，哈哈大笑道：「你不過是緩兵之計，我也不怕你飛上天去，就寬你須臾之死，有何妨礙。」說畢，即令軍士暫停進攻，並約退一里之地，列成陣勢，等候皇甫暉出戰。

皇甫暉、姚鳳果將城門開放，率領人馬出城，陣勢尚未布好，匡胤突然衝入唐軍隊裡，唐軍阻擋不住，前隊大亂。皇甫暉措手不及，被匡胤一棍打中肩胛，「啊喲」一聲，撞下馬來。姚鳳見了，急來相救，不防周兵擁上，刀槍齊施，馬匹受傷，前蹄一失，也將姚鳳翻跌在地。周兵哄將上來，把皇甫暉、姚鳳一齊捉住。

唐兵見主將被擒，嚇得魂飛魄散，紛紛潰散，滁州城內，早已不見唐兵的蹤跡，匡胤率軍入城，一座滁州，垂手而得。

匡胤安民已畢，即遣使押解皇甫暉、姚鳳，向世宗處報捷，然後分遣諸將，各帶人馬防守四城，吩咐要小心謹慎，以防不測。

其時匡胤之父趙弘殷，奉了世宗之命，帶領後隊前來。到得滁州，已是深夜，令人傳呼啟城。匡胤傳令軍中道：「父子雖是至親，守城係屬王事，且今賊氛未淨，恐有餘黨，隱伏城內乘機作亂，不可啟城。」

弘殷聽了，沒有法想，只得在城外野宿一宵，到得次日天明，方能入城。

世宗接到匡胤捷報，心下甚喜！命翰林學士竇儀，往滁州籍記帑藏財帛，竇儀領旨，徑至滁州。由匡胤一一交付，籍記清楚，匡胤適因犒賞軍士，令親吏往庫內取絹數匹。竇儀不允道：「公初取滁州時，雖把庫中所有之物一齊取去，亦無妨礙。今已籍為官物，非有皇上詔書，不得支付，請公勿怪。」

親吏回報匡胤。匡胤嘆道：「竇學士守正不阿，真忠義之士。」非但沒有怒意，並且十分器重竇儀！

過了幾日，有新授滁州判官到任，方才來至滁州，即行拜謁匡胤。匡胤接見之下，才知這新任判官姓趙，名普，字則平，本貫薊州人氏，因避亂徙居洛陽。永興節度使劉詞，知其品學兼優，才能出眾，聘為幕僚，甚是器重。趙普也實心任事，幫著劉詞，施行了許多善政。至是劉詞已卒，臨歿時備了遺疏，推薦趙普，說他才具優長，可當大任，請朝廷錄用。現在滁州初定，一切官吏均須徐授，同平章事范質，又舉薦他，世宗便命為滁州判官。趙普奉了旨意，束裝起身，不日已抵滁州。

素聞匡胤大名，久思一見，所以初到滁州，不及料理旁的事情，即來晉謁匡胤。匡胤見他人物軒昂，言詞清朗，已是十分中意，只不知才情如何，要想試他一試。

其時因新得滁州，深恐潰兵散勇，暗中匿跡，或為南唐探聽軍情，或聯絡地方匪徒，擾亂秩序，稍一不慎，為患非淺，故部下舉辦清鄉。

這日，兵士捉到鄉民一百餘名，完全指為盜匪，匡胤並不訊問，即命行刑，卻巧趙普

自與匡胤相見之後，語言甚為投機，每日必在匡胤那裡，幫著辦理事情，因見部兵捉獲盜匪，並不訊問即便行刑，心下很不為然，遂向匡胤抗議道：「這一百餘人，說他們是盜匪，並沒真贓實據，未曾加以審問，便將他們一律斬首，情真罪當，倒也罷了。倘若有挾嫌圖報，誣良為盜的事情，問也不問一問，即把來殺了，豈非視人命為兒戲麼？」

匡胤笑道：「你究屬是書生本色，說話未免有些迂腐，要知道這裡的百姓都是俘虜，我把他們一律赦免，不行治罪，已是法外施仁，如今還不改悔，甘心為盜，若不立正典刑，何以儆戒將來呢？」

趙普道：「公言差矣！我們對於南唐，只應把李璟一人視為敵國，其餘如南唐的將帥，雖然和我們敵對，乃是食人之祿，理當忠人之事。在上陣交鋒時候，自然認做敵人，倘若投降我們，或是已與我們不再抵抗，就不應該把他視為敵國，要與自己的人一樣看待，方合道理，何況那些百姓無知無識，無權無勇，雖身居南唐境內，乃是無辜之人，如何可以一概視為敵國呢？明公素有大志，很想統一中原，奈何自分畛域，致失民心，豈非大誤麼？」

匡胤聽了趙普的言語，也覺有理，遂即說：「你若不怕辛苦，就把這一百餘人交付於你，前去審問。」

趙普便不推辭，將這一百餘人逐個推問，倒有七八十人沒有佐證，便稟明匡胤，把犯有贓證的，是盜匪的人，定了罪名，其餘無辜，一概釋放。

這件事情方才行過，那滁州的人民歡聲大振，都稱頌匡胤慈愛仁明！竟是口碑載道，到處歡迎起來。匡胤至此，才知道趙普果有才幹，並非浪得虛名者可比，由此益加信任，凡有事情，必與商議。趙普也格外效忠，遇到疑難之事，盡力為匡胤籌畫，處置莫不得宜。久而久之，匡胤竟倚仗他如左右手一般，時刻少他不得，所以對待趙普也格外優厚，差不多和自己兄弟一樣。

匡胤的父親弘殷，也在滁州，父子同在一處，朝朝聚首，自然歡樂得很！不料樂極生悲，弘殷忽然生起病來，其勢甚為沉重。匡胤好生著急，延醫服藥，日夕侍奉，自不消說。

哪知事有湊巧，匡胤正因父病甚重，急得無可奈何，揚州的警報又紛紛到來。唐主因周兵異常厲害，已將滁州奪去，心內甚為恐懼，便遣李德明至周營求和，情願割地罷兵。世宗因他沒有削號稱臣，不允求和。唐主李璟見世宗不肯罷兵，不得不於死中求活，遂挑選精銳之士，共得六萬人，命其弟齊王李景達為元帥，帶領兵馬，往江北進發，直抵揚州。

那揚州距離六合，只有百餘里遠近，為江北最緊要的地方，本為南唐的境界，世宗觀取形勢，知道揚州為江北要塞，不可不取，早就命趙弘殷把揚州奪了過來。弘殷得了揚州，便命韓令坤率兵鎮守，自己帶了本部人馬，到滁州來幫助匡胤。此時李景達兵到揚州，韓令坤見景達兵勢極盛，深恐眾寡不敵，飛章告急，請求救援。

世宗見揚州危急，下詔命匡胤速趨六合，兼援揚州。軍情十分緊急，促其從速進行，不得遲延。

匡胤接到旨意，覺得甚是為難。獨自一人踱來踱去的想道：「遵著君命趕往六合，雖然免了違旨之罪，但是父親的病這樣嚴重，自己離了滁州，無人侍奉，如何放心得下？倘有不測之事發生出來，非但抱恨終身，那不孝之罪，也就擢髮難數了。如果顧著父親的病，那旨意又來得非常緊急，抗違君命，貽誤軍機，兩重罪命，如何承受得起？況且韓令坤又是少年時候的至友，此時被困揚州，急盼我發兵救援，倘若遷延下去，揚州有失，豈不是君命友誼都難保全麼？」

匡胤想來想去，公誼私情，兩相感觸，正在進退兩難，徬徨無措的時候，恰值趙普走了進來。匡胤瞧見了他，不覺大喜道：「你來得正好，我有一件為難之事，無法兩全，請你的高才為我解決一下。」

趙普便問：「何事不能兩全，要我解決？」

匡胤讓趙普坐下，把自己所慮的事情與他熟商。

趙普毅然答道：「這樣的事情何用商量？從來說『君命詔，不俟駕而行。』又道是公而忘私，如今揚州既在緊急，請公即日率兵前去。若因令尊有病，無人侍奉，不能放心，普可以代公侍疾，決不有負公的付託便了。」

匡胤道：「侍奉父親，乃兒子分內之事，如何敢勞君替代。」趙普道：「公也未免拘於世俗之見了。普姓趙，公亦姓趙，彼此本屬同宗，若不以名位為嫌，公父即我父，一切詢寒問暖，進奉藥餌，普當力盡其職，決不致言於心違，公請放心。」

匡胤聽了，拜謝不已道：「蒙君如此相待，此後當視同手足，決不相負。」趙普慌忙答禮道：「我是甚等之人，敢當明公這樣重禮。」

匡胤既已決定主張，一刻也不肯遷延。當下留趙普居守滁州，把公私諸事都託付於他。簡選了二千精兵，連夜啟行，兼程並進。方抵六合，聽說揚州守將韓令坤，已棄城西走。聞到這信，禁不住大怒道：「令坤如何這樣畏葸？他的一生英名從此喪失，固不足惜；但揚州為江北重鎮，若被南唐重行奪去，我們所得的江北地方，隨處震動了，我卻不可以不設法挽回此事，一則為國盡力，二則保全令坤。」

當下低頭沉思，頓時得到一個主意，立刻派了一隊兵，駐紮在揚州潰兵必經之路，並出令道：「倘有揚州兵從此經過，即行拿獲，刖去雙足，不准私放一人，如敢違令，立按軍法。」又致書於令坤，大意是說：「與君總角之交，素知君勇武過人，今忽畏敵怯退，殊出意外。君若離揚州一步，上無以報國，下無以對友，昔日英名，而今盡喪矣。」

令坤受此一激，遂即率兵回去，仍舊占住揚州，憑城堅守。

其時南唐偏將陸孟俊，從泰州殺來，令坤乃齊集部下，大聲說道：「我受國恩，今日敵兵前來，誓與決一死戰，汝等亦宜同心戮力，有進無退，生死相共，方不愧為英雄好漢，如有臨陣退縮者，立斬以徇，莫怪我言之不早也。」兵士們聽了，齊聲答應道：「謹遵將令。」令坤見軍士可用，即命開城出戰。

一聲令下，城門開處，令坤一騎馬，當先衝出，直撲敵陣。兵士見主將如此勇敢，也就精神奮發，努力向前，吶喊一聲，捨命突陣。陸孟俊立馬陣前，見一員周將率領兵士前來突陣，深恐被他衝動陣腳，難以抵禦，連忙揮兵迎戰。不料周兵捨命而來，個個如生龍活虎一般，見人殺人，遇馬斫馬。

令坤一支槍如蛟龍出水，猛虎離山，所到處波翻浪湧，人仰馬跌。周兵跟著亂殺，但見人頭滾落，血雨橫飛，霎時之間，唐兵陣勢已經散亂，被周軍搗入中堅。孟俊如何抵擋得住？遂即策馬逃命。唐兵見主將向後逃走，也就棄甲拋戈，各自飛奔逃命，到處亂竄。

令坤遙見孟俊在前奔走，如何肯捨？便拍馬追來，看看追得將近，立即取弓抽箭，「颼」的一聲，將孟俊射下坐騎。

周兵一擁而上，立將孟俊獲住，捆綁好了。令坤擒了敵將，心下大喜，也不追趕唐兵，掌著得勝鼓，一徑回城。來至帥府，升坐大堂，左右將孟俊推上，令坤正要命人將他押入囚車，解赴前去報功，忽見後堂閃出一個美貌婦人，哭拜在地道：「陸孟俊這賊是妾的仇人，望將軍作主，碎剮這廝，與妾報仇。」

令坤視之，乃是自己新納篋室楊氏，便問道：「你與這賊有何怨仇？」

楊氏便將自己的仇恨帶哭帶訴的細說了一遍。

令坤聽了楊氏之言，勃然大怒，立向孟俊喝道：「她的言語可是真的麼？」

孟俊知道無從抵賴，只求速死。令坤便命軍士押了孟俊，交與楊氏，聽憑她怎樣處治，以報大仇。

你知道楊氏和陸孟俊有什麼怨仇，要這樣的央求令坤，替她作主，報仇雪恨？

原來楊氏是潭州人，楊金山之女。楊金山家資巨富，潭州人都稱他為楊百萬，膝下只生一子一女，子名寶官，女名月娥。寶官方才數歲，尚由保姆攜帶，乃是金山晚年生育的，月娥年已及笄，猶然待字，恰生得圓姿替月，秀靨臨風，真有沉魚落雁之容，閉月羞花之貌，潭州地方，哪一個不知道楊百萬的女兒月娥，是個絕世佳人呢？便有許多富家子弟，托了媒人，前來作伐，要想娶月娥為妻，一者愛慕月娥的美貌；二者貪圖楊家是個巨富，妝奩陪贈，必定豐厚，所以每日前來說親的人幾致戶限為穿。

那楊金山恰拿定主意，要替女兒選擇個才貌雙全的郎君作配，因此凡來說親的子弟，一經相看，便不成功。這樣經過多時，竟沒一個人能夠中選的。因此潭州地方，都說這楊老兒有些呆氣，替女兒擇婿要這樣的認真，除非是神仙降世，方才能中他的意，看來這位

月娥小姐，只好老守香閨，一生一世不嫁人的了。

楊金山聽了這些言語，便笑著說道：「他們這些俗人，知道什麼！天老爺既使我的女兒有這樣的姿容，必定也生一個才貌雙全的郎君和她匹配，方不辜負了她的美麗呢！不過機緣還沒有到來，所以尚未遇見。待到那個時候，自然會碰見的。現在這些少年，都是土牛木馬，怎能配得我的女兒！」

他說了這番話，便拿定主意，等候機緣，凡是登門作伐的，都一概拒絕不見，免得他們前來纏繞。那些人見楊老兒這樣固執，也只得乘興而來，敗興而去。從此以後，知道楊月娥是不容易娶得的，也就沒有人再來說親了。

過不了幾時，陸孟俊奉了唐主之命，領兵攻取潭州，一鼓而下，得了城池。孟俊素知潭州有個楊金山，家資鉅萬，富堪敵國，並且聞得他的女兒楊月娥才貌絕世，人都稱她為月裡嫦娥，早有垂涎之意，要想攫取楊金山的家財和他的女兒，只是沒個機會。忽然奉到攻取潭州之命，心下好不歡喜，便帶了兵，連夜趕至潭州，一陣攻打，潭州垂手而得。他恰縱令部下，四出擄掠，殺人放火姦淫婦女，無所不為。

孟俊自己領了數百軍馬，直奔楊家而來。那楊金山聽得唐兵來攻打潭州，直嚇得手足慌亂，走投無路，要想帶了家眷逃走出去。又因唐兵突如其來，已將城池圍困得水泄不通，無處可逃，只得吩咐家人，將大門緊緊關閉，躲在家中，不敢聲響。哪裡知道，陸孟俊帶了親信軍士，一聲吶喊，直打入來，見人便殺，見物便搶，竟把楊家一門，大大小小二百餘口殺個盡絕，家私財物命兵士劫掠了去，盡入私囊。

但是孟俊的目的，本來要搶取月娥小姐的，早已預先關照了部下，如其遇見楊金山的女兒楊月娥，務必要好好的保護著她，不可加以驚嚇，用車輛送往營內，自有重賞。眾兵士聽了這個命令，個個都想拿到了楊月娥獻於主帥，領取重賞。哪裡知道，自從打門入內，把楊氏一門殺得雞犬不留，始終沒有瞧見月娥的蹤影。

陸孟俊因為不見月娥，便傳令眾兵士四處查抄，諒她一個女子，安能逃走？想是躲藏在隱僻所在，務要仔細檢查，將她拿了前來。兵士奉命，便四散開來，到處查抄去了。

第十回　月裡嫦娥

陸孟俊把楊金山一家殺得雞犬不留，卻始終沒有瞧見金山的女兒楊月娥，便吩咐眾兵士道：「那楊月娥，乃是個未出閨門的女子，諒來逃走不了，一定藏匿在隱僻的所在，你們可與我細細的搜查一番，倘若得了月娥，自有重賞。」

眾兵士一聲得令，便分散開來，四處搜尋，把楊金山家內前後左右都查到了，哪裡有月娥的影兒呢？

眾兵士搜查過了，便去回報孟俊道：「奉令搜查，並無楊月娥的蹤跡。」孟俊聽了，知道月娥必是預先躲避在外，所以家內搜查不著，此時方悔不該把楊氏一門殺盡，應該留個活口，查究根底。如今是沒有法想了。

幸虧楊金山的家財完全入了自己的私囊，總算遂了一半心願，便帶了兵士逕自回營，那楊月娥的消息只好慢慢的再行打聽。

但是，楊月娥究竟藏身在什麼地方，如何陸孟俊這樣搜查，竟會沒有影兒呢？

原來月娥的為人，非但容貌生得美麗，而且心靈手巧，極其聰明。她前幾次聽說唐主派兵來攻取潭州，便知道自己面貌生得這般姣美，家財又這樣的富厚，倘被唐兵攻破了城，斷無倖免之理，所以在唐兵未到之時，便勸她父親從速逃往他方，暫避禍患。無奈楊金山是個愛財如命的人，眼睜睜的瞧著這許多家私，如何捨得拋棄了逃往他處呢？

所以月娥再三相勸，他總說現在唐兵前來攻打的消息，未知真假。倘若並無兵來，我們棄家而逃，不但白白的丟了鉅萬財產，而且要被笑話的；況且我又不是城內的官府，就是唐兵打破了城，也不見得把安分守己的百姓加以屠戮的，因此不聽女兒的話，只是在家內守著，絕不打算逃走。

月娥見父親不從自己的話，知道他性情固執，難以相勸，便自己退回房內，暗暗的收拾一番，只等唐兵到來，如果有甚風吹草動，即行逃走出外。到得孟俊攻破潭州，帶了親信兵士來到楊家，將大門打開，一擁而進的時候，月娥早已得了訊息，悄悄地開了後門，逕自逃走出外。

她的主張，原想逃至城外，找尋幼時的乳母，在她家中暫時存身，然後打聽父親的消息。哪裡知道，走到街上，四處都是唐兵，在那裡殺人放火，打劫財物，如何還能出得城去？月娥深恐被唐兵瞧見，便遮遮掩掩的，揀那僻靜的地方，一步一步的踅去。方才走得一箭之路，忽然一隊兵士簇擁著一位將軍騎在馬上，劈面而來。月娥躲避不及，只得側轉身去，低下了粉頸，站在旁邊，讓他們過去。

那位將軍早已瞧見她生得秀眉妙目，杏臉桃腮，出落得千種風流，萬種旖旎，不覺暗暗喝采道：「好個美貌女子，我既遇見，豈可錯過？」當下勒定坐騎，喚個貼身的護兵，吩咐他去問那女子，姓甚名誰，因何沒有伴侶，獨自一人來在此處？

那護兵奉了命，來到月娥跟前，問了兩遍，月娥只是低著頭，一聲不響。

那位將軍見護兵問不出她的根由，便策馬上前，親自問道：「小娘子可是避兵出外的麼？未知究是誰家宅眷？獨自一人，孤孤淒淒行走，倘若遇見強暴，就不免受辱了。小將因可憐小娘子是個年輕女兒，方才詢問姓名，望小娘子從實言明，小將自當盡力保護。」

月娥早已把那位將軍暗暗看了個仔細，恰見那位將軍星眼劍眉，面如滿月，年約三十左右，語言溫和。月娥見他相貌出眾，舉止文雅，並不像那些武將獷悍粗豪的模樣，且對於自己很有憐惜之意。正因行到此處，四下都是亂兵，惟恐遇見強暴性命難保，見他婉言相問，遂即乘機答道：「妾乃楊金山之女，楊月娥也。」

那位將軍聽了，接口說道：「小娘子莫非是楊百萬之女麼？」

月娥道：「楊百萬正是妾的父親，不知將軍尊姓大名，現居何職，因甚知道我父親號稱百萬？切望示知。」

那將軍道：「我乃唐將馬希崇也，官拜奮威將軍。小娘子要問知道你父號稱百萬的緣故，其事甚長，此處非講話之所，並且異常危險，我的營寨離此不遠，請至營中再為細談。」

月娥此時無處投奔，進退兩難，正在沒有法兒，眼見馬希崇性情和厚，絕非強梁之輩，很願隨他前去。當下也不開口，只將螓首微微的點了一點，表示願意前去。

馬希崇見月娥答應前往營中，直喜得心花大開，遂率領部兵，擁護著月娥，來至營中。吩咐眾兵士道：「這位小娘子隨我來營的事情，你們務要謹守秘密，不可傳說開去。倘若有人洩漏，定以軍法從事，絕不寬貸的。」

部兵聽了，齊聲答應。馬希崇又吩咐謹守營門，有人前來，須要傳報，不得擅行放入。吩咐已畢，方才同月娥徑入後帳，相對坐下。

月娥剛要開口，馬希崇早已說道：「小娘子能從家中脫身出外，沒有落在陸孟俊手中，真是萬千之幸，但是此刻府上人丁，恐怕竟被他殺戮無遺的了。」

月娥聞言，好生詫異道：「將軍之言，妾實不明其意，那陸孟俊究竟是何人？與妾家有何仇恨，要將人丁殺戮無遺？求將軍明白宣示，解釋疑團。」

馬希崇道：「陸孟俊並非他人，便是我們軍中的主將，他要殺戮你家中的人丁，也並不是有什麼仇恨。」

月娥不待說畢，接口言道：「將軍之言差矣！身為三軍主將，只應戮力戎行，殺敵致果，哪有不論是非，將安分百姓全家殺盡之理？」

馬希崇道：「你原來沒有知道陸孟俊心意，他未曾奉命攻取潭州的時候，早就聞人傳說，潭州有個楊百萬，富堪敵國；又有一個女兒，生得如花似玉，真是個蓬萊神仙降世，月殿嫦娥下凡，有多少富室豪門、王孫公子前去求親，都遭拒絕。這樣美貌的小姐，家私又如此豪富，不知哪個有福的郎君，能夠消受她哩！孟俊聽了這番言語，心內既羨慕小娘子的美貌，又垂涎你們的家私，便日夜盼望唐王命他攻打潭州。不料天從人願，唐主竟有旨意，著其率領部下將卒，徑取潭州，他得了旨意，喜出望外，便預先傳令軍中，無論偏稗將佐與部下小卒，如果攻下了潭州，要將楊金山滿門殺絕，單將他的女兒生擒活拿，並同所有家財，獻至軍中，自當不吝重賞。

「他傳令之後，又恐出兵遲延，走漏了消息，被潭州守將預為防守，使攻打不下，那時非但不能立功，連小娘子也不能到手，所以一接到唐王的旨意，便點齊了人馬，連夜趕來。果然不出所料，潭州守將並不知道有兵馬前來，一無防備，被他們賺開城門，一擁而入，垂手得了潭州。潭州既得，也不及料理旁的事情，遂即帶了親信兵士，竟奔小娘子家中而去。如此說來，你的家中豈有不被他殺盡之理？小娘子若非逃出在外，也就落在他手掌之中了。我所以說你能夠逃出，乃是你的大幸哩。」

月娥聽了，不覺掩面悲啼，十分痛恨起來。

馬希崇見她一經哭泣，更如梨花著雨，芍藥籠煙，分外覺得嬌豔，心中甚是憐惜，便款款深深的安慰月娥，勸她不要悲傷，權時藏匿在自己營中，慢慢的再打聽家人的消息。如果真個被孟俊殺了，還可以設法報仇，我當惟力自視，助你雪恨。

月娥見馬希崇這樣的款待自己，心內十分感激，遂即拭了眼淚，連連道謝，又重托他打聽父親和家人的消息，究竟生死如何。

馬希崇諾諾連聲道：「你只要安心住在這裡，我自派人去打聽，立刻就有實在音信了。」當下走出後帳，傳進兩名心腹兵士，暗中囑咐了一番，命他二人，一個去打聽楊金山家內的情況；一個去偵察陸孟俊沒有得著楊月娥，可肯就此死心塌地，絕了妄念。又叫他們速去速來，不准擱延。

兩個兵士領了命令，分頭而去。馬希崇又回到後帳，再三勸慰月娥，叫她安心在此住著，包管沒有意外之禍。這時月娥感念馬希崇的心，已到十二分地步，便安心在他營中等候確實的消息。

過了一會兒，那個打聽楊金山家內情形的兵士，早已前來報告道：「探得陸元帥帶了數百名心腹軍人，直入楊百萬家中，見人便殺，見物便搶，已將楊家一門二百餘口盡行屠戮；又因不見了楊月娥小姐，說她藏在隱僻所在，命軍隊到處搜查，連地皮也幾乎翻轉，仍沒有月娥小姐的蹤影。陸元帥便下令，將所有家私和珍寶古玩都搬運而去，然後放一把火，將房屋全行燒毀。他的意思是，恐怕月娥小姐藏在屋內，放火燒毀房屋，月娥小姐要逃性命，就不能不出來了。哪知將房屋燒盡，仍舊不見月娥小姐逃走出外，陸元帥沒有法想，只得帶了軍隊回營而去。」

馬希崇聽了，說他探事明白，賞了他一份羊酒花紅，吩咐自去休息，聽候調遣，兵士叩謝而出。馬希崇回身進帳，要將所探情形告訴月娥，哪知月娥早已潛身在帳後，聽了個明明白白，已是哭得死去活來。

馬希崇連忙勸道：「你身負血海冤仇，正該保重玉體，替死去之人報仇雪恨才是道理，如何可以這樣傷心呢？須知你們楊家，一門盡絕，只剩你一個人了，倘若有甚長短，還有何人出力報仇呢？」

月娥哽咽著說道：「雖蒙將軍諭以大義，責以報仇，但妾是個深閨弱女，這強賊又統領大軍，生殺之權皆在掌握，哪有報仇的希望呢？唯有死後和他在閻王殿上去算帳罷了。」

馬希崇忙又勸道：「你這話也過於消極了，古往今來以女子成大事的，不知凡幾，只要立定志願，百折不回，自然有報仇的日子。況且你現在在我的營中，我當出死力幫助你；倘若事情不成功，我也拼著一死，和你同往冥中，絕不食言的，儘管放心是了。」

月娥連忙拜謝道：「將軍肯這樣出力，替妾報仇，妾願終身長為婢妾，服侍將軍。」

馬希崇聽了此言，大喜過望道：「只要你保重身體，萬事都有我相機而行，總有一日，可以如願的。」說著，便趨近月娥身側，親手替她拭去淚痕。月娥此時已將身體許於希崇，也就任他代為拭淚，不再拒卻。

兩人正在互相偎依，互相勸慰的當兒，那個去偵察陸孟俊的兵士已經回營，希崇忙捨了月娥，步出後帳，問他打聽得什麼消息？

兵士道：「陸元帥回營之後，雖然得了楊百萬的家財，卻因他的女兒月娥小姐未知下落，沒有如願，心中好生不快，便傳了幾個善於偵探的兵丁，命他們四出打聽，務要將月娥小姐的下落查訪出來。又傳下將令道：『無論軍民人等，有人知道楊月娥的蹤跡，前來報信者，賞銀百兩；倘若隱匿不報，一經查出，全家斬首。』這令下了之後，並且寫了告示，在潭州城內到處懸掛，好使百姓大家知道，前來報告。」

馬希崇聽畢，也賞了一份羊酒，命他退下。剛才回到後帳，月娥早已迎著道：「適間兵士的探報，妾已聽明。那陸賊懸了重賞，購緝於我，倘若有人知道將軍將妾隱匿在營，前去通風報信，豈不要波累著將軍麼？」

希崇不讓她再說下去，便接口道：「你也忒嫌過慮了，我若沒有這個膽量，也不敢將你隱匿在營中。況且我們已是一家人了，很應該禍福相共，生死相偕，你儘管放心，如有什麼意外，絕不抱怨的。」

月娥見希崇果是真心對待自己，便一心一意跟著希崇，做了他的姬妾。

希崇深恐軍中藏著女子，容易打眼，倘若漏了風聲，不是玩的，便叫月娥改了男裝，充作自己貼身的跟隨，免得被人疑心。那部下的兵將，都因希崇平素恩威相濟，人人悅服，個個傾心，雖然知道這事，也不肯洩漏風聲的，所以任憑孟俊怎樣察訪，也不知道月娥藏匿在希崇營中。

過了些時，又奉到唐主手敕，命陸孟俊鎮守泰州，馬希崇鎮守揚州，二將奉了旨意，各率本部人馬，分頭前去。

希崇到了揚州，因離開了孟俊，並且各為鎮將，不相統屬，非比在潭州的時候，乃是孟俊的部下，要受他的節制，不得不令楊氏改扮男裝，遮掩耳目。現在到了揚州，可以不用避忌，便叫楊氏仍舊恢復了本來面目。兩人相親相愛，住在揚州這繁華地方，十分快樂。唯有楊氏因為大仇未報，思想起來，時常哭泣。希崇再三相勸，叫她暫時忍耐，等到一有機會，總要替她報仇的。

這樣的蹉跎下來，到得趙弘殷奉了周主之命，攻取揚州，那時韓令坤充當弘殷的先鋒，帶了人馬，勢如破竹，直抵揚州。馬希崇率兵迎戰，被令坤殺得大敗虧輸，退入城中，閉門堅守。弘殷大軍到來，與令坤合兵一處，將揚州團團圍住，悉力攻打，希崇把守

不住，獨自遁去，把楊氏遺在城中。弘殷克了揚州，安民已畢，便命令坤居守，自己帶了部兵，西還入滁。

那令坤是個少年心性，孤眠獨宿，如何能夠忍耐得住？早知南唐守將馬希崇是有家眷的，城破之時，獨自逃生，有個愛妾楊氏遺留在此，久已存了染指之意，只因礙著弘殷不敢行事。現在弘殷既去，令坤鎮守揚州，沒人管束，便把楊氏納為偏房，十分寵愛。

楊氏當揚州失守，希崇獨自逃走之時，本要圖個自盡，只因夢見父親楊金山向她說：「不久便可手戮仇人，報仇雪恨，後來還有大福享受，須要耐心靜守，隨遇而安，萬勿輕生自誤。」楊氏得了這夢，方才絕了短見的念頭，所以令坤納她作妾，也就委屈忍受，不再拒絕。

果然過不到幾時，陸孟俊從泰州領了人馬來侵揚州，經不起令坤一戰，就生擒活捉了來。楊氏聞知孟俊被獲，便哭求令坤，要他作主，替自己報仇。

令坤問了根細，便把孟俊賜給楊氏，任她怎樣處治，以洩冤憤，只吩咐將首級保全好了，預備解赴刑場。楊氏謝了，令坤即命軍士，排起香案，寫了楊氏父母的牌位，焚起香燭，楊氏拜過了，軍士將孟俊押上，楊氏從袖中取出一把解腕尖刀，交於一個軍士，命他將孟俊洗剝好了，推至香案之前，慢慢細剮，直待將身上的皮肉割到將盡，楊氏方從軍士手中要過尖刀，親手刺入胸內，挖出心肝，祭奠父母。當下祭祀已畢，方把首級割下，其餘的屍骨都拋棄在郊外曠野之地，餵飼禽獸。

楊氏忍恥受辱，跟隨令坤一場，總算報了父母的大仇，也不枉了她這番的失節。這且暫時不提。

單說齊王李景達，奉了唐王之命做了元帥，本要攻取揚州，又怕韓令坤英勇無敵，不敢徑取揚州、料想六合地方，周兵必無勇將鎮守，便想先取六合，以斷揚州之路。當下領著人馬來到六合，哪知六合已有趙匡胤據守在那裡了。

景達聞知匡胤也在六合，不覺吃了一驚。

第十一回　天意興趙

李景達只道六合地方沒有重兵據守，所以帶領人馬直趨六合。哪知探馬報來，周將趙匡胤，早已駐兵六合了。景達聞報，大吃一驚，素知匡胤的威名，料想難以抵敵，但是兵已到此，斷無退回之理，只得硬著頭皮，率兵前進，距城二十里，立下營寨，預備廝殺。匡胤見唐兵到來，只是憑城堅守，並不出戰。景達也因懼怕匡胤，不敢發兵搦戰。

兩下對守了幾天，周營將士只道匡胤怯戰，一齊入帳稟道：「揚州方獲大捷，唐軍必然喪膽，乘勢進擊，定可望風潰散，主將何故堅守不出，坐失時機？」

匡胤道：「我非怯敵，實因只有二千兵馬，若去擊他，他見我兵寥寥，反倒使他膽壯，不如待其來攻，然後破之。」

鄭恩道：「主將之意，固是不錯，但景達豎子，不往揚州，而趨六合，明明是膽怯的緣故，倘不從速進擊，被他潛師遁去，豈不可惜。」

匡胤笑道：「景達乃唐王之弟，奉了君命，身為元帥，如若不戰而走，威風掃地矣。

我料他雖然膽怯，必然硬著頭皮前來討戰，你且等著，自有分曉。」

果然不出匡胤所料，景達守了數日，便發兵前來搦戰。匡胤帶了諸將，整軍出城迎敵，方才排定陣勢，唐兵已搖旗吶喊，向前衝突。匡胤即指揮兵將奮勇迎住，兩下大殺一陣，不分勝敗。

看看天色將晚，各自鳴金收軍。匡胤回城，檢點軍士，也死傷了數十名，將受傷的調入後營醫治，又傳諸將，把出戰時所帶皮笠，呈上驗看，諸將奉令呈上。

匡胤親自看過，即傳幾個將士上前，大聲說道：「你們方才臨陣，因何不肯力戰？軍法臨陣退縮者，例應斬首。」說著，便命斬訖報來。

左右將士都上前代求，籲請寬宥。匡胤笑道：「你們疑我冤屈他們麼？試看這個便是退縮的證據。」一面說，一面將皮笠指示諸將道：「他們若不退縮，這笠上如何留有劍痕？」

眾將看時，果見每個笠上砍有劍痕，大家不明其故。

匡胤道：「現在唐兵甚盛，我兵只有二千，彼眾我寡，若要勝他，非人人懷著必死之心，盡力殺敵，如何能夠抵擋數倍之眾呢？我臨陣督戰的時候，親見他們退縮不前，所以用劍砍了他們的皮笠，作為標記。若不將這幾個人按照軍法斬首示眾，豈不要人人傚尤麼？那時怎樣破得敵兵，保守這座孤城呢？」

諸將聽了，都面面相覷，不敢出聲而退。匡胤傳令，斬了退縮之將，傳首曉諭各營，然後將屍首埋葬。

到得次日黎明，即便升帳，召集諸將，當面訓諭道：「要破唐兵，非人人出力，各自為戰，不能收效。今日出戰，你們能奮力向前，哪怕他兵馬再多些，也要殺得他全軍覆沒，方才收兵。」諸將聽了，莫不躬身答應。

匡胤又傳過高懷德、張瓊道：「我料唐兵敗後，必要渡江南歸，你二人可領一千人馬，繞出唐兵之後，徑至江口，截其歸路，我當前來接應。先後夾攻，李景達這廝，即不死於陣，也要死於江了。」

高懷德、張瓊得令而去。匡胤便率了兵將，一馬當先衝出城來。恰好唐兵也到來了。兩下布成陣勢，大殺起來。

這次戰爭，果然比不得昨日了，周陣的將士個個奮勇，人人爭先，哪怕你刀砍槍戳，絕不懼怯，唐兵越多，他們越是衝突得厲害。

景達立馬陣前，見周將捨命衝入陣來，自己人馬有些招架不住，他還仗著兵多，將令旗揮動，命部下人馬分做兩翼，包抄周兵。哪裡知道，圍了這邊，那邊突了出來；圍了那邊，這邊衝了出來，休想困住周兵。

正在鏖戰的當兒，忽然一彪人馬，為首一員大將領著，全用的是長矛，直搠入中軍。

那將見李景達鳳盔金甲，手持令旗，在那裡指揮，便大喝一聲道：「賊將往哪裡走！俺鄭恩來取你的命也。」

那聲音起在空中，如巨雷一般，唐兵聽了，莫不往後倒退。景達吃了一驚，忙要命將抵敵，鄭恩已飛馬衝來，舉矛直刺。

景達哪敢迎戰，慌忙拍馬逃走。鄭恩早已一矛，將景達的大纛鉤倒，周兵乘勢擁上。唐陣上不見了大纛，只道主將已被殺退，誰還有心廝殺？便如山崩一般，往後倒退。

周兵奮呼追殺，直殺得唐兵棄甲拋戈，四散奔走。李景達見周兵緊緊追來，只得沒命的亂跑。跑了一陣，已到江邊，打算棄了坐騎，乘船渡過江去，便可脫離虎口，不意一聲號炮，飛入天空，江邊殺出一彪周軍，兩員大將好似天神下降，威風凜凜，攔住去路，大喝：「李景達！拿下頭來方才放你過去。」

景達嚇得幾乎跌下馬來，幸得身邊兩員大將，一名岑樓景，一名李晉忠，一人仗著大砍刀，敵住張瓊，一人挺手中長槍，迎住高懷德，大呼廝殺起來。李景達乘著這個機會，跑至江邊，覓得一隻小船，亂流而渡。

這邊岸上，匡胤已率領兵將追殺到來。岑樓景、李晉忠正與張瓊、高懷德殺得難解難分，早有周將報信，鄭恩等前來助戰。任你岑樓景、李晉忠再驍勇些，也只得抱頭鼠竄，向前逃走。

那敗下的唐兵尚有一萬餘人，急切之間，沒有大船，如何渡過江去？被周兵如砍瓜切菜一般，殺得屍橫遍野，血流如渠。那些唐兵走投無路，只得跳入江中，鳧水逃生，有幾個懂得水性，還能泅至彼岸，逃了性命，這些不善游泳的，便沉入江內，葬身魚腹。

岑樓景與李晉忠見四面俱無出路，勢已迫急，沒有法想，只得把馬一拎，加上一鞭，躍入水內。幸虧兩人所乘的都是駿馬，竟自半沉半浮的渡過江去，得了性命。

這一場大戰，周軍只是二千，殺了唐軍數萬，江南的精銳略盡，全國震驚！

匡胤殺退景達，收了人馬，差人往行報捷。周世宗正因攻打不下壽州，要想班師回國，忽接匡胤捷報，便擬改道由揚州進兵，攻取江南，遂召宰相范質等商議。

范質啟奏道：「陛下自孟春出兵，迄今已至盛夏，兵力既疲，糧餉又復難繼。依臣愚見，不如暫時退兵，休息數月，再起兵平定江南，也未為遲。」

世宗聽了，沉吟一會道：「孤攻打壽州，已經數月，耗費了許多軍械糧餉，仍是攻打不下，棄之而去，心實有所不甘。」

范質再欲進諫，早見李重進上前奏道：「陛下儘請回都，臣願稍效微勞，攻取壽州。」

世宗道：「卿願你朕受勞，尚有何說。」遂分兵萬人，命李重進圍攻壽州，自率部下人馬，與范質等人一同回都。

又因趙匡胤率兵在外過久，未免勞苦太甚，也傳旨飭令回兵，還都休息，另差大將駐

守滁揚二州。

匡胤接到聖旨，便從六合引兵回滁，入城見過父親。此時弘殷病已痊癒，父子相見，十分喜悅，各述別後情事。

弘殷說：「病中多虧趙判官，朝夜侍奉，親調湯藥，才得無事。」

匡胤十分感激，便向趙普再拜道謝。趙普忙答拜道：「普是何等之人，敢勞公拜謝也。」從此匡胤對於趙普更加親信，竟和弟兄一般看待。

過了幾時，朝廷另派的鎮將已至，匡胤奉了弘殷，帶著趙普，一同還汴。父子入朝，謁見世宗。世宗慰勞有加，且親謂匡胤道：「朕征討南唐，惟卿功績最大，歷溯諸將，未有能出卿右者！卿父弘殷，克取揚州，亦有功績。朕當獎卿父子為諸臣勳。」

匡胤叩首奏道：「此皆陛下恩威，與諸將戮力所致，臣實無功，未敢受賞也。」

世宗道：「賞功罰罪，國之大典，朕亦不能懷私，妄行賞罰，卿實有功，何用謙讓。」

匡胤頓首而謝。又薦判官趙普，才具優長，堪當大任。世宗點首退朝，遂即降旨，封弘殷為檢校司徒，兼天水縣男；匡胤為定國節度使，兼殿前都指揮；趙普為節度推官。三人接了旨意，一齊上表謝恩。從此，匡胤父子分典禁兵，十分顯赫，朝中諸臣莫不羨慕。

世宗又異常親信匡胤，凡有所奏，無不允行，便是先朝舊臣，也沒有他的威勢，所以人心歸附，臣下推戴，到得世宗崩駕，便有陳橋兵變，黃袍加身的事情出來，這也是天意興趙，因此，世宗推心置腹絕不疑他。正是：

天意斷然興火德，故教父子掌兵權。

世宗回汴之後，一心要討平江南，深恐水軍不及南唐，難以飛渡長江。便在汴梁城西的汴水裡面，造了戰艦數百艘，任命南唐降將督練水軍；一面又命匡胤操演兵卒，汰弱留強，搜乘補卒，克期大舉，水陸並進。適值唐主遣員外郎朱元，出兵江北，攻取舒和蘄各州，兵鋒直指揚滁二州。

守城的周將望風逃走，轉入壽春，告急的文報如雪片般飛來。世宗聞報，甚是震怒，急命王環為水軍統領，親自督率戰船，從閔河沿潁入淮。

其時朱元因李重進圍攻壽州，已逾半載，幸賴節度使劉仁贍，多防備禦，未能攻下。朱元便率領邊鎬、許文縜，進援壽州，各軍據住了紫金山，共立十餘座營寨，與城中烽火相望，兵勢甚盛，又南築甬道，長約數十里，運輸糧秣入城。重進便把步兵分做兩隊，一隊專事攻城；一隊乘夜襲擊糧道，殺敗唐將，劫奪糧草數十車。

朱元自經此敗，方不敢進逼，只守住了紫金山，與壽州遙為聲援。現在聞報周主親統水軍，由潁入淮，旌旗蔽空，舳艫橫江，來勢十分勇猛。朱元同邊鎬等聽了這個探報，非常驚惶，連忙飛章向金陵乞援。唐主閱表之後，再遣齊王李景達，與監軍使陳覺，統兵五

萬，來援朱元。

不到數日，世宗舟師渡淮，抵壽春城。朱元登高窺探，但見戰艦如林，順流而駛，勢如奔馬，縱橫捭闔，出沒波濤，若履平地，不覺大驚道：「向謂北人只能駛馬，不能駛船，今看周之水軍，竟能乘船飛行，反比我們南人來得敏捷，這真出人意外了。」

未了，又見一艨艟大艦蔽江而來，正中坐著一位金冠龍袍的大元帥，料知是周主。旁邊還立著一位蛾眉鳳目，面如重棗，長鬚飄拂，頭戴金盔，身穿綠袍的大將。那相貌的出眾，身材的魁偉，覺得比周主還要生得威武，心內禁不住羡慕起來，便指著那綠袍大將，向左右問道：「這是何人？你們可知道麼？」

有經過戰陣的將士答道：「這人便叫趙匡胤。」

朱元嘆息道：「我聞得他智勇足備，屢敗我朝大將，今日目睹他的丰采，方知名不虛傳。」正在說著，周主的戰船已直搏紫金山，只聽得三聲號炮，戰鼓齊鳴，旌旗影裡，周主已親擐甲冑，指揮軍士登岸，進攻壽州。趙匡胤也就率領偏師，攻打紫金山的營寨。

唐營中邊鎬、許文縝，開營出敵，兩陣方接，鼓聲大震，戰了一會，匡胤忽地勒兵退走，邊、許二將只道周軍已敗，揮兵大進。哪知追到壽州城南，匡胤突然翻轉身來，直衝唐兵，那些軍士都用長槍大戟，刺入唐陣。

唐兵正在追奔逐北之際，一時收煞不住，被周兵一陣亂搠，紛紛落馬，踐踏而死者，不計其數。邊、許二將方知中了敵人誘敵之計，要想整飭隊伍，奮勇迎戰，忽然左首衝出周將李懷忠，右首衝出周將張瓊，各率部下精兵奮力砍殺，搗入陣內，猶如虎入羊群一般。

邊、許二將，三面受敵，慌得手足無措，要帶了敗殘兵馬，仍向原路奔逃，無如人馬已被周兵截成數段，首尾不能相應，彼此不能相顧了。邊、許二將只領得數十騎，奔回紫金山而去。

匡胤見唐將已遁，便立馬高呼道：「降者免死。」唐兵正在走投無路，聽了這話，一齊棄甲拋戈，跪於道旁，口稱願降。匡胤收了降兵，直逼紫金山下寨。

邊鎬、許文縝已是全軍覆落，只望朱元出兵救援，不想朱元寨中已豎了降旗，納款周師。邊、許二將無可奈何，只得卸去甲冑，裝著小兵的模樣，越過紫金山逃命去了。

唐主所遣的齊王景達和監軍陳覺，正率舟師入淮，援應紫金山的唐兵，恰巧遇著周水軍統王環，迎頭痛擊。兩邊正在酣戰，周主世宗已得了探報，親自率領人馬，來至岸上督戰。水軍見世宗御駕親臨，更加奮勇殺敵。又有趙匡胤降了朱元，逼走了邊鎬、許文縝，將紫金山平定，也來助戰。

李景達、陳覺尚未知紫金山敗耗，兀自勉強支持，及見周兵愈來愈多，恰不見朱元等的動靜，心下好生疑惑，便命目兵升桅遙望，探視紫金山的情形。哪知不看猶可，一看過去，只見紫金山已完全豎了周軍的旗幟，自己的旗幟也不知哪裡去了，目兵知道不妙，連忙下桅報知景達。

景達便問陳覺道：「紫金山遍懸周軍旗幟，莫非已失守了麼？」陳覺答道：「若不失守，如何懸起周軍旗號來呢？看來我們力戰無益，不如退兵為上。」景達還有些遲疑不決，陳覺又道：「若不早些退兵，恐怕也和紫金山一樣，要全軍覆沒了。」

景達聽罷，心內十分恐懼，便傳令退兵。

唐軍本來是勉強和周軍支持的，忽然接到退兵的將令，更加沒有鬥志了。戰艦剛才一動，已被周艦突入，橫衝直撞，殺死無數唐兵，奪去艦械，不可勝計。唐兵或投降，或溺死，喪失二萬餘人，景達、陳覺哪敢遲延，一同逃奔金陵而去。

壽州城內，沒有救應，劉仁贍堅守了半年有餘，已是矢窮力盡，如今又得了紫金山覆沒和景達、陳覺的敗耗，直急得疾病交乘，臥床不起。世宗兵臨城下，又射入詔書，諭令速降，免得攻破了城，塗炭生靈。

監軍使周廷構，見了世宗勸降的詔書，便與左騎都指揮使張全約，商議投降，張全約也很贊成。此時仁贍已病得不省人事，周、張兩人便代他草了降表，並舁著仁贍，出城迎接世宗。

世宗知道仁贍病重，命其回城休養，並傳諭仁贍家屬，安心治病，又封他為天平節度使，兼中書令。仁贍於當日即病歿。世宗乃賜爵彭城郡王，厚恤其家，且改清淮軍為忠正軍。

壽城既下，世宗進軍攻取濠、泗。泗州守將范再遇開城乞降。匡胤時為前部先鋒，入城之後，禁止擄掠，秋毫無犯，百姓大悅，爭獻芻秣，犒勞軍隊。世宗聞得泗州已下，便親取濠州，團練使郭廷謂自知不能抵敵，命參軍李延鄒草表迎降，延鄒不允，為廷謂所殺，遂即親草降表，出迎周師。

世宗受降之後，即命廷謂徇天長，另派指揮使武守琦趨揚州。於時南唐守將望風披靡，天長、揚州，陸續平定，泰州、海州亦相率歸附。

獨有楚州防御使張彥卿，與都部監鄭昭業，不肯降順，登陴守禦，十分堅固。世宗攻了數日，未能得手，心下好生不悅，急調匡胤助戰。

匡胤聞命，遂調集水師，沿淮北上。將到清口，已近黃昏，諸將皆請覓港停泊。匡胤道：「清口有唐軍營寨，彼不料我兵到此，勢必無備，我正好乘夜襲取唐營，如何停泊中途呢？」說畢，即命揚帆疾進，直抵清口。

是夜，天色陰沉，淡月無光，唐營果然不作準備，被匡胤率領兵將，吶喊一聲，砍開

營門，殺入寨內。

唐兵都從睡夢裡驚醒，如何抵敵得住？被周兵殺得屍積如山，血流成渠。匡胤踹入後帳，要捉拿主將陳承詔，卻不見他的蹤跡，料是逃命去了。遂帶領百餘騎，從後帳而出，向前疾追，約摸追趕了五六里，遙見前面有一條黑影，奔馳不已。

匡胤如何肯捨，連加兩鞭，那馬放開四蹄，如騰雲駕霧，追將上去，漸漸的追近那個黑影。匡胤急忙抽箭，搭在弓上，「颼」的一箭射去，只見那條黑影已倒在地上。匡胤驟馬趕上，將這人拿住，後面兵士亦已趕到，吩咐舉火看時，不覺大喜！

第十二回　范蠡之計

匡胤擒了中箭的人，命兵士舉火照看，正是陳承詔。他在後帳，從睡夢中驚覺，知有敵兵殺入寨內，連忙跨馬飛逃，偏生又被匡胤追上，一箭射中左肩，顛下馬來，被獲就擒。

匡胤擒了陳承詔，帶了人馬，趕至楚州。見了世宗，獻上陳承詔，訴說劫寨情由。世宗很贊成他智勇足備，當下斬了承詔，便命匡胤幫同攻打楚州。

那楚州內無糧草，外無救兵，如何保守得住？不上兩日，便被周兵攻破。張彥卿矢窮力盡，還舉起繩床抵抗周軍，被亂軍殺死，鄭昭業亦自刎而亡。守兵千餘名，盡皆死鬥，絕無一人投降的。世宗深嘉其忠，十分讚嘆，傳命將張彥卿、鄭昭業從厚殯殮安葬，並出示安民。

楚州破後，周師又向南下，唐主聞報，驚惶無措，急宣群臣商議，都是面面相覷，毫無主張。唐主知道在廷文武都是膿包，沒人能夠抵敵周兵，不得已遣陳覺奉表，願傳位太

子弘冀，聽命稱臣，且獻舒、盧、蘄、黃四州之地，畫江為界，哀懇息兵。

世宗道：「朕的本意，止取江北之地，今唐主既願舉國內附，尚有何求？連傳位太子一節，都可不必的。」乃賜書唐主，通好罷兵。

唐主接到賜書，即自去帝號，奉周正朔。世宗奏凱還朝，真個是鞭敲金鐙，人唱凱歌，兵士將佐莫不踴躍歡呼！

世宗到了汴京，論功行賞，諸將皆有賜賚，匡胤格外優厚。自此罷兵息民，從事休養。不多幾時，唐主遣使來汴，暗中致書匡胤，並贈白金三千兩，匡胤接著笑道：「這明明是用的反間之計，欲離我君臣之心，彼乃於中取事耳。」遂不啟其書，連同所贈白金，呈明世宗。世宗嘉其忠而且智，溫諭獎勉，遂後又改授為忠武軍節度使，仍典禁兵如故。其時弘殷忽發舊疾，不久逝世，世宗又厚賜賻儀，追贈為太尉武清節度使，匡胤母杜氏，封南陽郡太夫人，匡胤便家居守制，不預聞政事。

次年為顯德六年，世宗見士馬精強，糧餉充足，又起雄心，意欲恢復燕雲，統一中原，卻因北漢主曾引遼兵入寇，便打定主張，先行伐遼，御駕親征。乃召匡胤入朝，授為水路都部署，又簡親軍都虞侯韓通為陸路都部署。擇定吉日，命兩將先行出發，水陸並進，世宗車駕亦登龍舟，作為後應。

匡胤率了戰艦，當先出發，張起帆來，順著風勢，駛過瀛、莫二州。遼地兵民不意周師驟至，毫無防備，瞧見周兵來勢勇猛，莫不倉皇失措，望風而遁。

周兵駕著戰艦，直抵遼屬寧州。那寧州刺史王洪，正因接到周兵侵界的消息，飛章入奏，請兵守城，哪知遼兵還沒請到，周師已如飛而至，戰艦直搏城下。王洪守著一座空城，如何抵敵？便開城投降。

匡胤降了王洪，即命為嚮導，進取益津關。守關主將乃是終廷輝，聞得寧州已降，周兵將到，便登關探望，只見敵軍用的都是艨艟大艦，已如一字排在關前，旌旗飛揚，刀槍密佈，舟中兵將，個個都是精壯勇敢之士，大有虎跳龍躍的模樣。

廷輝見了，不覺打了一個寒噤，暗道：「好雄壯的南軍，我這關內，兵微將寡，怎樣抵擋呢？」正在暗中躊躇的當兒，忽聽關下有人大叫開關。

廷輝低頭看時，卻是寧州刺史王洪，遂即問道：「我聞你已降周，來此何故？」

王洪答道：「我為關內生靈，所以單人獨馬，前來和你商議，可速開關，放我入內，自有話說。」廷輝便下關來，命兵士開門，放進王洪。

相見之下，王洪便道：「周兵來勢甚盛，未易抵敵，我勸將軍不如降了周兵，保全關內生靈。」

廷輝沉吟了半晌，想不出什麼退兵的計策，只得依從王洪之言，隨著他開關迎降。

匡胤見廷輝來降，用好言撫慰了一番，方才問他前面的路徑。

廷輝道：「過了此關，不到數十里路，便是瓦橋關，水路甚是狹隘，不能行駛大船，元帥若要進軍，必須捨舟登陸，方可前去。」

匡胤乃派偏將偕王洪往寧州鎮守，又添兵與廷輝守益津關，暗中想道：「韓通人馬尚未到來，若在此守候，未免坐失時機，不如乘勝直進為上。」想畢，便命三軍捨舟而陸，向前競進。未滿一日，即至瓦橋關。守關的將官名喚姚內斌，率領數千騎卒，出關抗拒，哪裡敵得過匡胤？戰了一陣，早被匡胤殺得馬仰人翻，逃回關中，不敢再出。

匡胤率兵攻關，直至一晝之久，不能攻入。到得次日，韓通人馬亦已到來，與匡胤相見，訴說瀛州刺史高彥暉，莫州刺史劉楚信瞧見兵到，即行投降，所以兵不血刃，直至此地，只因山路崎嶇，人馬難行，來遲數日。匡胤也把自己行軍情形告訴了韓通。遂即領兵直搏關前，叫姚內斌答話。

內斌上得關來，匡胤說道：「守將聽著，天兵到來，瀛、莫二州，及寧州、益津關，莫不望風降順；獨有你守著這區區瓦橋關，要想抗拒天兵，我不難一鼓入關，因念南北生靈，同是赤子，不忍玉石俱焚。你若稍知時勢，懷念故國，從速投降，免遭殺戮。」

內斌聽了，低頭想了一會，方才說道：「且待明日再行報命。」

匡胤道：「大丈夫一言既出，駟馬難追，明日不降，休怪我刀下無情。」說罷，逕自領兵回營。

恰好都指揮李重進等，帶領禁軍，如飛而至，匡胤知世宗已到，忙同韓通率領諸將出營接駕。世宗入營，慰勞一番，詢問軍情，匡胤、韓通一一陳奏。世宗當晚即宿於營中。到了次日，姚內斌果然出關投降，匡胤引他入見世宗，行過了禮，世宗溫語撫慰，內斌叩首謝恩，遂即引導世宗進關。

世宗見連降了各處關津，心中十分歡喜，便命置酒慶功，令文武諸臣俱皆入座，席間議及進取幽州之策。諸將一齊奏道：「陛下離汴都不過四十餘日，兵不血刃，即得燕南諸地，此正聲威遠播之際，敵人自應喪膽。但遼主亦甚知兵，聞得燕南之地已失，必定用重兵扼守幽州，陛下若欲進兵還宜審慎為是。」

世宗聽了，甚為不悅，便默然無語。諸將見世宗面有不悅之色，也就不敢多言。酒闌席散，世宗退歸營中，密傳先鋒都指揮使李重進入帳，吩咐道：「朕志在統一天下，削平南北，今已出兵到此，幸得燕南各地，豈肯就此罷手。你可於明日，率兵萬人先行出發，朕當親自接應。」

李重進遵旨而退。又傳散騎指揮使孫行友，命率騎兵五千，即日往攻易州，孫行友亦奉命而去。

次日，李重進帶兵先行，到了固安，城中官吏早已逃避一空，城門大開，周兵一擁而入。得了固安，重進令軍士暫時休息，再往前進。

轉瞬之間，世宗御駕亦至，到了固安，遙見一道長流，阻住去路，其水蕩蕩，深不見底，因此召見土人詢問此水何名，可有舟楫渡過此水？土人答道：「這水叫作安陽水，向來有木筏可渡，只因大軍到來，遼人將木筏拘往對岸，所以無舟可渡。」

世宗聞言，便傳令各軍伐木作橋，限日告成，自己卻帶領親軍，暫回瓦橋關住宿。不料夜間冒了風寒，忽然生起病來，臥床兩日，尚難痊癒。

只因孫行友生擒了易州刺史李在欽，差人前來報捷。世宗扶病升帳，問他可願降順？在欽瞋目說道：「要殺便殺，何用多問。」世宗便喝左右，推出斬首。這時已覺得頭昏目眩，不能支持，忙退入後帳休息，自此其病愈覺沉重。

諸將見世宗病重，意欲啟請還都，又恐觸動其怒，不敢入奏。匡胤奮然說道：「主上抱病逗留在此，倘被遼人得知，大舉來攻，豈不誤事？待我入見，請駕回都便了。」遂即直入後帳，請見世宗，世宗即命傳入。

匡胤來到御榻之前，先問了安，然後談及軍事。

世宗道：「朕願期一鼓平遼，統一南北，誰知疾病侵入，不能如願奈何。」

匡胤從容奏道：「想天意尚未絕遼，所以聖躬不豫，臣願陛下上順天心，暫時班師回汴，釋之不問，天必降福，聖躬自然康泰了。」

世宗沉吟半晌道：「卿言亦是有理，朕且暫時返駕，卿可調遣各路軍馬，明日即行啟鑾。」

匡胤奉命退出，傳旨調回李重進、孫行友等人馬，準備返蹕。次日，世宗升帳，命改瓦橋關為雄州，飭韓令坤鎮守；益津關改為霸州，令陳思讓鎮守。各統所部人馬，小心防禦，休為遼人所算。二將齊聲領命，恭送世宗啟蹕。

一路行程，並無耽延，回至汴京，病已略癒，在宮靜養數日，已是霍然。

世宗乃是英明之主，不肯虛耗光陰，此時尚未臨朝辦理政事，閒坐宮內，和符后及妃嬪們談了一會，覺得沒有興趣，便從錦囊中取那各處文報奏章，預備披閱，伸手一探，忽得直木一方，長約三尺，上有五個大字，寫著「點檢作天子。」世宗看了，好生奇異！便玩了一會，仍復收在囊內。

次日臨朝，傳旨免都點檢張永德官，改用趙匡胤為殿前都點檢兼檢校太尉。匡胤謝恩已畢，即有宰相范質出班奏道：「現有南唐遣使齎表入貢，已在館驛數日，因陛下聖躬未癒，不敢瀆奏。」世宗便命宣唐使入朝。

唐使禮部尚書王崇質聞得傳宣，捧了表文，急趨入朝，在陛前舞踏已畢，呈上表文。世宗看了，見進貢的是兩名美女，遂命王崇質引領入朝。

你道唐主為何不獻珍寶，單獻兩名美女呢？原來唐主既失了江北之地，又削號稱臣奉周正朔，只因迫於兵力，勢不能敵，以致委屈若此，心內實不甘服。未及幾時，又聞探

報，周主親征遼邦，兵不血刃，已獲南燕各地，唐主吃驚道：「周主這樣厲害，不上幾年，便要被他統一天下了，我這區區江南之地，恐怕也難保全，如何是好呢？」當下便與丞相宋齊邱商議。

宋齊邱奏道：「主公猶憶當年南漢主登極，進獻大小雷女樂，曾免數年之侵麼？如今何不訪求絕色美女，獻於周主呢？好在我們內附之後，尚未進貢，這次就藉貢獻為名，自不招人疑忌。周主倘能溺於酒色，自然英氣銷磨，沒有大志了。我們再慢慢的休養生息，將來就有報仇之日，這正是范蠡獻西施之計也。」

唐主聞奏，便道：「卿言雖甚有理，但周主非南漢可比，很是英明，我們貢獻美女彼若卻而不受，豈不自討沒趣麼？」

宋齊邱道：「人非聖賢，豈有不愛美色之理？不過英明之主，愛惜令名，不肯自己選取美女，以貽口舌於臣下；倘若有人進獻於他，這現成的美色，臣料周主一定收納，可以無慮。」

唐主即從其奏，命人四出訪求絕色美人。

江南山川靈秀，本是出產美色的地方，哪有訪求不得之理！不上幾日，已訪得兩名美女，一名秦弱蘭，一名杜文姬，都生得輕盈窈窕，有西子太真之色，傾國傾城之容；並且精擅文翰，善於吟詠。唐主大喜，便衣以輕綃霧縠之衣，妝以珠翠金寶之飾，置之後苑，教導歌舞及彈絲品竹之技。

兩個美女，心靈性巧，一經指點，便已熟諳，不到一月工夫，吹彈歌唱俱已學得純熟。唐主又親往後苑，命兩美人試驗一番，居然歌聲婉轉，如黃鶯嬌啼，可以移情悅性；又命兩人起舞，只覺羅袂翩翩，不減於漢宮飛燕，掌上輕盈，令人目眩神迷。

再看她們的吹彈時，又是琴瑟箏琵，簫笙鼓笛，樣樣都全，好似唐明皇身到廣寒，聽著霓裳羽衣曲一般。唐主不覺大喜道：「如此美人，如此技藝，我見猶憐，不愁周主不愛也。」當下便命翰林苑撰了表文，差禮部尚書黃崇質，用輕車繡幔，載了兩個美女，前往汴京貢獻。黃崇質抵汴之時，正值世宗抱病返都，在宮靜養，只得在館驛中住下。

這日世宗召見，行禮既畢，閱了表文，果然不出宋齊邱所料，世宗本想選幾名美人，入內廷供奉，以便行樂，恰恐在廷諸臣諫阻，未曾進行，如今南唐既然進貢，料想必是絕色，樂得收了下來，以圖歡娛；又免了自己點選，被臣下看輕，說主上好色，真是一舉兩得的事情，所以絕不遲疑，命黃崇質引著兩個美女入朝。

崇質領旨，將兩人引至殿前，輕提翠袖，慢啟朱唇，高呼已畢，俯伏丹墀。世宗吩咐抬頭，兩個美人遵了旨意，仰首而跪。

世宗見這兩人，果有沉魚落雁之容，閉月羞花之貌，心內甚喜，便問汝二人叫何名字？左首一個便啟奏道：「臣妾秦弱蘭。」右首的一個，也隨著奏道：「臣妾杜文姬。」

世宗含笑道：「汝等之名，亦甚文雅，想有若蘭之才，文姬之技了。」

黃崇質奏道：「二美人不但生得美麗，就是吟詩作賦，品竹彈絲，也樣樣精熟的。」

世宗聞奏，更加歡喜！命將兩女收入御樂院內。

早有范質出班奏道：「陛下以神武之姿，端理天下，方欲削平南北，混一寰區，奈何受南唐之美女也？」

王溥亦執笏諫道：「唐主不以有用之物貢獻陛下，而以美色引誘陛下，此正越王勾踐之所以報吳也。願陛下諭其來使，屏而不受，則彼自知慚愧，而不敢復萌異志；且使天下聞之，皆知陛下不溺情於聲色，則遼邦傾心，北漢畏威，四海可不勞而定矣。」

世宗以溫語慰之道：「二卿所言雖是有理，但唐主遣使遠來進獻美女，其心亦是可嘉，若屏而不受，未免絕遠人之望。且唐主亦何至效勾踐之故志，而以美色餌朕，即使其存心如此，朕非夫差可比，彼又何能施其伎倆呢？二卿且退，朕自有方略處之。」

范質、王溥見世宗不從其諫，只得嘿然。

當下設筵以宴唐使。席間，世宗問王崇質道：「唐王亦治兵甲，修守備麼？」

崇質奏道：「自事大國之後，不復敢治甲繕守備了。」

世宗道：「朕向日興師征伐，則為仇敵，今既通好內附，則為一家，唐主與朕名分已定，更無他說。但是人事變幻，不可逆料，朕在位之日，固不至加兵於江南，若至後世，便不可知了。歸語唐主，兵甲城郭，亦宜及時修葺，以防外負，而為久遠之計。」

崇質頓首受命，辭別世宗，取路自回江南，面見唐主，覆了旨意，並及世宗諭令修繕甲兵城郭之意。唐主聽了，甚為感動，遂命官吏查閱城郭，凡不完固的，加以修繕，檢視甲兵，凡有殘缺的，從事補充。唐主奉了世宗之諭，繕城守，整軍備，自有一番料理，不在話下。

單說世宗納了兩個美人之後，終日只有宮中飲酒作樂，左擁右抱，晝則揮毫聯句，以角才思；夜則笙歌聒耳，筵樂無度，絕不思量視朝聽政，討論治理，早把從前混為一宇，蕩平四海的雄心，消磨淨盡。

世宗又因宮殿卑陋，並無遊賞宴樂之地，臺榭池沼之勝，傳旨在內苑中起造樓臺一座，名曰賞花攬勝之樓，以便與秦弱蘭、杜文姬日夕登臨眺覽。恰命教練使馮益監工，克期造竣，馮益領了聖旨，哪敢怠慢！便招工募匠，運磚瓦，搬材料，擇吉興工，晝夜不息，耶許之聲，聞於宮外。

諸臣因世宗收了南唐美女，累日不朝，政務叢脞，已是好生著急！如今又聽得起造樓臺，工役並興，滿朝文武都面面相覷，無法可施，意欲進諫，又因內外隔絕，不得見面，且恐世宗正在沉溺之際，必致觸犯龍顏，難免罪戾，所以沒有計較。

范質因謂王溥道：「主上現在沉酣聲色的時候，我們入諫，亦未必肯垂金聽，現在最

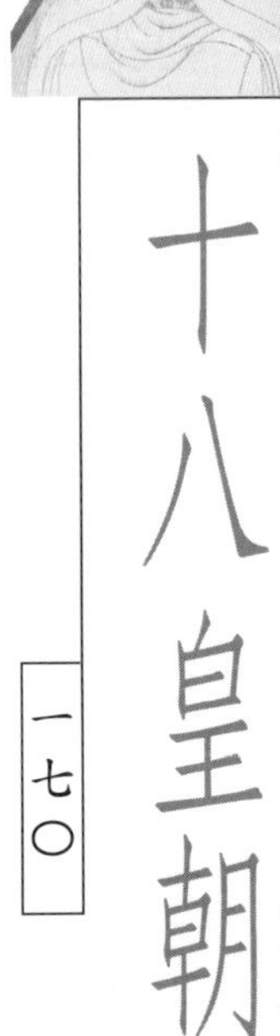

要之著，惟有建立儲貳，以端國本，倘有不測，尚可倚賴。」

王溥答道：「相公之言是也，我們明日徑叩宮門，請見主上，奏立太子，想來不致觸犯聖怒的。」

范質聽了，便向文武諸臣道：「明日諸公務須齊集朝堂，與老夫一同入奏。」眾人齊聲應諾，各自散歸。

次日，文臣由范質為首，武將由匡胤為首，一齊直叩宮門，請見世宗，面奏大事。世宗正與杜、秦二美為長夜之飲，直至次日清晨還在那裡猜枚行令，不肯休息。階下笙歌，仍復喧耳，侍從諸人奔走栗碌。

世宗因秦美人猜輸了拳，傳旨斟一大杯酒以罰之，忽見宮門上傳報道：「文武諸臣有事啟奏陛下，俱在宮門候旨。」世宗方命撤去殘席，又恐諸臣見了自己的情形必要諍諫，因令二美暫退，待見過文武諸臣再行作樂。

秦、杜二美人奉了旨意，自與階前歌舞的宮女退入偏宮，世宗遂宣群臣入見。范質、匡胤率領諸臣行禮已畢，分班侍立。

世宗垂問道：「眾卿有何政事入宮見朕？」

范質、匡胤同聲奏道：「陛下春秋已富，未立皇儲，請速定大計，以端國本，而副中外之望，國家幸甚。」

世宗道：「功臣之子，皆未受封，豈可先加恩於朕之皇嗣。」匡胤又奏道：「臣等受陛下厚恩，已出非分，還敢企望推恩於子孫麼？乞陛下速立皇儲，無用遲疑。」

世宗乃准其奏，下旨封子宗訓為梁王；時宗訓年僅七歲，諸臣頓首謝恩，辭退出宮。世宗方欲宣召秦、杜二美人，重行取樂。

忽馮益入宮啟奏，賞花攬勝樓已克期完工，請陛下御駕臨幸。世宗即命駕臨後苑，看那新建的樓臺，果然曲欄映日，畫棟飛雲，富麗堂皇，莊嚴璀璨，有《西江月》詞一闋為證：

畫棟鮮明峻偉，樓臺雄麗奇觀；四圍彩色繪山川，縱是蓬瀛不換。
鋪列奇珍異寶，相陳絲竹吹彈；君王從此倚欄干，日與佳人賞玩。

世宗見樓臺造得甚是美麗，龍心大悅，重賞馮益，令其退去。馮益謝了聖恩，欣然而退。

世宗見樓臺雖已造成，內苑中沒有名花點綴，終是缺憾，因命群臣各獻奇花異卉，栽種內苑，以便憑欄賞玩。詔旨一下，那些文武諸臣莫不嘆息，都說主上大改當初的性情，

不知荒淫到如何地步，恰又不敢違旨，少不得尋覓些花卉獻上。

還有這些意圖進用、貪榮慕利的人，便想藉此逢迎聖意，希圖邀寵，便不吝重價，四出購取奇花異卉，獻入宮內。世宗吩咐侍從，揀那稀見少有的花卉，栽於樓之左近，其餘平淡無奇的，分栽苑內，日夜灌溉栽培，使之從速長成。

果然人手眾多，辦事容易，不多幾日，那內苑裡，早已綠葉成蔭，繁花如錦，人遊其中，香氣撲鼻，如入花國，真個心悅神怡。世宗便攜了秦、杜二美人，日夕在樓上飲酒賞花，歌舞作樂，留連不去。文武諸臣，無一人敢入諫者。

其時，鄭恩適因奉使回都，沿路之上，已聽得人紛紛議論。盡說世宗受了南唐進獻的美女，將雄心銷磨已盡，竟是荒淫無度，縱情酒色，可惜一位英明之主，中了南唐的美人計，便弄到這般田地，若再這樣下去，不知悔悟，恐怕內憂外患，相乘而起，從前征伐他人，如今要被他人所征伐了。

一路行程，所聽見的，都是這些議論，心內好生詫異道：「出使在外不過數月，朝政就變到這樣地步了麼？有趙匡胤、范質、王溥在朝，主上如果這樣荒淫，哪有不行諫阻之理！道路傳言，恐非確實。」心下想著，便不分曉夜，趕回汴京，要打聽所聞的言語是否的確。

非至一日，已抵汴京，正值世宗建了高樓，命群臣進獻花卉。有那些逢迎聖意，希圖富貴的人，出了千金之賞，購取異種，那班牟利之徒，不憚辛苦，各處去覓了珍奇花卉，或用車裝，或用船載，絡繹不絕，都向汴京趕來，唯恐落後，失了發財的機會，紛紛擾擾，爭先而行，汴京的街道幾乎為之擁塞。

鄭恩騎在馬上，帶了隨從，正要趕入京都，恰被那些賣花的，挑著擔兒，擕著筐兒，提著籃兒，還有幾個人，合在一處扛抬著合抱大的花樹，橫亙而行的，竟把鄭恩的馬擁住了，不能前進。

鄭恩見這情形，料知路上的傳聞有幾分可信，便耐定了性兒，柔聲下氣的，向一個擕著花樹的問道：「你拿的是什麼花？要往哪裡去？」

那人見鄭恩衣服鮮明，氣象堂皇，騎了高頭駿馬，馬後隨著許多從人，料知是位官員，疑心他也是覓取奇花異卉去進獻朝廷的，正好賣給他，圖取厚利，便陪笑說道：「我這花，名喚櫻花，是出在東洋大海，一個什麼國裡的，這花乃是異種珍品，只有那個國裡才有的，開放起來，美麗非凡。我冒著風濤之險，渡了東洋大海，費了許多心血，方才得著這一株花。長官如果購買了，去進獻朝廷，包管可以壓倒旁的花卉，不過價錢須要千金，少了是不賣的。」

鄭恩聽說一株花要千金之價，心下更是奇異，便故意問道：「你討這樣的大價錢，恐怕沒有人來買吧？」

那人冷笑道：「長官想必是遠道來的、不明白這裡的情形，現在朝廷收了南唐進貢的美人，起造了賞花樓，命文武諸臣各獻奇花異卉，栽在內苑，以便賞玩。我這櫻花，倘若遇見識貨的長官，莫說千金，便更多些，也要買了去進獻朝廷，希圖升官發財，你怎麼嫌我討價太大呢？」

第十三回　奇花諫主

鄭恩聽了那人的言語，心下想道：「主上果然縱欲無度，道路傳言絕非虛偽，我今既已回朝，自當面摺廷諍，挽回主上之意。」當下便向那人說道：「照你的言語講來，價錢果然不大，可惜我不貪富貴，並不要這花進獻朝廷，你快去賣給他人吧。」說著，早率了隨從人等，策馬入城，徑叩宮門，請見世宗。

世宗聽說鄭恩奉使回朝，便傳入內苑，在賞花樓延見。因其是親信之臣，又係微賤時候的舊交，可以無須避忌，所以並不命退女樂，即召他入內。

鄭恩聽了宣召，便大踏步走入內苑，舉目觀看，果與前日不同，只見樓臺金碧，高插雲霄，珠簾垂地，輝生四壁，隱隱的瞧見許多美人都執著樂器，侍立在簾內；那樓的左右前後，都環繞著奇花異卉，並不知道是什麼花，只覺得鮮豔奪目，芬芳撲鼻，也不仔細看視，隨定內侍，直達樓上，見世宗居中而坐，兩旁陪侍著兩個絕色女子，都是宮裝豔服，容光照人。

鄭恩趨近御座，俯伏行禮，高呼萬歲。世宗即命平身道：「卿沿途辛苦，不必行此大禮。」

鄭恩謝過了恩，將奉使之事，一一奏明，遂又頓首奏道：「陛下與臣等起自戎馬之中，英明神武，聲威播於天下，山陬水涯，莫不稱頌，皆以為堯舜重生，湯武再世，統一四海，掃蕩群雄，重睹太平，即在目前。乃臣出使返命，沿途之上，人民議論，大異昔日，都疾首蹙額，傳說陛下納了南唐美女，終日不理朝政，酣歌恆舞，為長夜之飲；建造樓臺，並興土木，百姓盡生憂慮，惟恐北漢引誘遼人興兵入寇，大有朝不保暮的景象。臣聽了這般說法，瞧了這樣情形，還道是傳聞之言，不足深信。誰料行近汴京，竟有無數愚民運了許多奇花異卉，入京販賣，一花之微，乃至索價千金，臣目睹此事，甚為詫異！因而詳細探問，方知陛下起造樓臺，命群臣各獻花卉，栽種內苑，逢迎之臣重價購買，希圖邀寵。如此行徑，非特荒於政事，且啟宵小倖進之門，臣恐禍患將從此起。願陛下屏除美色，親賢臣，遠小人，重振舊日精神，講求治理，則國家幸甚，人民幸甚。」

鄭恩奏畢，世宗諭道：「卿之忠心，朕所深知，遠出歸朝，風霜勞頓，宜加休息。至於卿之所奏，朕自有主張，可以毋須憂慮。」因命鄭恩官還原職，在朝伴駕，並賜假半月，以酬其勞。

鄭恩見世宗溫語慰諭，恩禮有加，不便多瀆，只得謝恩，退出宮來，回歸府第，休息了一夜。次日黎明起身，即往會見群臣。

范質、王溥與匡胤等，因世宗不出視朝，都在朝房聚集商議，無計挽回聖意，見鄭恩到來，各自起身相迎，詢問出使情形。鄭恩詳細述了一遍，便向范質、王溥道：「主人貪戀美色不理政事，兩位丞相執掌朝綱，為百僚之首，何不盡力諫阻？」

范質、王溥齊聲說道：「我等非不力諫，奈主上不肯垂聽，沒法可想。」

鄭恩又對匡胤道：「兄與主上義結金蘭，富貴與共，宜匡弼過失，以盡寸心，奈何亦緘默不言，袖手旁觀呢？」

匡胤深知鄭恩性情暴躁，倘與辯白，恐怕惹出事來，便含笑答道：「賢弟責備，我已知過，停會兒請至我處，共商挽回之策。」

眾人見匡胤不與鄭恩爭辯，也知其意，盡皆嘿嘿無言。

范質等便商議了一會政事，各自散去。

鄭恩隨了匡胤來至家中，分賓坐下。匡胤說道：「賢弟適在朝房，責我不諫主上，我非不欲苦諫，無如屢次進言，俱被拒絕。若不自知分量，再行冒瀆，必獲罪戾。再三思維，只有用譎諫之法，使主上自己省悟，否則雖有千言萬語，主上正在沉溺不返的時候，恐亦徒勞無功。」

鄭恩謝道：「弟性愚直，適間開罪於兄，還請原宥！但不知如何譎諫，望兄指教。」

匡胤道：「近日主上命群臣各獻花卉，我與賢弟何不如此如此，以進花為名，暗寓諷諫，或可補救於萬一也。」

鄭恩道：「此法固妙，但我於文字不甚懂得，如何能行此事？」

匡胤道：「這個容易，我們先預約好了，明日便可應用。」當下匡胤一一整備齊全，又教導了鄭恩。

到得次日，匡胤、鄭恩也隨著進花的官員齊入內苑，直趨樓前。世宗與秦弱蘭、杜文姬兩個美人正在樓上酣飲，一眼瞥見了匡胤，便道：「卿亦來進花麼？」

匡胤趨近御前，躬身答道：「陛下既有旨意，臣等安敢不來進獻。」

世宗喜道：「卿所進的，必是名花。」

匡胤乃舉梅花一枝，道：「臣所進者，江南第一枝也。」

世宗命內侍接過，植於內苑，因問道：「此花有何好處，卿卻稱為江南第一枝？」

匡胤道：「此花與眾不同，迥異尋常，雪裡芳華，吐清香以挺秀，陽春獨發，占百花之魁首，昔人賞有詩讚之道：

一夜東風著意催，初無心事占春魁；
年年為報南枝信，不許群芳作伴開。

世宗聽了大喜道：「卿詩清新已極，不想戎馬之士，亦擅文詞，可見吾國人材之盛，不同他邦！朕之美人，亦善吟詠，當命和卿之詩，以示寵異。」遂命杜文姬速題一首，以和匡胤之詩。

杜文姬奉了旨意，不加思索，即吟詩呈上，其詩道：

梅花枝上雪再融，一夜高風激轉冬；
芳草池塘冰未薄，柳條如線著春工。

世宗覽了文姬之詩，稱讚不已道：「美人所吟，與趙點檢之詩，工力悉敵，正未可以判分優劣也。」

正在諷通稱賞，忽見鄭恩大踏步上樓道：「臣亦有花來獻。」

世宗喜道：「卿之所獻，當更出色。」即命左右取來，乃是枯桑一枝。

世宗笑道：「卿所獻者，不過枯桑一枝，並非奇花異卉，有什麼好處呢？」

鄭恩道：「臣之所獻，與眾不同，汴京城內，若無此物，則人民皆盡寒凍而死。」

世宗問道：「亦有說乎？」

鄭恩道：「臣亦有俚言四句，敢為陛下詠之。」即朗聲吟詩道：

竹籬疏處見梅花，盡是尋常賣酒家；
爭似汴京千萬頃，春風無地不桑麻。

鄭恩吟畢，匡胤從旁奏道：「鄭恩所獻，比臣之梅花優勝，願陛下三復其詩。」世宗喜道：「二卿處處不忘忠愛，朕躬自能領會。」因命內侍，賜二人御酒各一金巵，以旌其獻花進諫之功。

二人頓首謝恩，飲了御酒，立於欄杆之外，但見獻花之臣紛紛而進。世宗命內侍一一收納，當心培植。

直至薄暮，獻花的人都已退去，世宗見匡胤、鄭恩仍直立欄杆之外，因問道：「卿等此時尚未歸去，豈有事欲奏朕躬也？」

匡胤聞言，乘機進諫道：「臣等見陛下累月不朝，荒於政事，心中惶惑，不知所措。願陛下親大臣，勤庶政，則國家有磐石之安，而社稷有泰山之固，其歡樂當比歌舞宴飲，高過萬倍了。」

世宗道：「朕昔日因干戈擾攘，無少閒暇，今日國家昇平，南方臣服，正當尋歡取樂，以娛生平，故與二姬略事遊覽，卿等何必瑣瑣煩瀆呢？人生在世，如草頭垂露，夭年易盡，二卿值此太平之時，亦宜日與親知故舊，宴遊歡樂，以盡天年，方不致虛生一世，何苦辛勞棲惶，爭名奪利，沒有休息的時候呢？」

鄭恩進諫道：「陛下當日何等英武剛毅，今乃出此貪圖安樂之語，殊非臣等所望，況寡欲所以養生，美色醇酒，實戕身之刀劍。陛下聖容，昔日何等威嚴，今因貪戀酒色，已是清減異常，倘有不測，悔之莫及矣。」

世宗道：「二卿且退，朕自知之。」說罷，竟不與二人多言，拂袖回宮而去。二人見世宗絕無省悟之意，只得嗟嘆而退。

過了一日，司天監忽然上奏，說是星火侵入紫微垣內，宮廷之中恐有火災，急宜修省，以禳天災。世宗見了章奏，也沒什麼動靜。匡胤便與鄭恩商議道：「主上荒淫酒色，天象示儆於上也不加理會，若不及早設法，勢將無可挽救了。」

鄭恩道：「我等直言進諫，主上竟不聽從，更有何法可施呢？」

匡胤附耳言道：「我們乘著司天監奏宮廷有火災的機會，可如此這般而行。若把樓臺毀去，美色絕了根株，主上沒了迷惑的人，又失了遊觀之地，自然恢復往時的原狀了。」

鄭恩喜道：「此計甚妙！連著根株一齊鋤去，哪怕主上不省悟呢。」

二人商議好了，便去秘密佈置，吩咐守宮禁軍，備下硝磺引火之物，候至夜間舉事。

那些禁軍都歸匡胤統帶，聽了主帥的密令，自然不敢有違。

分遣已定，等到二更以後，匡胤、鄭恩早雜在禁軍之中混入宮內，藏匿於賞花樓左近。此時夜深人靜，但聽得樓上歌聲徹耳，音樂齊奏，世宗正與二美人飲酒取樂。鄭恩見時候已至，便在樓之側首放起火來。

時當冬令，深夜之間，朔風大作，一刻之頃，火趁風威，順著風勢向賞花樓燒去，煙焰漲天，火光四照。汴京城中的人都從睡夢裡驚醒，沸翻盈天，都說是皇宮內苑走了水，軍民人等，文武百官，一齊七手八腳趕來救火。

那時火勢正盛，哪裡撲滅得來？世宗恰在樓上，左擁秦弱蘭，右攙杜文姬，酣呼暢飲，笙歌徹耳，如何知道起火？幸虧有個宮人瞧見了火光，倉皇報知世宗道：「內苑裡起了火了。」

世宗大驚，忙撇了酒杯，離開御座，步向窗前看視，只見紅光瀰漫，煙焰漲天，已直燒到賞花樓上。內監宮人見勢不佳，忙請世宗避火。

世宗這時驚惶失措，忙命內監挽扶著往樓下奔避，哪裡還顧得秦、杜二美人和這些歌姬舞女呢？剛才跑至扶梯下面，恰見鄭恩從火光中奔來，大叫：「主公休慌，臣來救駕也。」說罷，即將世宗負於背上，逃出外面，脫離火窟。

秦弱蘭、杜文姬也帶跌帶爬，跑下樓來，哭泣哀號道：「誰人救妾，妾當奏知聖上，官上加官，以報其德。」

那些禁軍早經匡胤囑咐，不准援救秦、杜二美人和一班歌姬舞女，一任她們哀呼求助，只顧救火，絕不理睬。

此時匡胤卻從側首轉出，向二美人道：「我來救你們出去。」秦弱蘭、杜文姬信以為真，奔向匡胤身旁，被他一手一個提將起來，拋入火中。可憐絕代佳人，不上片刻，早已化作飛灰。

還有那些歌姬舞女，也都驚得目瞪口呆，走投無路，盡皆燒死，就是幾個逃出外面，也被火燒得焦頭爛額，不堪進御了。

守宮禁軍見秦、杜二美人已活活燒死，方才出力救火，即行撲滅，任你怎樣施救，那座賞花樓已化為灰燼了。還算他們手腳來得快，只燒了賞花樓，沒有蔓延到旁的宮院去。

這時文武百官早來宮門叩請聖安。世宗幸虧鄭恩背負逃至後殿，聽說文武諸臣前來恭請聖安，看那天光，已是黎明，便傳旨升殿受朝。群臣朝見已畢，分班侍立。

世宗降諭道：「內苑無故火起，皆朕不德所致。前日司天監奏稱熒惑星侵犯紫微垣，宮廷中宜防火災，上天早有垂象，朕躬昏瞶，不知修省，果有此變。自是以後朕當力行德政，以迓天庥，爾大小臣工，亦宜體朕此意，共進嘉謀嘉猷，助朕修德禳災。」

諸臣聞諭，一齊頓首奏道：「陛下能夠修德行仁，使政事無缺，澤降下民，天心自然

默佑，轉災為福，禎祥迭至了。」

世宗又獎勵鄭恩，說他倉猝之間，能夠奮不顧身，盡力救朕，乃是忠義之士。鄭恩頓首道：「此乃陛下洪福齊天恰遇機緣，微臣何敢受此獎許？」

世宗回顧匡胤道：「卿率禁軍救火，未知可將秦、杜二美人救出麼？」匡胤奏道：「火勢甚大，不可向邇，無人敢近，秦、杜二美人不能救出，想已焚死。」

世宗聽說二美人已死，十分傷感，從此思念二美人，鬱鬱不樂，憂悶成疾，不能視朝。後人有詩一首，詠匡胤設計焚死秦、杜二美人，以致世宗傷感成疾，遂以不起云：

忠君如此亦堪憐，何事佳人向火燃；
若使陳橋袍不著，千年公議屬誰傳。

其時，鎮軍節度使韓通，因奏報邊務入朝，聞知世宗染疾，即至宮門問安。世宗召入垂詢邊事，並告以火焚樓臺，二美人俱死，因此憂愁成疾。韓通奏道：「外面紛紛傳言，都說火焚內苑之舉皆出趙匡胤、鄭恩所為，陛下幸自保重，不必以二美人為念。」

世宗聞通之言，沉吟一會道：「二臣屢次進諫，朕未聽從，激而出此，亦未可知；然二臣皆為親信之臣，且無證據，不可加罪。」

韓通見世宗不肯加罪趙、鄭二人，正要再奏趙匡胤權柄太重，宜加裁抑，不料世宗已是十分疲乏，早向韓通道：「卿可留京，暫充侍衛副都指揮使，保衛宮禁，朕此時困頓實甚，卿可暫退，有事再議。」

韓通謝恩辭退，回至府中，心下想道：「世宗病勢甚重，倘有不測，趙匡胤掌握大權，與我素不相睦，恐為所圖，如何是好呢？」思量一會，沒有主意，即召心腹李智商議。

李智道：「君侯無須憂慮，現聞符太師尚有次女，待字閨中，何不奏知聖上，賜婚公子；若聯此姻，則公子與聖上為連襟，便是皇親國戚，設或主上有甚不測，必是符娘娘垂簾聽政，有此奧援，君侯尚有何患？」

韓通大喜道：「此言甚然！我當奏聞主上，為兒聯姻。」

次日入宮，面見世宗，啟奏道：「臣子韓淞，年齡已長，聞符國丈尚有次女，未曾許字，與臣子年貌相當，欲求聖恩，賜為婚姻。」

世宗道：「卿既有此意，朕當為之主婚。」

韓通頓首謝恩而退，世宗即日召太師符彥卿入宮，諭以韓通有子韓淞，願與皇姨聯姻之事。符彥卿頓首奏道：「主上既有旨意，臣安敢不遵，但現有殿前都點檢趙匡胤，遣人為其弟匡義求親。韓通、匡胤皆與臣並肩事主，同為一殿之臣，匡胤又復先來求親，臣實未便允韓而卻趙，望陛下為臣作主。」

世宗聽奏道：「皇丈所言，頗為有理，韓、趙皆為親信之臣，朕亦未便顯分彼此，惟韓通求朕賜婚，朕已允之，今既不能兩全，皇丈可效前人彩樓招親之事，擇定吉日，高搭彩樓，傳朕旨意，通知韓、趙二家，令匡義、韓淞屆期齊集樓前，由皇姨親拋彩球擇配，球中誰人，即許於誰，各聽天命，不得爭執。」

符彥卿頓首謝恩道：「陛下如此處置，可使韓、趙兩家各無異言，真是兩全之道也。」當下辭駕出宮，將世宗聖旨傳知趙匡胤、韓通，待擇定吉期，搭起彩樓，由皇姨拋球擇配，兩家屆期可令子弟齊至樓下，接取彩球。匡胤、韓通自然遵旨而行。

你道趙匡胤如何與韓通同時求婚於符彥卿？原來匡胤本有兩弟兩妹，次弟名匡義；三弟名匡美。那匡美年尚幼稚，匡義年已十九歲，生得齒白唇紅，面如冠玉，龍顏日角，兩耳垂肩，長身玉立，虎步龍行，相者嘗說他龍鳳之姿，天日之表，後福非淺，將來必為太平天子。因此匡義深自期許，頗有不居於人下的志願，讀書之暇，時常舞槍弄劍，練習武藝，又喜出外打獵。這日帶了隨從，復往城外打圍，恰遇著一件巧事。

第十四回　彩樓擇配

趙匡義帶領隨從人等出城打圍，行至皇城以外，忽見一座花園，甚為壯麗。匡義暗道：「不知誰家花園，建築得如此齊整。」正在停馬觀看，忽見園內有株梅樹，緊靠園牆栽著，虬枝橫斜，吐出牆外，有一隻喜鵲棲於枝上，對著自己叫個不住。

匡義說道：「你向我叫個不休，且叫你吃我一彈。」說著，挽起彈弓，直向喜鵲打去。喜鵲左翼受彈，奮翅飛起，盤旋了一會，竟跌於園內。匡義意欲取回喜鵲，遂問左右道：「此是誰氏之園？」

左右答道：「這是當今國丈符太師的花園。」

匡義道：「符彥卿乃吾兄同朝之友，不妨進去索取此鵲，汝等可覓其園門，待我入內。」左右尋了一會，只見門上加著雙簧鎖，關閉得甚是堅牢，便回報匡義道：「此園與符太師住宅相連，尋常無事，並不啟門，都從宅門出入；若要進內，須往宅門通知，請符太師發下鎖匙，啟門而入。」

匡義道：「為了一隻喜鵲，何用興師動眾，驚擾太師？待我越牆而進，取了那隻喜鵲，便可速去打圍。」當下遂令左右停於園外，親自越牆而過，取那喜鵲。

不料匡義越牆之時，恰值符皇姨也同了侍女前來園中遊覽，忽見有人越牆進園，侍女們疑是竊賊，不覺驚慌起來，大聲叫喊。匡義聽得喊聲，連忙向前觀看，見有一群侍女簇擁著一個金裝玉裹，美如天仙的女子，立在那邊亭下。

匡義暗想，此必符彥卿之女也，彥卿年已老大，恰有豔麗的女兒藏在閨中，倒是意想不到的事，忽又轉念道：「不妙！此老生性拘執，彼女在園，我無端越牆而入，被侍女們叫喊起來，驚動彥卿，必疑我有意窺視他的女兒了，且待我止住她們不要叫喊。」

心內想著，急急趨向前去，向著那些侍女道：「姐姐們不要驚疑，我非歹人，乃殿前都點檢檢校太尉趙匡胤之弟，趙匡義是也。偶然出外打圍，彈中一隻喜鵲，落在園內，所以越牆覓取。姐姐們不信，現隨從之人停於牆外，且有中彈的喜鵲在梅樹之下，可以為證，望姐姐們不用聲張，免得驚動太師，感恩不淺。」

符小姐聽了匡義之語，見他生得相貌非凡，言詞清朗，知是大貴之相，心內甚是愛慕，只因避著男女之嫌，不便親自答話，便止住侍女們，不要叫喊，揀一個齒牙伶俐的侍女傳語道：「趙點檢乃是太師同朝之友，公子既是其弟，小姐自當用情，不加為難。但是太師不久就要到來，倘若遇見，甚為不便，叫你從速出外。」

匡義躬身答應，仍要越牆而過，小姐又令侍女止住道：「公子不可越牆，倘被路人所見，深為不雅。現有鎖匙在此，當開了園門，放你出去。」

匡義聽了，很佩服符小姐的見識，連聲道謝。符小姐早取出鎖匙，侍女開了園門，將匡義放出。

匡義出園，因思符小姐德容兼備，念念不已，仍舊跨了馬，前去打圍去了。正是：

前生曾種藍田玉，此日欣逢宿世緣。

匡義帶了隨從前往打圍，射飛逐走，直至天晚，方挑了許多獐兔之屬，回至府中，見過匡胤，說起出外打圍，誤入符太師花園，遇見皇姨之事。匡胤聞言，甚為留心，因問匡義道：「汝曾親見皇姨麼？」

匡義答道：「是親見的。」

匡胤道：「皇姨的花容生得如何？」

匡義經此一問，倒有些不便回答，只是低頭無語。

匡胤笑道：「這有何妨！何必如此害羞呢？」

匡義無法，只得說道：「長得很好。」說到「好」字，已是面紅過耳，十分局促。

匡胤道：「此事非出偶然，乃天意也，吾當為汝成之。」

次日，便請范樞密到府。范質聞是匡胤相請，即便到來，匡胤迎入，分賓主坐定。范質動問相請之故，匡胤將匡義誤入符太師花園，遇見皇姨，蒙其不加責備，開門放出的事詳說一遍。又道：「皇姨與舍弟年貌相當，今日奉屈樞密玉趾，意欲仰仗鼎力，成此良緣。」說著，起身一拱道：「敢煩大駕，為舍弟執柯，就永感大德了。」

范質也起身還禮道：「此事甚易，符太師之夫人與寒荊通家往來，過從甚密。明日當令寒荊親往符師，為令弟作媒，未有不諧的。」

匡胤道：「有勞夫人魚軒親往，於心不安。」

范質道：「你我同朝好友，當得效勞，何用客氣。」說罷，起身告辭，回至家中，把匡胤所託之事，告知夫人郝氏。

那郝氏夫人與符太師夫人本是結拜姐妹，時常來往，聽了范質的話，不覺含笑道：「趙家公子眼力居然不差，皇姨花容生得千嬌百媚，真是塵世少有的，但不知趙家公子品貌如何，也要配得皇姨，妾身方願前去作媒。倘若生得人物猥瑣，配不上皇姨，將來受人家的埋怨，那就不便去說了。」

范質道：「你儘管放心，趙公子是我見過的，生得堂堂一表，顏如冠玉，乃是大貴之相。聽得人家傳說，從前有個什麼相士，說趙點檢鳳質龍姿，絕非人臣之相，他的第二位兄弟尤其出色，福命更比乃兄高過十倍。這些說法，雖是江湖術士騙人的言語，但趙公子相貌絕非凡品已可想見了。」

郝夫人道：「既是如此，妾身明日前往符府作媒便了。」

到得次日，郝夫人乘轎來到符太師府中，符夫人接了進內，奉過香茗，敘了寒暄，郝夫人便說起趙公子求親一事，並誇獎匡義品貌如何美麗，才情如何出眾，說得天花亂墜，不由符夫人不信，當下便回言道：「小女年已及笄，正該許字，承蒙夫人作媒，此段姻緣極是相宜，但須與太師商議，妾身不能擅自作主，改日再行報命便了。」

郝夫人道：「兒女婚姻乃是大事，夫人自應與太師商議，得了同意再行決定。妾身暫且告辭，在舍間恭候佳音。」說罷，起身辭別。

符夫人也不挽留，送至儀門，看著郝夫人上了轎，方才回到裡面，便與符太師說知范樞密夫人前來替趙點檢的兄弟求親，未知太師意下如何。

符太師道：「趙點檢威震人寰，位居極品。他的兄弟趙匡義，我也曾經見過，品貌才情也不在點檢之下，若是配我女兒，果是美滿良緣，這頭親事，門當戶對，珠聯璧合，很可以允得。耽延一日，夫人可親往范府，答應了他，我們也可了卻一樁心事。」

符夫人答道：「太師既然見過趙家公子，品貌才情都可以配得我們女兒，妾身改日便去答拜范夫人，允許這頭親事，叫她回報趙點檢，擇日納聘就是了。」符太師點頭答應

道：「夫人之言，甚合吾意。」

夫婦二人商議停妥，正打算過了一天便往范府去報命。不料到得次日，世宗忽傳旨召符太師入宮，諭知韓通之子韓淞，欲與皇姨求親。符太師暗想，韓通的家世門第固甚相當，但是韓淞的相貌雖也生得齊整，恰有些紈褲氣，才華又不及匡義，心下很有些不願意，只因世宗出面替他說合，不敢說出不願兩個字來，只得委婉其詞，把趙匡胤先來為其弟趙匡義求親的事情告知世宗，並說自己與韓、趙兩家同為一殿之臣，未便回絕哪一家，懇請世宗作主。

他的意思，以為韓通、趙匡胤都是世宗親信之臣，世宗也不便偏袒哪個，必定有法調停，果然不出所料，世宗命他用彩樓擇配之法，以免爭執。符太師領了旨意，回至府中，擇定吉日，高搭彩樓，通知韓、趙二家，匡胤、韓通自然遵著世宗旨意。

到了吉日，匡義、韓淞各帶了八名家將，來到彩樓之前。匡義人品軒昂，儀表出眾，安安詳詳，從容不迫的立於彩樓之左。那韓淞雖然衣服華麗，輝煌奪目，立於樓右，品貌怎能及得匡義！

此時汴京城裡的人，早已紛紛傳說：皇丈高搭了彩樓，由皇姨拋球為定，選擇韓、趙二家婚姻，都來觀看。因奉著旨意，只准趙匡義、韓淞立近樓前，其餘閒雜人等，只准遠看，不許上前，且不得喧嘩吵鬧，所以前來觀看的人雖多，但離著彩樓遠遠立定，並無聲音。

到了吉時，忽聽鼓樂齊奏，先有一個管家立在樓上，向樓下朗聲說道：「今天乃是符皇姨奉了聖旨，高拋彩球，以定韓、趙兩公子的婚姻，只憑彩球擊中，便是婚姻所在，兩下各無怨言。」說罷，即高聲吟詩道：

彩樓高搭一時新，天上人間富貴春；
憑語藍橋消息好，盡教仙娥意殷勤。

吟罷四句詩詞，回轉身軀，朝著樓內打了一拱道：「良時已到，請皇姨出來選擇貴人。」邀請已畢，那管家退立一旁。

早見十二名侍女，都打扮得齊齊整整，簇擁著皇姨，輕盈慢步來到樓中，真是嫦娥離月殿，仙姬下蓬萊。四圍觀看的人，莫不齊聲喝采，歡呼如雷，雖有禁軍奉著聖旨禁止喧嘩，哪裡禁止得住！

就這喝采聲中，皇姨已經端坐金交椅上，舉起鳳目，向樓下觀看。

只見前日在園內無意中遇見的那位公子立於樓左，那一種堂皇富麗的儀表，雍容華貴的態度，好似鶴立雞群，可以壓倒一切，又見樓右立定一人，有八名家丁，分立左右，皇

姨料知必是韓通之子韓淞，但見他裘馬輝煌、服裝明豔，也是一位翩翩公子，但是氣概人品哪裡及得來匡義呢？皇姨一眼看去，心內早已分出了高下。

便有一個侍女，捧著個五色彩球獻於皇姨，皇姨纖手接過，輕輕舉起，卻將球略偏左些，拋將出去。只見那個彩球在空中滴溜溜滾個不已，乘著皇姨偏左之勢，直奔匡義那邊而去。匡義大喜！忙搶一步，舉起雙手一接，已將五色彩球端端正正捧在手中。

韓淞的八名家將見彩球向匡義那邊飛去，正要上前搶奪，早被匡義的家將上前攔住，說道：「此事早經聖旨宣諭在前，只憑天命，各不爭執，你們如要動蠻，便是違旨了。」

韓淞的家將見彩球已入匡義手內，知道搶亦無益，只得懊喪而退。

匡義接著了彩球，便吩咐牽過了青驄馬，捧定彩球，由家將圍繞著，喜孜孜的回去。那些看熱鬧的人見匡義得了彩球，都拍著手大聲歡呼，跟著匡義的馬，看他回去。

韓淞立在樓右，冷清清的，無人過問，愈加覺得羞愧難當，便同了家將上了坐騎，靜悄無聲的回至家中，將彩球被匡義接去的事情告知韓通。

韓通大怒道：「不為吾兒奪得皇姨，怎洩胸中之氣。」當下又傳李智商議道：「皇姨拋球之時，不向正中，偏向趙匡義一邊拋去，以致彩球被他搶去，這明明是鄙棄吾兒，兩下串通，故有此舉。吾欲面奏主上，說趙匡胤、符彥卿預先接連，呵通一氣，有意將彩球拋中匡義，求主上仍將皇姨判歸吾兒如何？」

李智道：「不可！主上降旨，本說彩球擊中，即為婚姻，兩下不准爭執的。現皇姨有意將彩球拋向匡義，並無證據，君侯倘若啟奏主上，彼有彩球為憑，恐亦無益。」

韓通道：「既不能啟奏主上，難道一任他們成親麼？這口氣如何忍得下去呢？」

李智道：「匡義既得彩球，不久便要迎娶皇姨，君侯只要探知他的吉期，預命心腹勇士伏於要道，將皇姨的喜轎搶來，立刻與公子成親。即使主上得知，生米已成熟飯，皇姨既屬公子，也就只得周全此事，不便降罪的了。」

韓通想來，也無別法，即便依從李智之言，暗中打聽匡義迎娶皇姨的吉期，預備半路搶親，不提。

單說匡義得了彩球，跨馬回府，見了匡胤，告知已得彩球。匡胤大喜！仍請范樞密為媒，行盤納聘，選定吉日，迎娶皇姨。

匡胤乃是精細之人，知道韓通氣量狹隘，一心要為兒謀娶皇姨，如今被匡義奪來，一定不肯甘休，必有詭謀，於中搗亂，便命得力家將暗中打聽韓通有何舉動。家將奉命而去。不多幾日，早將韓通聽從李智之謀，要在迎娶皇姨的時候，半途邀截的事情打聽清楚，報告匡胤。

匡胤怒道：「此乃奉了主上聖旨，言明各無爭執的，如何行此無理之事，半路搶劫呢？待我預伏兵士，將他們拿住，奏知主上，看他吃罪得起麼？」

鄭恩聽了笑道：「這韓老兒，想替兒子娶皇姨想瘋了心了，怎麼出此強盜打搶的下策呢？趙兄正該把他搶親的人拿住，懲戒這老兒一番，以儆其後。」

趙普道：「不可和他硬做，我們但戲弄他一番，使之有苦難言就是了，何用興師動眾呢？況且皇城之內，兩下爭鬥起來，必然擾及人民，驚動主上，韓通野蠻無理，我們不可和他一般見識。」

匡胤道：「則平之言有理，但不知如何可戲弄韓通，請教妙計？」

趙普道：「我們可預備兩乘喜轎，令一人假扮皇姨，排著執事，鳴鑼喝道，從大路而行；卻將皇姨的喜轎由小道抬歸，那韓通不防我們已有預備，必定派人在大路等候，待他搶了假皇姨去，看他還有何法與我們作對？」

匡胤道：「此為接木移花之計，免得兩下在皇城爭鬥，驚擾百姓，亦是好事。但命誰假扮皇姨和他戲耍呢？」

鄭恩拍手笑道：「此事只有我老鄭來得，待我坐了轎兒，被韓老兒搶去，好討擾他一頓盛筵，喝個大醉而回。使韓老兒計謀不成，倒反賠貼了酒菜，豈不開心麼？」

匡胤等商酌已定，到了迎娶的吉期，果然由鄭恩坐了一乘轎兒，大排執事，鼓樂齊鳴，徑向大道而行。恰將皇姨另用轎兒抬了，繞著小道，來至府中，與匡義參拜天地，結了婚姻，送入洞房。

韓通哪裡知道匡胤暗中用計，早令心腹勇士數十人埋伏在大道旁，等得喜轎到來，吆喝一聲，向前撲來。那些鼓樂人等，以及抬喜轎的轎夫，預經匡胤吩咐，韓通如來搶親，可將喜轎拋棄，不必和他抵抗，此時見眾人撲來，便吶喊一聲，將轎兒棄在路旁，四散奔走。

那些搶親的勇士，見喜轎在道旁放著，並不追趕，只將轎兒抬了回來。韓通已令韓淞著扮齊整，一等轎兒搶到，即行參拜天地，將新人送入房中，趙家若有人來理論，只把府門緊閉，令部兵把守，到得次日親事已成，看他有何法想！

韓通準備好了，眼巴巴的盼望搶親的人回來。不到一會，已見心腹勇士抬轎而歸。韓通知已得手，急命將轎兒抬入中堂，令人開放，攙扶新人出外行禮。

誰知轎門一開，那新人用不著人攙扶，早已大踏步走出轎來，搖搖擺擺，踱至正中，高聲喊道：「韓老兄，今日請我老鄭到府，想是備了美酒佳餚，請我喝個痛快的。」

韓通見轎中的人並非新人，乃是鄭恩，知道中計，暗暗叫苦不迭。又因鄭恩性氣剛強，是世宗親愛之臣，如何敢得罪他？連忙陪笑說道：「不知是鄭老兄光降，多多有罪！我這裡酒筵齊備，正要奉敬一杯。」

鄭恩哈哈笑道：「你沒有搶著皇姨，反要請我吃酒，豈不太蝕本麼？」

韓通忙道：「鄭兄休要見笑，快請飲酒。」

鄭恩也不推辭，便在正中坐下，叫道：「快取大杯來，酒要喝得痛快，我不做新人，用不著這小杯。」

韓通無法，只得命左右取過大杯，斟酒奉於鄭恩，親自在旁相陪。

鄭恩不客氣，狼餐虎飲，如風捲殘雲，把酒餚吃個乾淨，方把杯箸放下，正色向韓通說：「韓老兄，你和趙點檢乃是同僚，又都是主上親信的臣子，皇姨這門親事，乃奉了旨意，拋球擇配，各聽天命不得爭執的。彩球既然中了匡義，不中你的令郎，可知與你令郎沒有姻緣之分，理應由匡義迎娶成親。你如何懷恨在心，竟令多人半途搶親？在這皇城之中輦轂之下，膽敢手執刀仗，居然強搶硬奪，倘被主上得知，降罪下來，怎樣承當呢？」

韓通被鄭恩正言相責，慚愧無地，做聲不得。

鄭恩見他如此模樣，又用好言相勸道：「韓老兄，不必把這件事介於心，你令郎青年英俊，人才出眾，何患沒有佳偶？不用和匡義爭取皇姨，有傷同朝之誼。我老鄭素性伉直，所以毫無避忌，請你不要見怪。今天討擾了你的盛筵，改日再當備酒相邀，此時我且告退。」說罷，立起身來，說聲「韓老兄，老鄭去了。」便搖搖擺擺踱出韓府。早有從人備了馬來，在門外侍候，鄭恩見了，跨上馬背，如飛而去。

韓通瞧著鄭恩，一無法想，只得目瞪口呆的望著他出外，待到去遠，方才透過一口氣來，勃然怒道：「趙匡胤、鄭恩欺人太甚！竟敢到我門上當面羞辱，若不奏明主上，報此仇恨，也不能在朝為官了。」

韓通氣了一夜，次日入宮，將一切情由奏知世宗，又說匡胤、鄭恩有意羞辱，臣實無顏在朝伴駕。世宗慰諭道：「此事恰是卿的不是，皇姨婚姻由朕降旨，彩樓擇配，原是替卿與匡胤解紛的，彩球既中匡義，自應匡義與皇姨成婚，卿何得與之爭執，半路搶親呢？朕為一國之主，未便偏袒誰人，倘若追究此事，卿實不免罪戾，還是不要提起的好。況匡胤與卿皆為朕之親臣，無分高下，皇姨歸了匡義，也是美滿良緣，卿子尚未擇配，朕當探明朝臣之女，有美貌賢淑，與卿子年齒相當的，為之主婚可也。」

韓通聽得世宗之諭，只得謝恩而出，不在話下。

單說世宗自火毀賞花樓，秦弱蘭、杜文姬兩個美人葬身火窟以後，每日思念不已，因此憂鬱成疾，不能視朝。雖經太醫官診視，服了藥下去，也如石沉大海一般，全無功效，非但不見輕減，倒反日加沉重，竟是飲食不進，大勢垂危。

世宗自知不起，亟召范質、王溥等入受顧命，重言囑咐道：「儲君年幼，卿等宜善輔之。且言翰林學士王著，乃朕藩邸故人，朕若不起，當召之入相，卿等謹記勿忘。」

范質等頓首受命，退至宮門，私相謂道：「王著日在醉鄉，乃酒徒也，豈可入相，此是主上亂命，不可遵依而行，我們當謹守秘密，勿洩此語。」

大家點首會意，絕不提起此事。

是夜世宗崩於寢殿，遠近聞之，莫不嗟悼！後人有詠之道：

五代相承十二君，世宗英武更仁明；
山師命將誰能敵，立法均田豈為名。
木刻農人崇本業，銅銷佛像便蒼生；
上天倘假數年壽，坐使中原見太平。

世宗既崩，群臣奉梁王宗訓即位，是為恭帝。文武大臣，高呼已畢，尊符皇后為皇太后，垂簾聽政。在朝諸臣皆加一級，惟匡胤改授歸德軍節度使，並檢校太尉，仍任殿前都點檢，並以慕容延釗為副都點檢。延釗與匡胤本係總角之交，十分莫逆，至是同值殿廷，格外要好；兩人時相過從，暗中密議事情，人皆莫測。

單說周兵部侍郎竇儀，奉了朝命，往南唐告哀，抵江南時，正值冬天雨雪。唐主在宮圍爐禦寒，忽聞周主駕崩，不覺將手中銅爐驚墜於地，仰天長嘆，說出幾句話來。

第十五回　黃袍加身

唐主李璟因天寒雨雪，正在宮中圍爐取暖，忽然左右報道：「周世宗駕崩，太子宗訓即位，差兵部侍郎竇儀，奉哀詔到來。」

唐主聽了這話，不覺吃了一驚，將手內的銅火爐跌於地上，仰天長嘆道：「天心尚未壓亂，致使周主遽爾晏駕，又不知要擾亂到怎樣地步了。」說著，淚如雨下，好生傷感！

左右問道：「周世宗是怎樣的君主，大王要這般悲傷？」

唐主道：「周世宗英明神武，撥亂反正之主也。倘天假之年，不難平定四海，令天下共用太平之福。如今宮車上賓，太子年幼，朝中功臣必有異圖，我江南又要罹兵革之禍了。」

哀詔既已到來，理當迎接，其時雪勢甚大，為鵝毛一般，紛紛飄下。唐主頗覺寒冷，欲在廊下受詔。竇儀不允，道：「使者奉詔而來，豈可有失舊制，若因雨雪，請俟他日開讀便了。」

唐主聞言，乃於庭中受詔，不勝哀泣！遂即款待使者，竇儀頒詔既畢，自然辭別唐主回國，不在話下。

單說周主宗訓即位之後，光陰易過，眨眨眼已經過了殘年，又是元旦，為周主紀元的第一日。文武官員，朝賀如儀。過不到幾日，忽有邊鎮飛報汴京，說是北漢主劉鈞，連接遼兵，乘喪入寇，聲勢甚盛，請速發大兵，至邊抵禦，免致有失。

幼主宗訓，只知在宮玩耍，懂得什麼！符太后聞報，便召范質及在廷諸臣，商議遣將命師之策。范質奏道：「北漢乘喪犯邊境，又連接遼兵，其勢必盛。我國新遭大喪，人心疑貳，非有威望素著之大將，恐難當此重任。殿前都點檢趙匡胤，素有威名，忠勇絕倫，可為元帥；副都點檢慕容延釗，向稱驍勇，可作先鋒，得此二將，率兵赴邊必可退敵。」

符太后准奏，急召匡胤入朝，命為統帥，又詔各鎮將會集北征，悉歸匡胤調遣，以一事權。

匡胤謝恩畢，啟奏道：「主上新立，人心未定，京師根本之地，兵馬不宜輕動；臣當另調澶州等處將帥，率兵前來，同臣進剿。」

符太后道：「軍中之事，悉以付卿，聽憑便宜行事可也。」匡胤奉了旨意，辭退出外，命慕容延釗為先鋒，即行出發。

延釗得了將令，挑選精銳，克日登程。匡胤又下令，調取各路鎮帥，如高懷德、石守信、張令鐸、王審琦、張光翰、趙彥徽等。不多幾日，先後率兵到來，遂祭旗出發。

其時汴京人心惶惶，大有不可終日之勢，軍民紛紛謠傳，都說主上年幼，北兵犯境，將冊點檢為天子，以定禍亂。到處謠言，惟宮中尚晏然不知。匡胤出師之日，已有這些謠言，市民驚駭疑惑，深恐都城之內，或有不測，相率避匿，匡胤而若無其事，神閒氣定的率領大軍，按驛而行。

這日行抵陳橋驛，天色傍晚，日影微昏，不便前進，即令各軍就驛安營，暫息一宵，次日進發。有前部散指揮使苗訓，號稱善識天文，獨在營外立著，觀望雲氣。

便有一人走將過來問道：「苗先生，你又在這裡看天文了？上天可有什麼垂象麼？」

苗訓聞言，回頭看時，不是別人，乃是匡胤親吏楚昭輔，遂即用手指點著說道：「你不見太陽下面又有一太陽麼？」

昭輔用心細看，果見日下又有一日，互相磨蕩，熔成一片黑光，未既，一日沉沒，一日獨現。那光芒格外明朗，照耀雙目，不能睜視。日之左右上下，復有紫雲周圍旋繞，映射著日光，真個是祥光萬道，瑞氣千條，絢爛奪目，十分好看。停了半晌，那紫雲慢慢散去，紅日已下西山。

昭輔看了這般景象，不勝驚異，便問苗訓：「天象如此，主何吉凶？」

苗訓道：「你是點檢親信之人，不妨向你實說，這乃是點檢當興之兆，所以上天垂此異兆。」

昭輔道：「從來說天無二日，民無二主，點檢既然當興，怎麼又現出二日呢？」

苗訓道：「這便是一王退位，一王受命的祥兆了。那先沒的日光，應驗在周帝退位；後現的日光，紫雲旋繞，乾德當陽，正應在點檢身上。」

昭輔又問：「此兆主何時方才應驗呢？」

苗訓道：「天象已現，應驗只在旦夕之間了。」

那苗訓在軍中，凡遇風雲雷雨都能逆料，對於國家災祥，軍事吉凶，往往談言微中，所以軍中都尊敬他，一齊呼為苗先生。

昭輔當時聽了苗訓的話，又目擊兩日相蕩，紫雲旋繞的祥瑞，不由得他不信以為真。當下便與苗訓相偕回營，把這話告訴旁人，頓時當作一件異事，紛紛傳說起來，全軍俱各知道，到處議論，盡說上天垂象，點檢當為天子。

便有都指揮，領江寧節度使高懷德，見軍心已向匡胤，遂首先倡議道：「主上新立，況並幼弱無知，大敵當前，我們雖出死力，誰人知得？不如上應天心，下順人情，先冊點檢為天子，然後北征，不識在座諸公以為何？」

眾將皆然其言，都願匡胤即了尊位，大家都可以做開國元勳，所以不約而同齊聲應道：「高指揮所言是也！我們速宜進行。」

都押衙李處耘道：「諸公既有此意，不可輕洩，須要設法稟明點檢，得其允許，方可行事。」

石守信、楊廷翰說道：「我們往告點檢，恐其不允，把事情弄僵了，反為不妙。現有點檢親弟趙匡義亦在軍中，何不同他商議，請其入告點檢，方可成功。」

眾將齊稱有理，便去與匡義商酌。匡義道：「吾兄自以忠義自期，若冒昧進言，恐未必允從，必須計出萬全，方無遺憾。」話言未畢，忽見掌書記趙普，匆匆前來。

匡義見了，即謂趙普道：「吾正有事，欲延君商議。」便把眾將之謀，告知趙普。

普道：「我亦正為此事而來，現在各營軍士都聚集營門，紛紛私議，盡道：『點檢倘若不肯即尊，我們冒鋒鏑，犯死生，為著誰來？不如各自散去，歸家務農為上。』軍士如此歸心，民心亦可想見，只要一入汴京，大事唾手可定，速乘今夜，如此這般，預備起來，到了這個時候，點檢雖欲不允，亦不可得了。」

諸將聽了趙普的話，齊聲應諾。便與匡義、趙普出來，整備軍伍，齊集各營將士，宣布所定計劃。軍中歡聲雷動，盡願點檢速為天子，使四方平定，重睹昇平。諸將預備已畢，環列待旦。

將到天色黎明，大眾直逼匡胤寢門，齊呼「萬歲。」守門侍卒忙搖手禁止道：「點檢

尚未起身，不宜驚擾。」

眾人齊道：「今日冊點檢為天子，你還沒有知道麼？」當下即推匡義入帳，請點檢起身受賀。匡義乃排眾直入，正值匡胤睡覺醒來，欠身徐起。遙見匡義趨入，便問有何事故？匡義略述諸將之意，並軍士歸心情形。

匡胤道：「此何等事，而可為也！諸將欲圖富貴，雖陷我於不義，亦非所恤，汝為我親弟，豈可如此。」

匡義道：「不然！天與不取，反受其殃，古有明訓，願兄長無再疑慮。從前曾有老僧贈兄長偈語，內云『兩日重光，囊木應讖』，這兩句話已實現了，有何不可為呢？況且三軍歸心，盡說點檢不從我們之言，即便散歸田里。如果軍士真個散去，兄長豈不獲罪麼？弟意不妨就為天子。」

匡胤聞言，意不能決，便道：「且待我出諭諸將，再為計較。」語畢趨出，只見眾將齊集，軍士露刃環列，齊聲高呼：「三軍無主，願奉點檢為天子。」

匡胤未及開言，高懷德、石守信已手捧黃袍，披在匡胤身上，全軍下拜，齊呼「萬歲。」聲徹內外。

匡胤道：「汝等欲圖富貴，奈何使我受不義之名？況此等重大事情，豈可倉猝為之？」

趙普趨進言道：「天命攸歸，人心傾向，明公若再推讓，反致上違天命，下失人心了。」

匡胤道：「我受世宗厚恩，今屍骨未寒，而即背之，天下其謂我何？」趙普道：「欲報世宗，只要禮待幼主，優遇故后，使之安享快樂，便可報答世宗恩德了。」

匡胤正要開言，諸將已擁著他上馬，不由分說，向汴京進發。

匡胤不得已攬轡謂諸將道：「我有號令，你等能遵依而行，我始返汴京，否則寧死不去也。」諸將齊稱聽令。

匡胤乃下令道：「太后，主上，我當北面事之，爾等不得冒犯，京內大臣，昔日皆我同僚，爾等不得欺凌；朝廷府庫和庶人家內，爾等不得侵擾。能從我言，後當重賞，否則戮及妻孥，決不寬貸。」

諸將皆載拜受命，匡胤乃整軍回汴，先遣楚昭輔偕同客省使潘美，加鞭疾馳，前往汴京。潘美是去授意宰輔，楚昭輔是去安慰家人。

兩人奉了命令，飛行入汴，此時汴京方得消息，正值早朝時候，突聞此變，滿朝文武都嚇得相顧失色，不知所措。

符太后顧謂范質道：「卿等保舉匡胤領兵退敵，如何生出這樣變故來？」說到此處，已是泣不成聲。

范質囁嚅道：「待臣出去曉喻匡胤，責以大義，勸其謹守臣節便了。」符太后也沒法想，只得含淚回宮。

范質退出朝門，緊持石僕射王溥的手道：「倉猝命將，竟致此變，這都是我們的過失，為之奈何？」哪知心中著急，用力過甚，竟將指甲掐入王溥掌中，深入分餘，幾乎出血。王溥痛得不能回答，口中呻吟不已。范質急忙放手，向他道歉。

恰值侍衛親軍副都指揮使韓通，自禁中趨出，遇著范質、王溥，遂即說道：「變軍將到，二公尚有閒暇從容敘談麼？」

范質道：「韓指揮可有什麼良謀，退得變軍？」

韓通道：「水來土掩，兵來將擋，城中尚有禁軍，急宜請旨調集，登陴守禦，一面傳檄各鎮，速令勤王，鎮帥不乏忠義之士，倘若星夜前來，協力討逆，何患變軍不平呢？」

范質道：「指揮言雖有理，但遠水難救近火，如何是好？」

韓通道：「二公快去請旨，速往召集禁軍。」說著，疾趨而去。

范質、王溥躊躇未決，只見家人前來報道：「變軍前隊已進城來，相爺快回家去。」范質、王溥此時哪裡還顧得請旨，早已如飛的跑轉家中去了。

那匡胤的前部都校王彥升，已帶了鐵騎馳入城內，恰巧與韓通劈面相遇，便高聲喊道：「韓指揮，快去迎接新天子。」

韓通怒道：「你們這些逆賊，通同謀反，還敢來此胡言亂語麼？」一面罵著，一面向家門馳去。

彥升向來性氣剛暴，被韓通罵了一陣，不覺激得三尸暴躁，七竅生煙，哪裡還記得匡胤曾有將令，不准殺戮大臣，當下急拍坐騎，緊緊追趕。韓通馳入家門，正欲闔戶，不防彥升趕到，飛身下馬，跳入門內，劈面一刀，將韓通砍死。再闖進去，將韓通一門老幼盡行屠戮，然後出去迎接匡胤。

匡胤入城，命兵將一律歸營，自己退居公署。早有軍校羅彥瑰等，將范質、王溥諸人捉入署內。范質見了匡胤，朗聲說道：「公為先帝親信大臣，今乘喪亂，欺凌孤兒寡婦，謀叛自立，異日何以見先帝於地下？」

匡胤嗚咽流涕道：「我受世宗厚恩，為三軍逼迫，以至於此，慚負天地，實屬無奈。」范質還要回問，早有羅彥瑰按劍厲聲道：「三軍無主，眾議僉同，立點檢為天子，再有異言，不肯從命，莫謂我寶劍不利也。」說罷，劍已出鞘，露刃相向。

王溥嚇得面無人色，降階下拜，范質不得已亦拜。匡胤忙下階扶起兩人，賜他們左右分坐，商議即位儀節。

范質道：「明公既為天子，將何以處置幼主？」

趙普在旁說道：「即請幼主，法堯禪舜，將來得以虞賓，即是不負周室。」

匡胤道：「公等無疑，太后，幼主，我當北面事之，早已下令軍中，誓不相犯。」

范質道：「如此，當召集文武百官，準備受禪。」

匡胤道：「請二公代我召集，我絕不肯薄待先朝舊臣。」范質、王溥乃告辭而出，入朝宣召百僚，商議受禪的禮節。

當下由翰林承旨陶穀，兵部侍郎竇儀等，議定禮節，應築受禪壇，由周主降詔，禪位於匡胤。

眾議既定，乃築壇於南郊，壇高三丈，按著三才，長四丈；按著四時，闊五丈；按著五行，上級為六六三百六十步，名曰「君壇」；中級七七四百九十步，名曰「祖壇」；下級九九八十一步，名曰「將壇」；上形圓象天，下形方象地，中正為人。

壇的周圍，插赤幟二十四面，按著二十四氣。下層壇上，分為五方，東方屬木，色尚青，立青旗十二面；護壇兵將，皆穿青盔青甲。西方屬金，色尚白，立白旗十二面；護壇兵將，皆用白盔白甲。南方屬火，色尚赤，立赤旗十二面，護壇兵將，皆用赤盔赤甲；北方屬水，色尚黑，立黑旗十二面；護壇兵將，皆用黑盔黑甲；中央屬土，色尚黃，立黃旗十二面，護壇兵將，皆用黃盔黃甲。中層壇上，按照八卦方位，樹立乾、坎、艮、震、巽、離、坤、兌，大旗八面；又按著卦象，變化八八六十四卦，樹立旗幟六十四面，壇中設著皇天后土，日月星辰，雷雨風雲，三山五嶽，四海八方之神位。

最高的一層壇上，北方列著七旗，是為北斗；南方立著六旗，是為南斗；四周為二十八宿，列旗二十八面。頂上按照天干之數，列著甲、乙、丙、丁、戊、己、庚、辛、壬、癸，旗十面；頂下則按照地支之數，列著子、丑、寅、卯、辰、巳、午、未、申、酉、戌、亥，旗十二面；壇中設立三皇座，五帝座，以及軒轅、堯、舜、禹、湯、文、武，歷代皇帝之座；壇之左右，有奏樂亭，舞佾亭。

到了吉時，奏過了一遍大樂，然後繼以熙和之曲，文德之舞，那大樂的前面，立定和聲郎四人，在那裡指揮著，所以音節起落，格調和諧，絕無錯誤。

在這音樂聲中，早有文武百官排班前導，來到壇下，文東武西分列兩旁，肅靜無聲。隨後便是石守信、王審琦兩員親信將士，頂盔貫甲，腰弓佩劍，左右夾侍著那位太平天子，從容不迫的來至壇上；由翰林承旨陶穀，袖出禪位詔書，遞與兵部侍郎竇儀，雙手捧定，朗聲誦讀，宣徽使引匡胤北面聽宣。其詔書道：

天生烝民，樹之司牧；二帝推公而禪位，三王乘時而革命，其揆一也。惟予小子，遭家不造；人心已去，天命攸歸；咨爾歸德軍節度使，殿前都點檢，兼檢校太尉趙匡胤，稟天縱之姿，有神武之略，佐我高祖，格於皇天，逮事世宗，功存納麓。東征西討，厥績隆焉！天地鬼神，享於有德，謳歌訟獄，歸於至仁。應天順人，法堯禪舜，如釋重負，予其

作賓，於戲欽哉！

畏天之命！

宣詔已畢，即便退下，入更衣室，改換天子衣服；戴沖天冠，服袞龍袍，朱履赤舄，由內侍簇擁扶掖，再登壇上，南面而立。樞密使范質，進鎮圭，右僕射王溥，捧玉冊；太師符彥卿，導引匡胤，行祭天禮，壇下奏大樂；行祭地禮，奏太平之樂；又行祭歷代帝皇及祖宗之禮，奏社稷之樂；禮成。鹵簿車駕，早已預備，文武百僚，恭請匡胤升坐鑾輿，回朝受賀。遂有黃衣內侍二十四名，扶掖匡胤升了御輦，細樂迭奏，聲韻悠揚，排起鑾駕，從受禪壇還朝。

但見前面列著肅道旗十二對，駿馬二十四匹，甲士三十六人，虎豹兩隻前導，馴象六乘，分列左右；另有甲士十六人分掌其職；隨後又是虎豹旗、象旗，各四面；日旗、月旗，各兩面；左青龍，右白虎，前朱雀，後元武，旗幟各一對；天馬、天祿、白澤、雲雷、風、雨、江、淮、河、漢旗各一面；金、木、水、火、土五星旗，二十八宿旗，熊羆旗、鸞旗、五嶽旗，左右飄揚，光彩耀眼。另有金盔金甲的衛士五人，一人掌大纛，四人執劍，持弓弩，擁護著龍旌鳳節，流蘇玉輅而行。其後便是日月扇，青傘、華傘、珠傘、黃羅傘、黃羅寶蓋、華蓋、曲柄黃傘，大紅寶傘。接著又是龍鳳金扇，日月流蘇，金爪、臥爪、立爪、羽葆幢蓋、信旛、日月旛、金氅，共一十八種。接著又是黃衣衛士、紅衣衛士、白衣衛士、青衣衛士、黑衣衛士、彩衣衛士、金衣衛士，各十六人。又有黃羅寶蓋四、金水盆一、金踏腳一、金交椅一、金水罐、金唾壺盂各一；左拂子、右拂子、金香爐、金香盒各一對，由黃衣校尉，分執而行。又是錦衣校尉二十四人，各執弓矢，金吾衛六十四人，各執豹尾槍，前後擁護。

最後方是紅紗燈十六對，紫金香爐八對，由內侍二十四人分執，引著匡胤鑾輿，像香煙縹緲由午門而入。皇后的鳳輦，惠妃的鳳輿，進了午朝門，行抵乾清門，便有總管太監恭請皇后、惠妃，下了鳳輦，改乘安車，赴坤寧宮而去。惠妃沒有旨意派她住在哪一個宮內，也隨著皇后同至坤寧宮。皇后入宮，自有宮內的嬪妃宮女前來朝參，不在話下。

單說太祖扶了太后的御輦，文武官員追隨於後，進了乾清門，便恭請太后御崇元殿受賀。太祖下拜，群臣皆行朝賀禮，太后不但沒有喜色，反愀然不樂起來！

左右進言道：「臣等聞母以子貴，今子為天子，以天下養，富貴達於極點，太后反有不悅之色，何也？」

杜太后道：「先聖有言：『為君難。』天子為一國元首，政治所自出，倘若治臻上理，本來是尊榮的；如果有失，雖欲求為匹夫，亦不可得，你們道可憂不可憂呢？」

太祖頓首再拜道：「敢不謹遵慈訓，朝夕兢兢，以迓天庥。」

太后受賀退殿，自坐安車，進仁壽宮。那安車高四尺餘，金頂鳳頭，紅簾繡幙，四周金翅十二，金輪紅幅，乃是專備后妃們乘坐的，此時一言表過，後文便不再贅敘了。

當下太祖送杜太后進了仁壽宮，告辭退出，自往坤寧宮，與皇后相見。皇后、惠妃聞得太祖到來，一同俯伏接駕，太祖傳旨平身。入宮之後，與皇后聚談一番，即命惠妃居住景福宮。

惠妃謝了聖恩，有了安身之處，便向太祖、皇后之前告退，自向景福宮居住去了。太祖從此做了皇帝，有皇后、惠妃陪伴，早歡暮樂，也算快活的了。但是太祖尚是心懷不足，一天想起宮中的嬪御不足，只有皇后、惠妃二人共處，未免太覺寂寞。

從來說的皇帝有三宮六院，七十二妃，朕既貴為天子，自應玉食萬方，享天下的供奉，雖不必像古時帝皇有三宮六院，七十二妃，也不可缺少了嬪御，使天下人民笑朕枉為天子之尊，不知享受富貴；況且宮院裡面，因周世宗生性儉樸，不肯點選良家女子入宮，所以侍候的宮女只有寥寥數十人，如何能夠給侍六宮呢？朕何不以此為題，點選繡女，揀那美貌的封為嬪妃，姿色略下的給侍六宮呢！主張既定，便傳下旨意，分遣內監，往開、歸、陳、許四處屬下，挑選繡女。

這道聖旨一下，那開、歸、陳、許四府所屬的州縣地方官，便忙著供應內監，調查民家有無女兒；那各州縣的百姓，沒有女兒的，還可以相安無事，有女兒的，便不免奔走呼號，設法隱匿。但州縣官奉著聖旨，又有內監監視著，哪裡敢怠慢一點兒？早已派遣了差役，命地保引導了，挨戶嚴查，不准隱匿。

眾百姓聽到了這個消息，更加驚慌，那已許字而未成婚的，便趕緊通知男家，草草的成了親；那沒有許字的，便把女兒胡亂送給人家去成婚，也不問這人的年齡幾何，有妻無妻，只把女兒嫁了丈夫，免得點選上冊，就算得了性命。所以，有一夕之間而得婚數妻的，也有少女配了老夫的，富家嫁了窮人的，紛紛擾擾，真是遇了大難一般。

那些百姓聞得點繡女，為何要如此驚惶著急呢？點進宮去，也不過是吃飯睡覺，和外面一樣的度日，並沒犯著死罪，因甚要這樣的烏亂，豈非是自討苦吃麼？況且相貌生得美麗的，點進宮去，中了皇帝的意，將來為妃為后都不一定，還有使毋家享受富貴的希望，何生把女兒胡亂送人呢？

只因為父母之心，皆巴望兒女能夠常在膝下，一家團聚，可以敘著天倫之樂，倘若被選了去，便埋沒深宮，永遠不能再和父母見面，竟與死了一般。至於得中皇帝之意，為妃為后，雖不一定，但是這種希望，這種際遇，乃是一千個繡女之中難得有一個的。

古人說得好，伴君如伴虎，即使中了上意，做了妃嬪，那天顏的喜怒是不可測的，設或得罪了皇帝，非但女兒的性命不得活在世上，就是家門也恐不得保全。那些百姓存了這個心，所以情願女兒嫁個貧賤的人家，度那安穩的日子，不願意女兒進宮，希望那不可必

得的富貴。因此聽到了挨戶搜查的消息，便慌亂異常，不問好歹，把女兒去挨送於人，這也是父母愛女兒的心，人人所同的，所以表明一番。

閒話休贅，單說那些地方官，派著公差，由地保帶領著，各處搜查。那有女兒的人家，雖然把女兒紛紛的送到人家去成婚，究竟不能送盡了一個不剩的；況且官府得這個消息，早出有示諭，限定在點繡女的期內，官民人家一律不許結婚，倘不遵依，便是有意隱匿繡女，違逆聖旨，男女兩家合門處斬，這一來，那些有女兒的人，便是要送給人家，也沒人敢收納，只得聽那內監和地方官上了名冊，不敢違拗。

選了一月有餘，在四屬州縣，選到了三千名繡女，卻把來細細的挑選了幾日，只挑出三十名最美麗的，作為上等；挑得姿色略次一些的，一百七十名，作為中等；其餘二千八百名，又剔去了二百名有暗疾的，吩咐退還母家，只剩二千六百名，作為下等。當時分定了等次，便由總管內監奏知太祖，各屬所選的繡女已經來至汴京，請旨定奪。

太祖聞奏，心下大悅，即命內監先把名冊呈進，總管奉旨，便把三本名冊呈上。太祖取過一冊，只見那名冊分著上、中、下三等，上等的冊上，只有三十人，遂傳旨先把上等的三十名傳令進見。一聲旨下，那三十名繡女已由內監引到御階，花枝招展的拜伏在地，齊吐鶯聲，三呼萬歲。

太祖聽了這般嬌嫩的聲音，已經心花大開，不勝喜悅，亟命那第一個繡女抬起頭來，那個女子得了旨意，怎敢有違？便含羞帶愧的，秉正了身軀，將頭仰起。

太祖見她生得果然美麗，遂問她：「你叫什麼名字？父親做甚事情？何處人氏？可一一奏明。」

眾繡女的姓名年歲和籍貫履歷，本來載明在冊上，太祖明明知道為何要問她呢？因為看她長得容貌出眾，心內著實愛她，只聽她奏對的言詞是否清朗，乃是故意問的。

那女子聽了，早不慌不忙的奏道：「臣妾宋淑貞，河南洛陽縣人，父親宋偓，在周世宗時，任左衛上將軍，現蒙陛下洪恩，任為華州節度；母親為漢永寧公主，周太祖時，曾蒙恩賜以冠帔；臣妾今年十七歲，值陛下旨意，點選繡女，官民人家一概不許隱匿，臣妾之母不敢違旨，所以報名應選，茲承天語垂詢，不敢不以上聞，望陛下赦臣妾不敬之罪。」說罷，重又俯伏在地。

太祖見她奏對從容，語言清朗，更加喜歡，便道：「卿原來是宋偓之女，自幼生長詩禮之家，母親又是漢室公主，怪不得如此大方了。」

宋淑貞謝恩道：「臣妾蒲柳之質，仰荷陛下天語褒獎，何以克當。」

太祖即召兩名內監道：「汝二人可引宋淑貞往長春宮，改換內家裝束，侍候駕臨。」

兩名內監領了旨意，宋淑貞又謝過恩，方隨著兩名內監，坐乘宮車，往長春宮去了。

太祖又命那第二名繡女抬起頭來，那女子領旨，秉正仰首，太祖御目細看，見她相貌

和宋淑貞長得相仿，只略略豐厚一些，心下也很歡悅，又問她姓甚名誰？何方人氏？父母何人？多少年紀？那女子答道：「民女方翠娥，河南歸德府人氏，父親方以咸，是個文士；母親陸氏，亦係儒家之女；民女今年十八歲，蒙聖上洪恩，點選入宮，民女父母不敢有逆聖旨，所以報名上冊的。」

太祖聽她奏對也很有禮節，甚是合意，遂又宣過兩名宮監，傳旨引方翠娥往萬春宮，改換內家裝束，在彼侍候。方翠娥謝恩已畢，也乘著宮車而去。

太祖這裡，又看那第三第四名時，雖也生得美貌，卻不及宋淑貞、方翠娥兩女的從容不迫，奏對明朗了。當下將這上等的名冊一一看過，吩咐總管太監，將這二十八名繡女分派在坤寧宮、景福宮、長春宮、萬春宮去當差。

總管太監領了旨意，引著二十八繡女，往四宮內分派。太祖見上等名冊發下，著內監把這二千七百七十名繡女，分別派往各宮聽差。內監領旨而去。簫管聲中，徐徐而行，直抵午朝門外，早有文武臣僚，從受禪壇繞道先至，俯伏道旁，恭迎聖駕。

匡胤的鑾輿直入崇元殿，升了御座，淨鞭三響。文武百官，各按爵位向上朝賀，行君臣禮，高呼萬歲，舞蹈已畢，有殿頭掌禮官，高喊平身免禮。眾官起來，文東武西，分班侍立。早有太師符彥卿、樞密使范質，分著左右，夾侍著周主宗訓，來至丹階，行禮叩賀。

匡胤正欲起立答拜，有趙普奏道：「周主現為主上之臣，君無拜臣之禮，望陛下不必謙虛，有礙君臣之禮。」匡胤乃止，遂宣敕命，封宗訓為鄭王，符太后為周太后，遷居西宮。符彥卿、范質又著宗訓，俯伏謝恩，然後同著符太后，含著一泡眼淚，遷居西宮而去。

周主既取消尊號，匡胤即擬改定國號，因前領歸德軍，在宋州，特稱宋朝，以火德王，色尚赤，改元建隆，大赦天下，頒詔各鎮。追贈韓通為中書令，厚禮收葬。又錄佐命元功，授石守信為歸德軍節度使；高懷德為義成軍節度使；張令鐸為鎮安軍節度使；王審琦為泰寧軍節度使；張先翰為江寧軍節度使；趙彥徽為信軍節度使，並皆掌侍衛親軍。擢慕容延釗為殿前都點檢；所遺副都點檢一缺，命高懷德兼任；賜皇弟匡義為殿前都虞侯，改名光義；趙普為樞密直學士；周宰相范質、守司徒，兼侍中；王溥守司空，兼門下侍郎；魏仁甫為尚書右僕射兼中書侍郎，均同平章事；其餘周主舊臣，悉晉位加級。

這一班攀龍附鳳的臣僚都受了新主的寵命，莫不欣欣然各現喜色，哪裡還記得周主的舊恩？從此這趙匡胤，便安安穩穩做了大宋朝第一代皇帝，史稱為啟運立極，英武睿文，神德聖功，至明大孝，太祖皇帝。

我這書中，說不來許多徽號，但稱他為太祖就是了。後人有詩詠宋太祖篡奪周位，這班臣子都一齊忘了世宗的恩德，甘心受宋朝的爵位學士，道：

周祚已移宋鼎新，首陽不食是何人？
片言未合忙投拜，可惜韓通致殺身！

太祖大封功臣以後，又立四親廟，尊高祖眺為僖祖文獻皇帝，曾祖珽為順祖惠元皇帝，祖敬為翼祖簡恭皇帝，妣皆為皇后。父弘殷為宣祖昭武皇帝，每歲五享，朔望薦新，三年一祫，五年一禘。廟祠既定，乃尊母杜氏為皇太后，立夫人王后為皇后；原來太祖原配賀氏，生一子二女，子名德昭，在周世宗顯德五年，賀氏即因病逝世，繼娶彰德軍節度使王饒之女，世宗朝曾贈給冠帔，封瑯琊郡夫人。至是太祖即位，遂立為皇后。

又有妓女韓素梅，太祖微時，偕鄭恩等往勾欄遊玩，素梅識得太祖乃大貴之相，遂傾心相待，願以終身倚靠，作為偏房；太祖允之。在周世宗時，已經接至汴京作為側室，此時亦封為惠妃。

太祖敕封既畢，又下旨命內侍打掃宮庭，收拾寢殿，令王溥、魏仁甫為迎鑾正副使，備了全副儀仗，至點檢衙署，迎請杜太后入宮。高懷德持節，備了皇后儀仗，迎接皇后。王審琦持旌，備了半副儀仗，迎接惠妃。又命司天監擇定入宮的吉期，前往迎接。

范質等四位大臣，奉了旨意，到了吉期，將儀仗排劉，一路竹簫鼓笛，絲竹管弦，前往迎接太后、皇后和惠妃。

一路之上，早有地方官，知道太后、皇后一同入宮，早就預先打掃街道，沿著路旁掛燈結彩，搭蓋了五色棚帳，凡是鳳輦經過的所在，都鋪了黃泥。汴京的百姓見了這般情形，也都在門前擺了香案，迎接鑾駕。

第十六回　太后入宮

自從太祖傳旨，命王溥、魏仁甫為迎鑾正副使，恭迎太后；高懷德持金節，迎接皇后；王審琦持銀旌，迎接惠妃以後，那地方官得了消息，早已打掃街道，高搭彩柵，懸掛燈彩，凡太后鳳輦經過的地方，都築起了黃土道。百姓人家也要家家排著香案，恭迎太后、皇后的鳳駕。諸事料理齊全，等吉日一到，就要迎接太后入宮了。

那太祖又傳旨：「文武百官，一齊赴朕舊邸，恭迎太后。」百官遵旨，待至吉日。王溥、魏仁甫備起太后的全副鑾駕；高懷德持著金節，備起皇后的儀仗；王審琦持著銀旌，備起惠妃的儀仗，前往舊邸迎接。文武百官追隨儀仗之後，都是步行。

到了舊邸，早有承宣官啟奏太后道：「迎鑾正副使，王溥、魏仁甫、高懷德、王審琦，偕同文武臣僚，朝見太后娘娘，與皇后娘娘、惠妃娘娘。」

杜太后聞奏，喜道：「吾兒素有大志，今日果然成功也。」遂傳懿旨道：「迎鑾正副使和文武臣僚，均免朝參，侍候啟駕。」

文武官員奉了旨意，便排著班在門前侍候。王溥、魏仁甫、高懷德、王審琦四人，恭請鳳駕啟行。文武百官一齊俯伏道上，呼著萬歲。承宣官傳旨平身，文武官紛紛起身，都是徒步而行，列隊在前引導，把太后的儀仗，一對一對排列而行，卻與天子的鑾駕一般，鳳輦之前，多了二十四名武裝宮女，又有彩衣宮女十二人，提著紅紗燈三對，金爐三對，在太后鳳輦左右。

天子的儀仗，前回書中已經表過，此時不必再提了。

太后穿著黃龍袍，黃緞龍鳳裙，頭戴金鳳冠，端端正正坐在鳳輦裡面，三十六名黃衣宮監，抬著向前而行。

太后過去，接連著便是皇后的儀仗，前導黃麾兩對，大戟一對，五色繡旛三對，長戈一對，繡旛三對，雉尾扇兩對，紅花團扇兩對，曲蓋、紫方傘各兩對，由紅衣甲士掮定前行。甲士之後，便是兩匹高頭駿馬，左是高懷德，捧著迎皇后的金節；右是王審琦，持定迎惠妃的銀旌，馬後是校尉六十四人，金吾杖、立爪、臥爪、鐙仗、骨朵、儀刀、鉞斧，都一對一對的分列左右，寂靜無聲，往前進行。

隨後又有金響節十二，錦花蓋四，十六個侍衛，戴著闊邊珠涼帽，紅衣，黃緞腰帶，碧油靴，跨著白馬，手持豹尾槍，成對而行。侍衛後面，便是內侍十二人，宮女二十四人，手中都執著金交椅、金踏腳、金水盆、金唾盂、金唾壺、金香盒、金脂盒列隊過去。

最後是武裝宮女十二人，都是短衣窄袖，各執金斧、銀鉞、黃蓋、青傘等類；錦衣宮女十二人，提著紅紗燈三對，金爐三對，在鳳輦左右。皇后穿著日月龍鳳金繡襖，山河社稷地理裙，頭戴八寶鑲珠金鳳冠，堂皇富麗，端坐輦中，真像個一國的國母模樣。

皇后的鳳輦過後，就是惠妃的儀仗，也列著引旛、清道旗、黃蓋、青傘金瓜、月斧等類，卻比皇后的減少一半，所以說半副儀仗。惠妃也戴著珠鳳冠，穿了金繡雲霞帔，緋紅盤金錦繡裙，卻生得柳眉鳳目，杏臉桃腮，十分美麗，坐在鳳輿裡面，徐徐而過。鳳輿之後，又有校尉六十四人，武官長兩名，統率著御林軍五百名，一個個鮮衣華服，刀槍如霜，弓矢耀日，在後護駕。

太后的儀仗，直進東華門，出西華門，經元武門，走過長安門，直抵午朝門，儀仗早已一對一對，停止進行。太祖已率領文武百官，伏地迎接，太后見皇帝親自跪迎，便口吐御音，傳旨平身。太祖謝恩起立，親自扶著太后御輦，自去把點來的繡女分派六宮，聽候差遣。

太祖點視已畢，一心惦念著宋淑貞，即命駕幸長春宮，一聲旨下，早有宮監抬過御輦，太祖坐了，直向長春宮而來。已有一名太監如飛的跑往長春宮，通知守門的內監，聖駕臨幸；門守內監，又報知值日宮女，轉告宋淑貞，預備接駕。

此時宋淑貞已經改換了內家裝束，只因尚未受封，還穿宮裝，並無品級。宮女們知道她是太祖親自選中，諒來不日便有封號，如何敢藐視她！都照著妃嬪之例，稱她為宋娘娘。當下由值日宮女啟奏道：「聖駕將到，請娘娘接駕。」

這位宋娘娘，乃是破題兒第一遭，宮中的規矩素未練習，值日宮女請她接駕，不知如何方好。正在沒有主意，早已轉上四個宮女，引導著宋娘娘來至宮門，御道之旁侍立守候。瞧見御駕將到，便指教她俯伏道旁，口稱臣妾宋淑貞接駕，願吾皇萬歲、萬萬歲。隨駕內監，傳旨平身。

太祖來至宮中，宋淑貞重又朝見，拜伏在地。太祖傳旨免禮，一旁賜坐，宋淑貞三呼謝恩，方才在下首坐了，陪伴聖駕。

太祖見她改換了宮裝，格外覺得體態窈窕，丰姿秀逸，真是個秋水為神玉為骨，芙蓉如面柳如腰，稱得起天姿國色，絕世佳人了。太祖這時喜得心花大開，命她坐近御前，細細詢問家中事情，宋淑貞一一回奏。

太祖聽了所奏之言，方知淑貞幼時隨其母永寧公主，入見周太祖郭威，曾蒙賜過冠帔。太祖喜道：「卿父昔嘗與朕共事周世宗，本有同朝之雅，今卿又得入宮侍朕，自當從優封贈卿之父母，即卿亦當加封為妃，以未優異。」

淑貞聽了旨意，忙俯伏謝恩，從容奏道：「臣妾初進宮廷，得侍陛下，已屬聖恩浩蕩，何敢妄邀封典；況臣妾之父已受節鎮，臣妾之母亦膺誥命，恩禮有加，實覺過分！伏乞陛下，勿以臣妾入侍掖庭之故，封贈妾之父母，致令外庭臣僚，議論陛下，寵任外戚，愈增臣妾罪戾，誠為萬幸。」奏畢，連連叩首，俯伏於地。

太祖聞奏，心中更加喜悅，亟用御手親自扶起，仍命歸坐，溫諭獎勉道：「不意卿閨中弱質，有此見識，秉性賢淑，不言可知。朕當依卿所奏，從此以後，對於外戚，尤應力加裁抑，藉免專擅之患。但卿之封號理合恩加，明日朕自有旨，可勿固辭。」

淑貞又復離座拜謝，太祖諭道：「卿勿多禮。」遂命排筵，旨意一下，早已水陸畢陳，真是天家富貴，不同尋常。

太祖面南正坐，賜令淑貞側坐侍筵。其時天色已晚，宮中點起了金蓮炬，照耀得光輝滿室，無異白晝。淑貞手捧金杯，斟滿瓊漿，獻爵上壽。太祖又命宮女奏起樂來，頓時簫管齊鳴，絲竹雜陳，奏著房中之樂，以侑御觴。太祖此際，口飲御酒，耳聽雅樂，目視美色，直樂得心花如蓮瓣一般，一葉一葉舒將開來，禁不住連進數觴，已覺微有醉意；又見夜色已深，遂命止樂撤筵，伸手攙著淑貞同入寢宮。早有侍寢宮女揭起龍鳳帳，展開錦繡衾，服侍太祖與淑貞雙雙入寢。

那淑貞初經雨露，自然婉轉嬌羞，另有一種風流趣味。太祖覺得十分暢快，格外歡娛。一宵容易，已轉五鼓，太祖欲起視朝，已有司晨宮女，同著尚衣尚冠諸美人，隔著幃

帳，恭請御駕升帳。太祖徐徐起身，淑貞也不敢再睡，意下起坐。太祖心下十分憐惜，恐其早起，冒了風寒，連忙止住她道：「朕因五更三點例應上朝聽政，不得不於此時起身。卿在宮內並無事情，正可安睡，以養精神，不用過於拘禮。」說著，竟自下了龍床，眾宮女服侍著整冠束帶升了御輦，輦之左右，有十二對明紗燈，照耀而行。出了宮門，便有御前侍衛和執事內監，擁護著乘輿，直至金鑾殿，受了百官朝賀。

值殿官早已高聲喝道：「有事出班啟奏，無事捲簾退朝。」喝聲方止，早見文班中有一位大臣，紫袍象簡，執笏當胸，俯伏金階道：「臣守司徒，兼侍中，同平章事范質有事啟奏，願吾主萬歲萬萬歲。」

太祖道：「范卿平身，有何政事，可細細奏來。」

范質奏道：「自陛下即尊以來，在廷諸臣俱已蒙恩，加官進爵；但各路藩鎮邊帥，亦係周之舊臣，陛下初登大寶，亦應頒詔諭知，並加恩命，撫綏外臣，便是江南吳越兩國，在周世宗時已經內附，也該遣使降詔，使知朝廷已易新主，令其畏威懷德，傾心內附，不敢攜貳。臣意如此，因敢冒瀆尊嚴，謹以上聞，伏候聖裁。」奏畢，俯伏候旨。

太祖聞奏，即降諭道：「范卿所奏，實為安內攘外，撫綏遠人之要著，足見忠心為國，朕實嘉之！所有派遣各路藩鎮邊帥和江南吳越的使臣，著卿會同大臣，擬具奏聞。其詔旨，可命翰林院撰就，陳朕御覽。」

范質頓首領旨。太祖見無甚政事，便將御袖一拂，退朝回宮，遂又傳旨，敕封宋淑貞為貞妃，方翠娥為婉儀。從此太祖有惠妃，即韓素梅，貞妃與方婉儀三個天姿國色的美人陪伴著，除了上朝聽政以外，便在後宮偎紅倚翠，左擁右抱，尋歡作樂，十分快活。雖未統一天下，好在南漢、北漢以及西陲、遼邦，目前都各守疆界，並不侵犯邊境，兵戈寧息，倒很有些太平的景象。所以太祖雖然貪戀女色，朝廷的臣僚，閭閻的人民，也不覺著他的壞處。

有一天，太祖往仁壽宮去朝見太后，因為正當春日，風景融和，後宮裡也沿著御道栽種了許多楊柳桃花，周世宗在日，建築了賞花樓，曾命群臣進獻奇花異卉，後苑內栽種遍了，便把餘存下的，栽在宮中的御道兩旁。一倒春天，百花齊放，那御道上，就如錦繡一般，很是可觀；更兼夾道都是合抱大的楊柳，夾雜在桃花之中，紅綠相間；又有許多奇花異卉，環繞著爭妍鬥豔，芬芳馥郁，令人目觀花卉，鼻嗅芳香，覺得心曠神怡，如置身於蓬萊仙境。

所以太祖這一次去朝參太后，因要細細的賞玩風景，領略春光，便屏除侍從，並不乘坐御輦，獨自一人，徒步而行，沿著御道，真乃萬紫千紅，芳菲滿目，心內甚是喜悅！徐徐的向仁壽宮而來。恰巧守門宮監因為日長無事，料想太后已息了午覺，必不傳呼，他就趁著這點兒空閒前去找尋同伴，談天說地去了。哪知太祖恰於此時前來，並且不乘御輦，

又沒侍從及守門宮監，如何能夠知道？

太祖到了宮門之前，見靜悄悄的，守門宮監一個也不在那裡，知道他們躲懶的躲懶，玩耍的玩耍，所以一人俱無。當下絕不聲響，逕自入宮，並不前去朝參太后，先往各處偏宮裡面查察一番。

誰知，行到這一處，冷清清的不見宮女的影跡；行到那一處，也是寂寂無聲，沒有內監、宮女在那裡侍候。太祖想道：「只因太后秉性仁慈，諸事都不認真，所以這些宮女、內監十分膽大，竟敢荒廢執事，肆無忌憚了。朕躬若不整頓一番，將來宮廷裡面，宮女、內監人人傚尤，還有什麼職務呢？」

一面想著，一面前進，不知不覺，行至一座宮前，抬頭一看，見匾額上寫著「靜香軒」三字。太祖轉念道：「這靜香軒，乃是朕妹，燕國長公主居住的地方，朕和她長久沒有見面，何不進內，略略敘談呢？」心中想著，步入裡面，走進窗前，忽聽得一聲長嘆，其聲幽怨異常。太祖聽了，不禁止住腳步，從窗隙中向內窺視。

第十七回　公主再嫁

太祖走到了靜香軒，正擬入內與燕國長公主敘談，剛才步近窗前，忽聽得一聲長嘆，其聲悲而且怨，異常動人，便停往了腳步，立在窗前，向內窺視。那窗扇嵌著很透明的琉璃，看將進去，甚是明瞭。原來發這一聲長嘆的不是他人，正是太祖的胞妹，燕國長公主。

她因在沉香床上，春睡方醒，抖起了一腔幽怨，所以發出這聲長嘆。

太祖見她斜倚牙床，雙眼惺忪，似泣非泣，顯露著不勝傷春的模樣，房中靜悄悄的，鴉雀無聲，也沒有一個宮女在旁侍候。太祖瞧見這般行徑，早已明白她的意思，不覺暗暗點頭道：「御妹正在青年，沒了妹丈，寡鵠孤鸞，形隻影單，無人陪伴，怎麼叫她不傷心呢？這卻是朕的過失了，像御妹的年紀，應該早早替她覓取才貌雙全的人，遣嫁出宮，才是道理。如何竟會忘記得連影兒都沒有呢？」

你道太祖因甚說出這番話來？只為太祖有胞妹二人，一已夭逝，追封為陳國長公主；

一曾嫁米家為婦，丈夫名喚米德福。不幸那米德福沒有福氣做皇帝的妹丈，一病而亡，拋撇下少年妻房，又沒生下男女，家境十分艱難。太祖在周世宗時，便奉了杜太后之命接了回來，一同居住，及至太祖登了大寶，遂封她為燕國長公主，迎接太后入宮以後，公主也就奉了太后懿旨，到宮內存身。

太后因痛愛女兒，不忍相離過遠，便告知太祖，把仁壽宮裡的靜香軒賜給公主作為閨房。太祖手足情深，哪有不允之理，況且太后年邁，皇后妃嬪不過早晚之間到仁壽宮請安問候，雖為天子之母，倒因著宮闈禮節，不如庶民之家，媳婦對姑嫜，時刻可以見面。現在得公主住在靜香軒內，就在仁壽宮裡面，便可以早晚陪侍太后，免使年高之人冷清清的舉目無親，還有些宮女內監奔走使令，豈不甚好！

所以太祖聽了太后的慈諭，立刻滿口答應，傳下旨意，把仁壽宮的靜香軒賜給燕國長公主居住，並派遣二十四名宮女，十六名內監，侍候公主。

杜太后見太祖看待公主如此情重，心內大悅，即命公主遷入靜香軒中，朝晚陪侍太后，賜賚甚厚。哪知公主雖然置身禁御，養尊處優，享著皇家的富貴，卻因韻年守寡，深宮寂寞，難耐淒涼，對著那春花秋月，便覺情緒惡劣，萬般傷懷，觸處都是悲感。又因這種愁恨，只有自己蘊蓄胸中，不能對人訴說，心裡更是難受。現當芳春時候，白晝初長，公主朝見過太后，回至靜香軒內，愁緒縈心，四肢慵懶，便遣退宮女，倒身在牙床上面，暗暗飲泣，獨自一人傷感了半日，不知不覺，沉沉睡去。

一覺醒來，只見金爐香盡，羅帳四垂，寂寂無聲，春晝正永。公主觸動了傷春情懷，便連連的打了幾個呵欠，伸了一伸懶腰，渾身軟綿綿的，一絲氣力俱無，只得扭動纖腰，徐徐坐起，但是坐雖坐了起來，覺得一陣心跳，丹田中有一股熱氣，向下直注，傾瀉而出。不一會，那錦緞做成的盤金繡花褲，便淋淋漓漓，淌了一陣又冷又濕的東西出來。公主此時渾身無力，軟洋洋的斜倚牙床，把一塊繡花大紅汗巾掩著香口，將銀牙緊緊咬往，那條汗巾咬得響個不已。

公主掙扎了半日，雖然春情略泄，但是畫餅充饑，望梅止渴，究竟是個懸虛景象，哪裡嘗得心頭之慾。想到這裡，不覺把欲火更加提將起來，頓時耳紅面赤，眼中金星亂迸，耳邊似乎有一種極細的男女歡愛之聲直貫入內，公主的心神已到了情魔幻景裡面，如何還忍耐得住！半眠半倚的靠定盤龍雙鳳床柱，一個身體晃晃蕩蕩，一雙秀目忽開忽閉，手腳如浸在冷水裡面，那繡褲內，比較方才的淋淋漓漓，已經多了數倍。

公主昏沉沉的半晌，方才略略清醒，伸手向兩股間一摸，不覺長嘆一聲，支持不住，又向牙床倒下。這一聲長嘆，含著無限幽怨，真是如哀如慕，如泣如訴，比到猿啼三峽，還要酸楚點兒。

太祖乃是天縱聰明，聞著些兒聲息，便可以知道這件事的緣由。何況耳聽公主的嘆

聲，又從後窗隙中窺見公主倒睡牙床的情形，心內如何還不明白？因為公主年紀尚稚，格外生出一片憐惜的意思，所以說出上面這幾句自己引咎的話來。

當下太祖因瞧見公主如此情況，不便進去和她敘談，遂輕輕的退將出來。一面走著，一面打算安排公主的終身大事，卻因滿朝沒有個可以配合公主的人，即使年貌與公主相當，可以配得，又都是有了家室的，難道朕的御妹，反屈身去做偏房麼？因此心內好生不悅，走路也走得很慢。

行到一株桃樹之下，便立在那裡，心口沉吟了半日，忽然想出一個移花接木的主張道：「殿前副都點檢高懷德，新賦悼亡，相貌出眾，年齡又與御妹不相上下，況懷德是朕的故交，現在又很有功績，倘把御妹下嫁於他，作為繼室，豈不是一雙兩好的美滿良緣麼？」

原來這高懷德，乃真定郡人氏，其父名行周，曾任周天平節度使，懷德係出將門，生來膂力過人，弓馬嫻熟；並且生成的虎背熊腰，豹頭燕頸，聲如洪鐘，威風凜凜，貌若天人。這時正在壯年，必定要重續鸞弦的，把燕國長公主配給他，一個是續娶，一個是再醮，倒也很相宜的。

太祖定了主見，便絕不停留，直入仁壽宮內朝參了杜太后，問了安好。太后見了，心下甚喜，便命太祖坐下，母子之間，敘了一番閒談，太祖才慢慢地向太后陳說：「意欲將燕國長公主下嫁高懷德。」

太后聽了這一段話，倒覺呆了一呆道：「長公主韶年稚齒，即使守節，我心也覺不忍。況且又無兒女，將來未知如何了局，倘行遣嫁，使之有個歸宿，未嘗不妙。但汝為天下之主，不比臣庶之家。公主再嫁，是否有礙國家體面，要被臣僚議論麼？」

太祖道：「這也沒甚關礙，況律書不廢再醮之文，臣僚哪有什麼議論。即使略有關礙，也不妨勉強一點，逕自施行。御妹年方逾笄，何忍令她永守空閨，抱恨終身呢？」

杜太后道：「汝言亦是有理！但也須問明汝妹，若是她心願意，方可舉行的。」太祖連連稱是，遂辭別太后，告退而出。

太后即刻宣召公主，摒退宮女，密密的將太祖欲令再醮高懷德的意思，向她細說一遍。公主正在傷春的時候，巴不得有此一舉，況且高懷德入值殿廷，公主曾經見過他，覺得他身材魁梧，儀表非凡，心內好生愛慕，現在太祖欲將自己嫁他，正中下懷，哪有什麼不願之處，只是不便直接答應，便低下了頭，做出羞赧的顏色，嘿嘿無言。

杜太后道：「非是為娘叫你改節，只因汝兄憐汝觸處深宮，寂寂寡歡，年紀既輕，膝下又沒兒女，將來如何了局？所以設出這個法子來的，汝又何必含羞不語呢？」

公主聽了，只得支吾著道：「吾兄貴為天子，不論宮廷內外，都該聽他的命令而行，他要怎樣，女兒哪敢不遵。」說到這裡，早已面紅過耳，起身辭別而去。

杜太后聽了公主之言，明明是答應的了，便毫不遲疑，命人奏知太祖。

太祖聽說御妹願意下嫁高懷德，遂即諭意趙普、竇儀，令他兩人作伐。兩人聞了旨意，欣然領命，便到高懷德府中，告知太祖欲將御妹嫁作繼室，特命他們兩人執柯的意思。

懷德正因喪了夫人，無人陪伴，心下十分懊悶，要想續娶，一時之間又難得相當的女子，現在太祖願將御妹下賓，他入值殿廷之時，也曾見過燕國公主，姿色明豔，年歲甚輕，況又是當今天子的胞妹，娶為繼室，自己就是皇親國戚，何等榮耀！樂得他絕不推辭，滿口答應。趙普、竇儀見懷德欣然允諾，心中大喜，即辭別而去，覆了旨意。

太祖得了回覆，也覺歡然，親至仁壽宮，奏知杜太后，先由高懷德備下盛禮，請了趙普、竇儀，恪行納采問名的儀節。太祖不便親自主婚，傳旨命光義代行，又在興慶坊收拾了一處宏廣壯麗的大宅第，賜與公主，作為府第，以便迎親。高懷德納采問名的禮物，都抬向公主府中而來，行過了納采問名之禮，太祖便命公主出居府中，欽天監選擇吉日，下嫁燕國長公主，舉行婚禮。

到了吉期這一天，高府備了全副儀仗，簇擁著沉香飛鳳輦，懷德親自騎著大宛名馬，金鞍銀勒，錦韉珠鞭，頭帶烏紗，身穿紅袍，腰圍玉帶，腳踏朝靴，真個是銀盆白面生光采，五綹長鬚飄瑞靄，身材魁偉，體態軒昂，十分威武。那執事排開，一路行至興慶坊公主賜第，早有趙光義偕同許多文武官員前來迎接。懷德慌忙下馬相見，由司禮官引入甥館。當時又有詔書頒下，特派懷德為駙馬都尉。

懷德北面接旨，叩謝已畢。鹵簿使整備送親儀仗時，又接到杜太后懿旨，恩賜公主全副鑾駕和御前鼓樂。這一來更加熱鬧異常，那儀仗排將開來，竟有數里路遠近，前面是高懷德的執事；隨後便是欽賜公主的鑾駕，一對一對的排開前進。御前鼓樂，一律錦衣花帽，沿路吹打，聲韻悠揚。御樂之後，才是公主的沉香輦，有宮女二十四人，執著紅紗燈、金香爐、拂子、盥具等類，都是黃金鑄成，璀璨生輝。高懷德早有司禮宮引導他執贄奠雁已畢，竟自騎了馬，趕上自己的執事，先行回府，在門前下馬，恭候公主的鳳輦。

不多一會，執事頭踮紛紛到來，執事過去，又聽得笙簧迭奏，簫鼓齊鳴，一對一對的紅紗燈，引導了公主的鳳輦到門，直至階前，停止住了，便由宮娥彩女攙扶著公主緩步下輦；懷德連揖三揖，引了公主，升階登堂。公主東向，懷德西向，行相見禮，彼此又復易位，行交拜禮，禮成，導入洞房，行合巹禮。

這時滿朝文武，莫不登門道賀，賓筵豐盛，雅樂鏗鏘，說不盡的富貴，寫不盡的繁華。懷德行了合巹禮，親出外面款待賓客，真個水陸畢陳，觥籌交錯，熱鬧異常。

到得酒闌席散，送過賓客，方才回入洞房。公主已卸去禮服，淡妝素抹，含笑相迎。懷德亦趨步執手，相讓入座，彼此互相窺視，一個是豐容盛鬋，麗若天人；一個是廣頤方

額，豐儀出眾，自然各自喜慰，便由宮女替公主卸了晚妝，懷德也寬去靴袍。宮女們一齊退出，帶上房門。懷德與公主攜手入幃，同圓好夢。

這一夜的歡娛，不用說得，比第一次結婚時，更覺恩愛萬倍。從此這位燕國長公主安身得所，翠眉舒展，與懷德一雙兩好，朝朝盤桓，取消了萬種閒愁，千縷幽恨，只生歡喜，不生愁恨了。

哪裡知道鸞膠方續，兵戈忽興。潞州有飛報前來，周昭義軍節度使，檢校太尉李筠結連北漢興兵，以恢復周室為名，勢甚猖獗，請朝廷速發大軍征剿，所以有旨意下來，命高懷德隨同大軍，進討李筠。

那李筠乃是太原人氏，歷事唐晉漢三朝，多立下些戰功。至周擢檢校太尉，領昭義軍節度使，駐節潞州。宋太祖受禪，容納范質之言，頒詔各路藩鎮邊帥，加以高爵厚祿，藉事羈縻。

詔書到潞州時，李筠正得了太祖篡周的消息，聚集部下將校，商議起兵伐宋，聲罪致討。忽報宋朝遣使，齎著詔書到來。

李筠道：「我正要興師致討，他既有偽詔前來，當拒絕之。」

牙將劉瓊進言道：「宋主以明公周之重臣，今特遣使前來，必加封爵，宜優容回答，以觀其行止，何必拒絕。」

士彥真亦諫道：「事有緩急之分，征伐乃係大事，豈可倉猝舉行，明公當厚款其使，權受詔書，然後商議進討之策，未為晚也。」

李筠見部將賓僚諫阻甚切，不得已接入使命，拜受詔書。使人宣詔道：「新君即位，加公中書令，仍兼檢校太尉，領昭義軍節度使。」

李筠受詔畢，置酒款待使人。飲到半酣，命左右取周太祖的畫像，懸於堂中，指示眾將佐說道：「吾受君之厚恩，今幼主為人廢止，不能力圖興復，反受爵位，異日何面目見太祖於地下。」說罷，涕泗交頤，悲感不已！

劉瓊等見李筠如此舉動，不勝惶駭！即向使人掩飾道：「令公被酒致失常度，幸勿懷疑。」及筵席既散，使人告辭，回至汴京，覆了旨意，奏明李筠席間如此行為，恐有不軌之舉。太祖因欲籠絡各藩鎮邊帥之心，不肯輕動，暫把這件事擱置起來。

李筠送過宋使，一心要舉兵恢復周室，只因潞州兵力薄弱，未敢逕自起動。北漢主劉鈞聞之李筠有拒絕宋朝之意，便乘此機會，令人馳蠟書約他一同起兵。李筠大喜，便欲即日舉事，長子守節入諫道：「潞州一隅之地，能何當大梁之兵，還請父親慎重將事，切勿暴動。」

李筠怒道：「你知道什麼！趙匡胤身為周室舊臣，乘著世宗晏駕，手握兵權，背恩負義，欺負孤兒寡婦；詐稱北漢結連遼邦，舉兵犯界，出兵陳橋，買囑將士，擁戴自己，回

軍入汴，逼宮篡位，廢了少主，幽了太后，大逆不道，我如何北面臣事於他？況且世受周室厚恩，為國討逆，雖死無怨。」

守節泣諫道：「父親即欲興師討逆，報答周室，亦應計出萬全，不可冒昧。依兒愚見，何不將北漢來書，寄至汴京，以示並無異圖。宋主見我忠於他，自然放心不疑，那時乘機行事，突然出兵，使宋人措手不及，方可集事。」

李筠答道：「此計倒也行得，我便差你賫書往汴，窺視宋朝行動，倘遇周室舊臣，心懷故主的，也可約為內應。此事極關重要，你須慎重而行。」

守節奉了父命，立刻賫了漢蠟書，星夜赴汴，入見太祖，朝拜已畢，呈上北漢蠟書。太祖覽罷，對守節道：「卿父有此忠誠，朕實嘉尚，卿在此為皇城使，朕當另遣使命，頒詔慰諭卿父。」守節謝恩而退。

太祖乃手繕詔書，派遣使命，往潞州慰諭李筠。守節單居汴京，細心察探，見汴都甚為安靖，各路藩鎮邊帥也都傾心歸服，並無異圖，哪有機會可乘？忙暗中寄信至潞州，切勸其父，不可輕舉妄動，宜效忠宋主，以免禍患。

誰料李筠不從守節之謀，使命賫著太祖親筆手詔，到了潞州，李筠毀詔囚使，不肯奉命。

太祖聞得此信，亟召守節入見，面諭道：「汝父毀詔囚使，反跡已露，當今尚有何說？」

守節聞諭，慌忙俯伏奏道：「臣在潞州，曾泣諫父親，效忠朝廷，望陛下詳察。」

太祖道：「汝之行為，朕早已知道，茲特赦當回返潞州，可歸語汝父，朕未為天子時，汝父可以自由行動；朕即為天子，奈何不守臣節，自取罪戾呢？」

守節連連叩頭，領旨退出，連夜收拾，徑赴潞州而去。

太祖自赦守節之罪，命他往潞州勸李筠恪守臣節，料知李筠必不信守節之言，定然還興起兵戈時，便傳趙普計議道：「李筠意欲謀反，宜如何處之？」

趙普奏道：「陛下新立，藩臣多有異謀，今李筠叛跡已著，絕非口舌所能挽回，陛下雖恩赦守節，命其回去勸諭，恐亦徒勞無功。臣想，潞州不過一隅之地，怎當天下之兵，現在且暫置不問，待彼起兵作亂，那時逆跡昭然，然後命智勇之將，提一旅之師，踏平潞州，捉住李筠，正以叛逆之罪，使各路藩臣邊帥知所戒懼，此亦懲一儆百之策也。」

太祖深然趙普之言，便把李筠這一件事暫時擱置，待李筠公然謀反，再行命將致討。

且按下太祖一面之事。單說守節奉了太祖之命，回潞州勸諭其父親，惟恐略略遲緩有誤時機，便不分曉夜，奔馳而去。這日到了潞州，入見李筠，備述趙太祖之命，力勸其父，恪守臣節，切勿輕易用兵，致取滅門之禍，從速放還命使，上表謝罪。

李筠不從其言道：「你在汴京，我還有所顧忌，所以遲疑不決。現在你已歸來，我還怕什麼呢？」當下叱退守節，便令幕府草了檄文，歷數太祖背周之罪，佈告天下，且執監

軍周光遜，押送北漢，請求出兵，同討宋朝。一面遣驍將儋珪，率兵襲取澤州。

儋珪乃李筠部下有名勇將，最善馳馬，一日能行七百餘里。李筠要乘宋朝不備，襲取澤州，因此特命儋珪前去，乃是迅雷不及掩耳的意思。那儋珪奉了將令，自恃英雄無敵，只帶領精騎數百，飛風一般，奔向澤州而來。

澤州刺史張福尚未得有潞州反叛朝廷的消息。聽得儋珪奉了李筠之命到來，便開城迎接，與儋珪見面，還沒開口，已被他手起一刀，揮於馬下。

儋珪殺了張福，立即揮兵入城，城內沒了主將，又無防備筠誰敢抗拒，只得投降。儋珪得了澤州，差人報捷。李筠聞報大喜！

從事閭邱仲卿，上帳獻計道：「明公孤軍起事，勢甚危險，雖有河東援應，恐不足恃。大梁甲兵精銳，難與力爭，不如西下太行，直抵懷孟、寨虎牢，據洛邑，東向而爭天下，方為上策。」

李筠毅然道：「吾為周室宿將，與世宗義若兄弟，禁衛軍皆我舊部，聞我起兵討逆，勢必倒戈響應，況有儋珪等驍勇絕倫，何愁不踏平汴京，恢復周室哩。」

閭邱仲卿見李筠剛愎拒諫，不聽善言，嘿然而出，退至帳外，仰天嘆道：「將驕卒惰，恃勇輕進，孤軍深入，汴梁大兵一到，如以石壓卵，必成齏粉，吾屬死無葬身之地了。」

李筠不用仲卿之謀，正要發兵進取，忽報北漢主劉鈞，親自率兵到來。李筠即至太平驛迎謁，拜伏道旁。漢主即封李筠為平西王，賜良馬三百匹，召見慰勞。李筠拜見漢主，極言受周厚恩，今日起兵願以死報，望陛下援助，決不有忘大德。

漢主聽了此言，嘿然無語。原來，周室與北漢乃係世仇。李筠ㄩ口聲聲報答周室，惹起了漢主的疑忌，因此滿心不悅，只留些老弱之卒，算是幫助李筠。並且命宣徽使盧贊，監督李筠的軍隊，竟自啟駕回去。

李筠見了這般行徑，心下甚是不平，便與盧贊時有齟齬。又見北漢的人馬皆是老弱殘卒，哪裡上得戰陣？心內十分懊悔，但是事已如此，不得不奮力前進，乃命長子守節居守潞州，自率部兵南進。

那監軍盧贊，又因著小事，與李筠爭執，互起衝突，盧贊密報漢主，漢主又差平章事衛融，替他們和解。李筠好生不樂，也不調動漢兵，只帶著自己的兵將向前進取，其勢甚是勇猛。

警報傳到汴京，太祖即命石守信為統帥，高懷德為副，率領偏裨將佐，興師北征。懷德恰是新婚燕爾，給假在家，每日與公主飲酒尋歡，真是枝生連理，花開並蒂，十分快樂！這日正在排著筵宴，與公主對坐著，把酒言歡，開懷暢飲。忽報聖旨下，懷德忙具衣冠，排了香案，俯伏接旨。

宣讀已畢，送齎詔官去了，即行入內，公主便問聖旨前來有何事故？懷德答道：「北

漢主劉鈞，這一次連接了潞州李筠，真來入寇，邊境十分危急。主上命石守信為統帥，令我副之，所以降旨前來，宣召入朝，即日便要出發。」

公主正在新婚之後，與懷德相處得火一般熱，忽聞有旨前來，宣召懷德，同征潞州，如何割捨得來？早已鳳目含涕，蛾眉斂翠，芳心輾轉，柔腸回環，現出傷離怨別的模樣來。

懷德見了，忙安慰道：「公主不必憂愁，某雖不才，係出將家，身經百戰，從無敗衄，當初隨著周世宗，東征西討，也不知經過多少大敵。如今李筠區區小丑，潞州彈丸之地，又有御駕親征，何能拒抗王師，無異以石壓卵，不多幾日，便可奏凱回朝，仍與公主歡聚了。」

公主聽了懷德寬慰之言，稍覺放懷。

懷德奉了旨意，不敢遲延，遂即冠帶入朝，石守信已經在朝聽訓，還有許多文武都在御前，商議進兵之策。懷德忙搶步入殿，行過朝見之禮，侍立一旁。

只聽太祖對群臣說道：「李筠無知，膽敢謀叛，朕當率領人馬，御駕親征，諒潞州一隅之地，不難即日踏平的。」

群臣回諭，尚未回言，有同中書門下平章事吳延祚啟奏道：「潞州城池喦險，且阻太行，賊若據之，未易破也。臣料李筠素勇而輕進，若速擊之，必離上黨，來邀我戰，猶獸亡其藪，魚脫於洲，不難擒矣。」

太祖善其言，因諭守信、懷德道：「二卿率眾先行，務要迅速進兵，扼住要隘，勿縱李筠西下太行，乃為上策；朕當親統大軍，為二卿援應。」

石守信、高懷德頓首領旨，辭退出朝，整頓兵馬，預備出發。

臨行之時，懷德又回府去，拜別公主，諄囑她安心靜候，不要掛念，待班師回朝，再行聚首。公主這時也無可奈何，只得起身說道：「但願駙馬馬到成功，旗開得勝，早早歸來，免得深閨懸念。」

懷德又攜著手叮嚀一番，方才告別出門。

公主含著一泡眼淚，送至階下，看那懷德走了出去，不見影蹤，才懶洋洋的回進閨中，每日無情無緒的盼望懷德的捷報。

那懷德出門跨馬，趕去會著石守信，帶領人馬，啟行去了。

太祖自遣兩將行後，又命慕容延釗、王全斌出兵東路，夾擊李筠。傳旨已畢，遂即啟駕親征，令竇儀、趙普留守汴京，晉王光義代理一切政務，為宮廷總監。趙普聞旨，出班奏道：「臣不才，願為扈從，效力戎行。」

太祖道：「卿書生，豈勝介冑之事，且留守京師，亦甚緊要，何為請行？」

趙普道：「誠如陛下聖諭，京師根本之地，但有晉王竇儀居守，可以無憂！臣受陛下

厚恩，安敢畏避勞苦，故敢請行。」

太祖見趙普自願隨軍，也就依從，令他同了大軍啟行。

你道趙普為何不願留守汴京，反要隨營出征，受那戰爭之苦呢？只因他與光義甚為投合，平常時候，你來我往，密密商議，好似有何大事一般，他人皆不能測。這次征討李筠，他知潞州一隅之地，難擋大梁雄兵，不日就可成功，力請隨行，一則可以立下功勞，加官進爵；二則可以窺伺太祖動靜，暗中通知光義，早作準備，所以竭力請行。

當下太祖將諸事分派已畢，便率領御林軍，並扈從諸臣，啟駕往潞州而去。光義同著在廷諸臣，送過聖駕，各自回城。

他奉了太祖之命，代理政務，又充了宮廷總監，不論宮中府中之事，都要歸他處理，權柄在手，自然可以任意而行，毫無顧忌了。

原來太祖兄弟，本有五人。太祖居次，長子匡濟早亡，太祖即位，追封曹王；三子即匡義，太祖即位，改名光義，封晉王兼殿前都虞侯，領開封尹；四子匡美，改名光美，太宗即位，又賜名庭美，太祖封為秦王，領興元尹；五子匡贊，幼即夭亡，追封為岐王。兄弟之間，惟光義生性最為狡猾，外貌寬仁，內實深沉，而且生得相貌異常，幼年時候有相者說他將來貴不可言，必為太平天子。

太祖也常常說：「光義龍行虎步，儀表非凡，將來後福無限，勝我十倍。」光義聽了此言，也以此自負，便有不願居於人下之意。

陳橋之變，光義出力最多，功績最大，也一半為著自己將來的地步，及至太祖受了周禪，封光義為晉王，領開封尹，班於文武諸臣之上。他便暗中結交大臣，收攬賢豪，邸內蓄著勇士，名為護衛，實則隱懷異志。

只因太祖生有二子，長名德昭，次名德芳，德芳雖幼，德昭年齡已長，深恐太祖立德昭為太子，自己日後的希望便斷絕了，因此預先招收了勇士謀臣，養在邸中，暗暗策劃。又因趙普最得太祖信任，此時雖未入相，已是權傾朝野，異日不患不秉朝政。光義便暗中籠絡，曲意交歡，看待趙普，猶如兄弟一般。趙普也感念光義相待之情，每在太祖之前，稱讚光義英明仁厚，豁達大度，可以付託大事。光義見趙普已入自己彀中，便暗中和他商酌，如何可以進行大事，謀取將來的皇位。

那趙普，字則平，原是幽州人氏，秉性深沉，有岸谷，多忌刻，嘗以天下事為己任，少習吏事寡學術，尚智謀、及事太祖，嘗勸他道：「卿才可為宰相，宜多讀書，以裕經綸。」

趙普奉了太祖之命，從此注意讀書，每逢退朝，回至私第，便閉戶啟篋，取書讀之，手不釋卷，咿唔竟日，至翌朝臨事，取決如流。他家中人，不知讀的是何種書籍，待他出外，私自啟篋觀之，乃《論語》二十篇也。當日光義和他商議日後大事，便暗暗為光義籌畫道：「主上英明果斷，燈照靡遺，殿下萬萬不可輕率，露出形跡來，反為不美。臣知太后於諸子之中，最為鍾愛的乃是殿下。且因周室之失國，由於幼主臨朝，主上方得乘機崛起，奄有天下。太后鑒及於此，常常說：『國賴長君，當以周室為前車之鑑，不可蹈其覆轍。』主上因太后這般言語，心亦為動，所以並不敕立太子，就是皇長子德昭，年已長成，至今還沒有加以封號，也是這個緣故。殿下只要乘著這個機會，侍奉太后，得其歡心，使太后注意殿下，不過一句話，大事便可成就，而且冠冕堂皇，繼承大統，哪裡用得著旁的謀劃呢？」

光義聽了趙普的主張，深以為然！從此以後，便進行圖謀皇位的手續了。

第十八回　宮闈春色

光義納了趙普之言，暗中圖謀帝位，欲博取杜太后的歡心，便常常到仁壽宮內朝見太后，做出十分孝順的模樣來。

太后於諸子之中，本來最愛光義，見他對於自己很盡孝心，更加十分溺愛。但是光義雖可出入宮禁，究竟為禮法所拘，不能任意行動。這時太祖親征李筠，命光義代理政務，又充了宮廷總監，宮中一切事情皆須由他管理。便藉此為名，日夜在宮，每天到仁壽宮問安侍膳，晨昏定省，顯出百般孺慕的樣子。

他有的是金銀財寶，常常的用些金錢，買服那班宮娥內侍之心，非但仁壽宮內，太后的左右宮娥內侍得了他的賄賂，代他說話；就是各院妃嬪以及六宮的宮娥內侍，也時常揮霍金錢去運動她們。這班妃嬪，雖然享了皇家富貴，究竟是婦人女子，有什麼見識？得了光義的饋贈，自然人人心喜，個個歡然，異口同聲都說光義的好話。

獨有坤寧宮的王皇后，她位正昭陽，為六宮之主，閫令森嚴，所有宮女內侍都懼怕

皇后的威嚴，不敢私相受授。又有長春宮的宋貞妃，端莊靜穆，恪守禮法。她手下宮娥太監也不敢出外胡行。光義知道這兩處不是財帛珍寶可以運動的，只得擱置一旁，不去引誘她們。

惟有景福宮的韓惠妃，她本是勾欄出身，博得太祖的寵愛，封為妃嬪。雖然置身青雲之上，輕賤的本性究竟不能改變。光義遇著令節，入宮朝賀太后，惠妃偶然遇見，瞧他生得體態軒昂，儀表非凡，心中好生羨慕，不免對著光義媚眼流波，嘿嘿含情以目送意。

光義是何等的聰明人物，瞧了惠妃的情形，早已明白，便記在心頭，要想設法勾引，使惠妃順從自己，可以得個絕大的助力。只因太祖禁令森嚴，天威咫尺，不敢胡行亂做，輕率舉動，心裡卻很愛惠妃的美貌，垂涎已久，只是沒個機會可以下手，如今太祖親征李筠，巧巧的命他代理政務，又任為宮廷總監，得以出入禁掖，自由行動。光義好不歡喜！便一面在仁壽宮杜太后面前，做出百般孝順的模樣，朝夕去問安侍膳；一面賄通景福宮的內監，在惠妃面前獻了不少的殷勤。

沒到幾天工夫，早把惠妃哄騙得心花大開，時常對著宮人稱讚光義生性慷慨，相貌又長得十分俊美，話語之間，很露出不勝愛慕的神情。那些宮人都得了光義的好處，惠妃在景福宮裡一舉一動，一顰一笑，也暗中去報知光義。光義得了這個消息，知道時機已熟，便要乘勢下手。

這日清晨，惠妃起身之後，正在那裡梳頭，茜紗窗上，一輪日光射在菱花寶鏡之旁，妝臺上擺的奩具，都是黃金鑄成，珠寶鑲嵌，映著陽光，冉冉生輝。惠妃坐對菱花，打散了頭髮，烏漆似的萬縷青絲直垂至地，那香氣從髮中一陣一陣騰將出來，甜津津的，使人聞了心神迷醉。有個宮娥站在身後，輕輕的舉著金篦，一下一下的替她通髮，兩旁立著四個宮人，有的手捧金面盆，有的手拿金粉盒，有的手持金脂盒，有的手執金盥具，靜悄悄的鴉雀無聲，侍候著惠妃梳妝。

那個宮女通髮通好了，分做三綹，替她挽起盤髮高髻來。忽有宮門上的太監進來報道：「晉王爺請見。」惠妃聞報，因自己正在梳頭，便說：「請王爺在外宮略坐，我即出見。」那太監轉身出去。惠妃忙忙的將盤龍髻挽好，隨手取了一枝珠蘭花向鬢邊插戴。忽聞橐橐一陣靴聲響亮，珠簾揭起，晉王光義已滿面春風走將進來。見了惠妃，兜頭就是一揖道：「參見娘娘。」慌得惠妃連忙站起來，要想還禮，那手中的一枝珠蘭還未插好，纖指一鬆，便從鬢邊落將下來。

也是天緣湊巧，那花兒落在地上並不停止，一直滾至光義腳旁，光義忙彎身拾起，向惠妃遞來。那立著的宮女伸手去接那花兒，光義將手一擋，搶進一步，舉著花兒，笑嘻嘻地低聲說道：「待我來與娘娘插花。」說著，逼近惠妃身旁，將花兒輕輕的插在

她鬢雲上面。惠妃此時，直羞得花暈粉頰，阻擋他又不好，不阻擋又不好，弄得進退兩難，好生侷促。

光義見惠妃紅潮滿面，現出淺嗔薄怒，羞怯怯的立在那裡，愈覺嫵媚動人；再加著那脂粉香氣，一陣陣的沁入鼻觀，不覺神魂盪漾，如何忍耐得住？也不顧兩旁立著許多宮娥，便趁著插花的勢兒，將雙手向惠妃的柳腰一摟，低言悄語的問道：「聖駕出征，拋下娘娘，可覺得冷靜麼？」

此時立在兩旁的宮娥，見光義與惠妃這般行徑，早已明白其意，她們預先都得了光義的賄賂，巴不得成全了兩人的好事，一則可以酬報光義，不白受他的賞賜；二則光義和惠妃有了曖昧，必定時常來往，她們又好於中取利，所以光義將雙手去摟抱惠妃的纖腰，她們已不約而同的退了出去。

惠妃見宮人全都退出，她本來是個淫蕩的人，太祖在宮中的時候，因有宋貞妃、方婉儀、劉婉容、陳修媛、王貴人、李才人、潘美人，還有後宮寵愛的美人，不下數十餘名。聖駕臨幸，雨露哪能遍及，再加著那些受封的美人、夫人們，一個個爭妍鬥豔，要恩固寵，想盡了許多方法以求羊車臨幸。那太祖又是個開國之君，不比這些昏庸之主，雖然溺情女色，卻不荒廢政事，宮闈裡的恩情為政務所間，自然不能濃厚。況且太祖天生成的英明果決，不受妃嬪們的迷惑，並沒有專擅寵幸的人。今日退朝，到那個妃嬪宮中尋歡取樂；明日退朝，又往這個妃嬪宮裡吹彈歌唱，總是雨露平均，不肯偏袒哪一個的。

惠妃雖也倚著太祖的寵愛，總沒有法兒使太祖專心一志的留戀著自己，所以景福宮內，御駕臨幸，雖不至盼斷羊車，悲吟秋扇，每月之中，也只承幸得一二次。

那惠妃是個妓女出身，放浪慣的，又兼天生的麗質，淫蕩不羈。當日在勾欄中，有許多王孫公子愛戀她的才貌，不惜纏頭之費，低首石榴裙下，博取美人的輕憐密愛，真個是朝朝笙歌，夜夜元宵，哪裡空過了一日？只因遇著太祖，見他人才出眾，儀表堂堂，知道將來必非凡品，要圖後半世的富貴，所以做出很清高的樣子，和太祖訂了嫁娶之約，也料不到太祖竟能身登九五，富有四海，享受六宮的春色，聚集三千的寵愛。

因此惠妃自入宮來，雖覺十分富貴，卻為著不能滿足她的性慾，心內很是不樂。常常對鏡自憐，臨風微嘆，覺得自己生就了這副花容月貌，竟不能如唐朝的楊貴妃一般，使六宮粉黛無顏，三千寵愛在一身，辜負了韶華好景，甚為可惜！

她既懷了這種心事，未免沾花惹草，到處留心，要償自己的慾壑，無奈宮禁之中，規律謹嚴，皇親國戚也不能輕易入內，只有逢到令節朝賀之期，光義、光美才得入宮朝參太后。惠妃曾經在這時候暗中窺視，覺得光美的相貌雖也清秀，並不出奇，獨有光義生得龍章鳳質，方面大耳，堂堂天日之表，亭亭玉樹之姿，真是秉天地之精英，鍾山川之靈秀，方才有這般的品貌。惠妃見了，暗中連連的誇獎道：「如晉王的儀容，方稱得起是個玉人

兒呢。」

她心內愛慕光義，已非一日，只因內外隔絕，無從見面，也只有暗中相念罷了。如今見光義進宮，有意挑逗，正中下懷！卻因宮女在旁，不便與光義勾搭，只得裝出羞愧之態，以遮眼目。不料宮女們十分知機，一齊退去，她便與光義同入內宮，唧唧噥噥，相偎相依的不知說些什麼。停了好半晌，光義方攜了惠妃的手，並著肩兒，一同移步，從內宮出外。

此時惠妃滿面含春，星眼微餳，新梳的盤龍髻，已是鬆鬆的有些散亂。便是光義剛才替她插在鬢邊的珠蘭花也不見了。光義咳了一聲嗽，宮女們聽見，方才慢慢的進來，侍候著兩人淨臉洗手。光義坐了一會，喝過一杯香茗，起身而去。惠妃與光義勾搭上手，竟是相憐相愛，大有不能分拆之勢。

但光義在宮中如此干名犯義，胡行胡做，他的意思，卻不僅是貪戀女色，原欲藉著這點因由，使妃嬪傾心於己，幫著他在太祖跟前說些好話，圖謀大事。現在惠妃雖然上手，他還貪心不足，一意要把方婉儀、劉婉容、陳修媛、王貴人，以及李才人、潘美人一齊收作自己的心腹，使太祖的妃嬪都與自己通連一氣，方才可以遂他的大願。

但是這些妃嬪們，所享受的是上方玉食，所穿的是綾羅綢緞，所有的是金銀財帛，若只把她們所有的去送給她們，如何能夠動得她們的心呢？只有把她們所缺少的而求之不得的，去送給她們，才可以收服人心，得著死力。

只是皇宮富貴無所不有，妃嬪們所缺少的，只有男女的歡愛，除此以外，便無論什麼，都是不稀罕的。光義猜透這個道理，深知欲得妃嬪們的助力，非捨著自己的身體去結交她們，恐怕難以收效，好在已有惠妃的一條門路，只要她肯穿針引線，代自己勾搭，那些妃嬪便容易得手了。

光義拿定了主張，便暗暗的溜至景福宮，去和惠妃商議。惠妃此時已把景福宮內上上下下的宮女內監一齊賄買通了，果是有錢使得鬼推磨，那些宮女內監得了財帛，一齊做了惠妃的心腹，光義到來，毫無阻礙，堂堂皇皇的直入寢宮，在那些宮女之前絕不避忌，竟與惠妃並肩攜手，十分恩愛。宮女們侍候聖駕慣了的，也把光義當做太祖一般的侍候，每逢光義到來，便照著聖駕臨幸的規矩，奉侍著安寢。

這天晚上，光義要惠妃替自己效勞，上了龍床，格外的巴結，盡力的報效，直把個惠妃奉侍得心甜意暢，方才偎抱著並頭而臥。

那惠妃經光義一番巴結，心裡更是愛上加愛，不知不覺把個粉臉貼在光義臉上，低低的說道：「瞧不出你這樣清秀的樣兒，幹起事來，卻這樣的雄健。」

光義也低低地問道：「我的功夫，比到聖上如何？」

惠妃見問，將一雙秀目斜睨著光義，笑了一笑，不肯回答。

光義又抱了她的嬌軀，連連追問。惠妃只得輕聲答道：「聖上外貌看來甚是魁偉，內材卻不充足，哪裡及得你，又經戰，又耐久呢。」說著，不覺一陣紅潮暈將起來，把個粉臉在光義面上貼得緊緊的，一隻左手把光義的上身死命摟抱住了，一隻右手已不知不覺伸至胯下，亂摸亂捏，又將兩條粉光膩滑的腿兒夾住光義下身，顫動不已。

光義見她春心大動，暗暗想道：「若不趁著此時弄她個死去活來，怎麼會盡心竭力的幫扶我呢？」

原來，光義今晚有意要使用惠妃，所以預備了一種上等的春藥帶在身旁，初上床時，已經暗中吞服了一粒，以為惠妃總有些忍受不住了。哪知惠妃在勾欄中，曾經過無數大敵。光義雖然用了一丸秘藥，她不過覺得比往時格外酣暢點兒，絲毫沒有怯敵之意，剛才幹過了一會，並頭臥著，說不上幾句話，她的春心倒又發作起來。

光義暗暗稱奇道：「不想這樣嬌怯怯的女子，卻有如此本領。我的秘藥百發百中，任你本領最大的女子，也不過用到三丸便經受不住了，今天既要降服她，少不得要吞服三丸了。」心下想著，早暗暗地摸了三丸藥，放在口中，用津液咽下，卻把惠妃的纖腰緊緊抱住，盡著她亂摸亂捏，兩條腿兒不住的在那裡揉擦。

光義只是摟抱著，文風不動，好似睡去一般，有意使惠妃熬受一會，然後行事。但見華燈遙映，錦帳低垂，釵顫烏雲，衾裡之春聲細細，被翻紅浪，枕邊之軟語頻頻，雙槳輕搖，漁人入武陵之路，一舸獨進，桃花迷洞之津，似戲水之鴛鴦，如穿花之蛺蝶，郎情無匹，共訂海誓山盟，妾意如綿，還願天長地久。

兩人輕憐密愛，你歡我樂，直過了兩個更次，方才偎抱而臥。這時惠妃心暢意適，胸中只貯著一個光義，便是為他赴湯蹈火，粉骨碎身，也是願意。

光義見此情形，料知時機已熟，便擁著惠妃的香軀，趁她粉汗盈盈，嬌喘微微的當兒，輕言悄語，將自己的心願告訴了她，又央求她替自己引誘那些妃嬪，待弄上了手，就可幫助著共圖大事，免得孤掌難鳴。

惠妃聽了，初時不肯答應，卻回言道：「好呀！你這人也太不知足了，既得隴復望蜀。我若替你穿針引線，把她們勾搭上手，哪裡還肯一心向著我呢？那不是上了你的當麼？」

光義見惠妃不允，急得在枕邊哀求不已！

惠妃禁不住他苦苦的央告，便道：「我替你出了力，倘若得了她們，把我忘記了，那不是自討苦吃麼？」

光義忙道：「你替我出力，我如何肯忘記了你呢？倘若不能相信，我就當面起個誓。」便在枕邊起誓道：「韓惠妃替我趙光義出力，圖謀大事。我後來若忘了她的恩情，後代子孫必定死在絕域，屍骨也不得回來。」

光義賭這惡咒時，他以為自己大事若成，身登天位，子子孫孫都做皇帝，哪裡有做皇帝的，身死外國，屍骨還不能回來之理，這個誓是絕對不會應驗的。哪裡知道，天聽最卑，神目如電，人心一動，感應即便隨之。光義信口亂說，以為萬無應驗之理，後來偏偏應了他的誓，金人入寇，把徽宗、欽宗以及皇后宗親盡行擄了去，囚在五國城；後來徽、欽二宗死於金國，梓宮雖然回來，卻是空的，並無屍骨在內，竟應了光義的誓言。

這是後話，暫按不提。

單說惠妃見光義起這樣的重誓，忙伸過春筍似的纖手，將他的口按住道：「只要你心口如一，不拋棄我就是了，可用起這般重誓呢？」兩人隅隅細語，講個不了，直至天明，方才略略安睡，即便起身，已是日上三竿，甚覺遲晏了。光義做賊心虛，見時候晏了，惟恐被人碰見，好生不便，忙忙地洗漱了，逕自出宮而去。

惠妃因夜間受了光義的囑託，便一心一意的替他引誘那些妃嬪。這些妃嬪，寂處深宮，錦衣玉食，毫無所事；又因太祖廣田自荒，曠廢已久，未免飽暖思淫慾，只因禁御之中，都是些內監宮女，沒有什麼法子想，只得咬緊牙關，忍受那淒涼寂寞之苦。但是對著那春花秋月未免有情，誰能遣此，日間你來我往，談談說說，倒還容易度過。惟有那夜間，長門寂寂，深鎖宮闈，瞧著那一盞銀燈，孤眠獨宿，受盡了淒涼況味，叫這樣的青年女子如何煎熬得來。

正在滿懷春意，無從發洩的當兒，便是沒有人前來勾搭她們，心頭已是七上八下，怎能安穩？再加上惠妃，使出勾欄院中替人牽馬的手段來，一陣引誘，早輕輕易易先把那方婉儀、陳修媛、潘美人，替光義勾搭上了。

只因光義生得清秀俊美，翩翩然有出塵之態，婦人女子見了他的面，若非玉潔冰清，堅貞自守，胸有定見，不可搖惑的人，沒有不傾心於他的。況且他又不知在哪裡覓到了一個秘方，製成藥丸，至多吞服三丸，便可以久戰不衰，任你雞皮三少的夏姬，淫蕩無度的武后，也要輸服於他。因此方婉儀、陳修媛、潘美人，自經光義交接之後，早已死心塌地，降服了他，還恐怕有了什麼事情，不合光義之意，便要被他拋棄，不肯枉顧，豈非是到口的肉饅頭，忽然之間憑空飛去麼？因為這個緣故，方婉儀等三個人，爭先恐後的奉承光義，惟恐不當其意。凡是光義說什麼，她們沒有不依從的，所以光義又藉著三人的助力，把王貴人、李才人又先後勾引上了。

猶有那個劉婉容，她雖生得風情旖旎，貌若天仙，卻是秉性嚴正，在同輩妃嬪之中，雖也隨和著說笑玩耍，並不露一點輕狂的態度出來；而且琴棋書畫，詩詞歌賦，以及彈絲品竹，描龍繡鳳，無一不會，無一不精，真是女子中的全才。太祖平時也最寵愛她，宮廷裡面，除了坤寧宮的王皇后，長春宮的宋貞妃，就要算這劉婉容最是剛正不阿了。

便是韓惠妃，雖然是太祖微時收納的，又隨著皇后一同進宮，要算最早的妃嬪，位分又在諸人之上，她見了劉婉容，也懷著三分畏怯之心，不敢在她面前輕易調笑。因為這個

緣故，沒有人敢去勾引她。

光義也久聞劉婉容的聲名，定要把她弄上了手，方才甘心，無如韓惠妃等一班人都不敢去招惹她。光義無法可施，只得自己出馬了，好在擔任著宮廷總監的名目，可以自由出入，他便藉著查察六宮的名目，到劉婉容的宮內去走動。

那劉婉容聞報晉王爺前來查宮，她卻從從容容的在外宮迎見，行禮之後，很莊重地談了幾句話，便端坐無言，絕不開口，連眼角也不向晉王瞧一瞧。光義要開口和她兜搭，因見她豔如桃李，冷若冰霜的樣子，惟恐輕易開口，把事情鬧決裂了反為不美。坐了一坐，好生沒趣，只推說還要到旁的地方去查察，搭訕著起身告辭。劉婉容也不客氣，只說一聲恕不遠送，便退向內宮去了。

光義走了出來，好生納悶道：「這樣的美貌女子，難道沒有風月之情？怎麼我坐在那裡，只是冷冷的連正眼也不瞧一瞧呢？聽說聖上在宮，最是寵愛她，平常時間，她要怎樣，便是怎樣，聖上總是言聽計從的，要圖大事，必得把她收為腹心，方能事半功倍。但是她那正言厲色的樣兒，令人瞧著，心下畏憚，縱有萬語千言，也說不出口，這便如何是好呢？」

光義籌思無策，悶悶不樂，覺得心內異常懊恨，暗暗的自己埋怨自己道：「光義！光義！你枉是生得人材出眾，連個小女子也沒有手段制服得住，還說什麼國家大事呢？」

他獨自一人坐在那裡，以口問心的好半晌，方才決定一個主張道：「我瞧劉婉容，乃是才貌俱全，秉性堅剛的女子，凡是剛直的人，只有軟化的一個法子，萬萬不可輕舉妄動，希圖速效的！好在她的宮女內監都被我賄買通了，只要暗中囑託她們，凡是劉婉容的一舉一動，或是出宮遊玩，或是到什麼地方去，便來通報，我得了信息，即刻趕去，做個不期而遇，和她常常見面，盤桓熟了，再在她身上陪些小心，獻些殷勤，慢慢使她軟化，自然不知不覺的落入圈套了。」想罷主意，便不惜金錢，把服侍劉婉容的宮女內監，一齊買通了。

果然劉婉容剛一舉步，便有內監通知光義，光義便假做閒遊，也向劉婉容所到的地方行去，與劉婉容劈面遇著，他便陪著笑，問長問短，十分殷勤。

劉婉容從前見了光義，冷冷地不和他說話，原來生來的性情如此，並不是憎厭光義的，不料這天坐在宮中，好生無聊，出來遊覽一番，藉此散散心情；剛才走到後苑太湖石邊，劈面遇見光義，要想回避，也來不及了。光義早已上前，兜頭一揖，劉婉容只得還了一禮。

第十九回　囊中物

劉婉容因獨坐深宮，覺得無聊，帶了隨身的兩名宮女，來至後苑，遊散消遣。這個後苑，還是周世宗時建造的，有太液池、飛雲閣、觀魚亭、綠蔭軒、採蓮徑、延爽齋、綺望樓、明霞院、悅心殿、芍藥圃、海棠榭，各種勝景。樓臺亭閣，高插入雲；奇花異卉，繁花滿目。太祖登基之後，又加以修葺，萬機之暇，率領妃嬪來此遊賞。真個是攬湖山之勝，擅園林之奇，花木扶疏，景色宜人。

劉婉容同了宮人，正分花拂柳，行至太湖石旁，忽與光義劈面相遇。他見了婉容，滿面含春，兜頭就是一揖道：「我因晝長無事來此閒行，不意夫人也來遊覽，不期而遇，可謂有緣。」

劉婉容見光義劈面撞來，一時無從回避，又見他滿面笑容兜頭一揖，也只得提起彩袖，還個萬福。

光義道：「未知夫人駕臨內苑，沒有早些回避，萬勿見罪。」

婉容答道：「王爺何用如此客氣，婉容哪裡經當得起。」

光義道：「夫人想是剛才進苑，尚未各處遊賞，我當陪侍而行，以免寂寞。」

劉婉容忙道：「王爺請便，如何敢勞大駕呢？」

光義道：「我奉聖上旨意，照料宮廷；夫人既至後苑，理應追隨照顧的，夫人不必推辭。」

劉婉容聽了這話，不便再卻，只是低垂粉頸，嘿嘿無語。

光義便老著臉，在前引導，有意要和婉容說話，便沿路上指指點點，告訴婉容道，這是什麼花，這是什麼樹。就是一草一石，他也要指導婉容觀看，向她訴說來歷。婉容本來最愛遊覽風景，光義這一指點，恰恰的投其所好，任憑她性情孤僻，不肯和人兜攬，也就不知不覺的與光義問答起來。

光義見婉容已與自己說話，心下不勝喜悅，更加提起精神，顯露出十分殷勤，追隨著婉容，前後左右的照應。直待婉容把後苑遊覽已遍，回轉宮去，他還一直送至宮門。婉容在途中再三辭謝，叫他不要相送。光義哪裡肯依，總說照顧宮廷，乃是自己的責任。婉容推辭不得，只得由他送到宮門之前。光義卻站在一旁，很恭敬的瞧婉容進了宮，方才退去。

那劉婉容本是坤寧宮的押班宮女，只因生來的性情最喜遊覽風景，一有空閒，便到後苑去散步，無意中遇著太祖。太祖見這宮女生成的花容月貌，十分動人，便臨幸了她，封為婉容。

只因宋朝宮廷之內，自皇后以下，有貴妃、淑妃、德妃；又有婉儀、婉容、婉媛；昭儀、昭容、昭媛；修儀、修容、修媛，謂之九嬪。那九嬪之下，還有貴人、才人以及夫人、郡君等各種封號，都是經過天子臨幸方才加以封的。那劉婉容受封之後，只因才貌雙全，深得太祖的寵愛，賜居永福宮。

她住在永福宮裡，每日必往後苑散步閒行，有時帶著宮女同行，有時連宮女也不攜帶，獨自前往，或折取花枝；或徒倚樹下；或憑欄微吟；或臨軒閒眺，竟成了日常清課。倘有一天，遇著風雨不能前去，便覺心頭怏怏，如有所失。

太祖把婉容寵愛得什麼似的，非但不阻止她，反把後苑修葺起來，添植了無數花木，建造了許多亭臺，使婉容每日前去遊賞。太祖有時高興，也同著劉婉容駕臨後苑，看她們鬥草評花，投壺蹴鞠，好生快樂！

劉婉容又有一樁本領，是盪鞦韆，她生成的弱骨纖腰，身輕體軟，登上了鞦韆，蕩漾起來，直入空際，或上或下，忽疾忽徐，好似飛仙一般，那彩袖飄揚，紅裙飛舞，令人看了目眩神迷，真可稱為絕技。及至下了鞦韆，嬌喘微微，香汗盈盈，那種弱不勝衣的情形，更加令人不勝愛憐。

太祖因她善盪鞦韆，特地製造了一架，立在芍藥圃前。那座鞦韆架兒，造得格外靈動，踏板全用紫檀造成，嵌著珠寶，光輝奪目，兩旁懸掛的彩繩，都用金銀線絞起來的，遠遠望去，黃白相間，映著前後左右的花兒葉兒，紅的綠的，四面環繞，如雲露一般，燦燦可觀。劉婉容見太祖為著自己備下這般美麗的鞦韆架兒，心裡愈覺歡喜，便常常的盪那鞦韆，藉此遣興。

自從太祖駕臨澤潞，親征李筠，劉婉容很記念著太祖，不知此次出兵能否得利，心內好生不快！竟有許多時日沒到後苑去遊覽。這一天高起興來，帶了宮女來至後苑，巧巧的碰著光義。

劉婉容本來十分靦腆，不願多說什麼，誰知光義異常殷勤，陪侍著到處遊玩，回去的時候，又一直送至宮門。劉婉容只道他一片好意，不便深卻，所以由他追隨。到了宮門之前，方才分別而去。

劉婉容這次遊覽之後，又提起了興致，每天午後，必定往後苑去玩賞風景。哪裡知道，每天必定與光義相遇，三回五次都是如此，相見的次數多了，便慢慢的廝熟起來。再加光義有心要勾引婉容，一見面總是陪著小心，百般奉承。婉容瞧著光義，粉面朱唇，風流倜儻，心內也暗暗的誇獎。又見他語言知趣，性格溫存，善能體貼婦女的意思，沒有一樣不湊合自己的心懷，便不知不覺的和光義有說有笑，十分莫逆起來。

光義見自己的計策已有效驗，更是格外巴結，十分奉承，以博婉容的歡心。但是婉容雖然有說有笑，不像以前冷淡的樣子，卻是語不及私，絕無輕狂之態。光義言談之間有時涉於調笑，婉容便正顏厲色，只當沒有聽見一般，絕不回答。

光義見她如此模樣，倒弄得進退兩難，沒了主意，要想趁勢去勾搭罷，見了她若即若離的神情，又恐怕鬧出事來；要從此丟開手，不去引誘她罷，以前的一番功夫豈不白白的花費了麼？況且這樣千嬌百媚的美人兒，已經有了幾分希望，也捨不得丟開手的。

光義正因這事，十分為難，沒有主意，誰知天緣湊合，機會來了。

那天光義因有幾件要緊的政事和大臣們商酌施行，到後苑比往日遲晏了些，深恐劉婉容已經回宮，不能相遇，急匆匆的絕不耽延，直奔後苑。

進了苑門，靜悄悄一些聲音也聽不見，暗道：「今天來遲了，劉婉容已遊畢回宮了。」一面想，一面走，早經過了延爽樓、繞明霞院，越海棠榭，將近到芍藥圃，便聽得咿呀咿呀的聲音。

光義聽了，就知有人在那裡打鞦韆，暗中說道：「我聞聽說劉婉容最愛打鞦韆，莫非她此時還沒回宮，在那裡打鞦韆麼？」心內想著，趕行幾步，已到芍藥圃，停睛細覷，果然是劉婉容，站在鞦韆架上，一高一低，一起一落，在那裡盪個不已，並且沒有宮女跟隨，獨自一人打著鞦韆。

原來劉婉容因多時沒有打鞦韆，很想打一回，舒暢舒暢筋骨，這幾天來到後苑，總與光義相遇，不便施展本領，心下好生不快！今天獨自來至後苑，以為沒有宮女相隨，即使光義也未到苑中，自己只得一人，沒有聲息，便不致驚動光義尋找前來了。及至到了苑內，果然不見光義的影兒，心中大悅！

料想光義今天不到這裡來了，便放心大膽，拽起了八幅羅裙，露出了麥綠色盤金繡花褲兒，把腰中繫的絲條緊了一緊，雙手擒住金銀絞絲的繩索，兩腳一蹬，早已蹲在紫檀踏板之上，便慢慢地把腰一拱，兩腳一蹭，把踏板向前送出，那繩索就悠悠的向上盪。

劉婉容順勢一蹭一送，接連不已，徐徐的緊急起來，那鞦韆也就漸漸的高將起來。初時不過離地一二尺遠近，慢慢的高至三四尺，五六尺，竟高至一丈開外，那踏板拋起和架頂成了個平行線，好像身體在半空裡盪著。那衣裳裙帶隨風飄揚，映著一片斜陽，光輝燦爛，宛似洛水神妃，凌波仙子，在空中御風飛行，煞是好看。再加著三寸紅菱，如春日初透的筍芽，瘦尖尖的，登在踏板之上，令人瞧著愈覺銷魂。

光義立在那裡，看到好處，不禁連連嘆賞！正在稱讚之際，那鞦韆更加打得迅速起來，其疾如同風雨，其高直上青雲，忽聽得「啊喲」一聲，劉婉容雙手一鬆，竟從上面直撞下來。

你道劉婉容如何竟從上面撞下來呢？只因劉婉容許久沒有打鞦韆了，今天打得高興了，力氣用得很足，時間經歷過久，那鞦韆被她催動得如激箭一般，盪過鞦韆架的頂兒差不多把劉婉容顛倒過來，腳底向天，頭頂朝地了。劉婉容知道不好，要想收束時，哪裡收束得來！不覺心裡一陣眩暈，眼前一發黑，心中一模糊，雙手一鬆，一個倒翻筋斗，從上面直撞下來。

此時劉婉容的身體被鞦韆盪得離地有二丈左右，這一撞下來的時候。光義早已瞧見，叫聲「不好。」急忙之間，沒有別法，只得拼命跑向前來，以手朝上一抱，巧巧的把劉婉容的身體抱個正著。

只因撞下來的勢兒過猛，光義被婉容的身體一震，立腳不牢，一屁股坐在地上，幸虧滿地的綠草如茵褥一般，鋪得厚厚的，並不覺得痛苦。光義坐在草上，忙向懷中看那劉婉容時，只見她星眼半合，檀口緊閉，鬢亂釵墮，烏雲披散，已驚得昏暈過去不知人事了。光義見她這般模樣，又是可憐又是可愛！緊緊的抱定婉容的嬌軀，將自己的臉兒貼著她的粉頰，輕輕地呼喚。

停了好半晌，那劉婉容方才漸漸醒來。初醒之時，還是嬌喘不已，芳心跳動，躺在光義懷裡，被他緊緊抱住，臉貼臉的廝偎著，不覺羞慚滿面，慌忙要把光義推開，爬將起來；無奈受驚過甚，昏眩初醒，四肢無力，坐也坐不起來。

光義趁勢偎依著道：「好險呀！從這高處撞翻下來，把我急得神魂飛蕩，只得捨命向

前，將你抱住，總算皇天保佑，沒有失誤。但是受了這樣大的驚恐，又是剛才醒了轉來，那裡有力氣坐起，好在這苑中，除你我兩個人以外，並無他人，你就睡在我懷內，將息一會，待力氣恢復了，再起來罷。」說著，又緊靠著粉腮，低低問道：「不知道有哪裡受了傷損麼？如果有什麼地方疼痛，須要早早說出，從速醫治，萬萬不可耽誤。」

劉婉容見身體被光義抱著，只因實在沒有氣力，不得動彈，本來羞愧無地，如今聽了光義一番說話，方才記起自己從鞦韆架上直撞下來，幸得光義相救，才能保全性命，心中好生感激。又見光義對於自己萬種溫存，千般憐惜，眼瞧著這樣美貌少年，將身體摟抱、相偎相依，又是那樣的恩深義重，輕憐蜜愛。人非草木，豈能無情？那一片芳心早已把握不定了，怎禁得光義又百般兜搭，便也佯嗔薄怒，似拒非拒，任憑光義滿身撫摸，親頰接吻起來。雖然沒有真個銷魂，那一場輕薄，也就達於極點了。

兩人親暱了大半日，劉婉容的氣力方才復原。光義扶著她，慢慢坐起。

原來，婦人女子的性情最是偏執，要是心內不願意，任憑如何趨承巴結，她總是冷冷淡淡的，一百個不瞅不睬。也不是勢力所能加，威武所能屈的。惟有慢慢地用著深情，把她的芳心挽回轉來，使她知道這人是個溫文爾雅，善於用情的，並非那粗暴強橫，毫無情義的人可比，她的心腸便自然而然的改變過來了。及至心腸一經改變，她卻死心塌地，一片深情都用在這個人身上。從前冷冷的，現在變做一盆火一般了；當初淡淡的，如今便異常的親暱了，那不瞅不睬的神情，也變作相憐相愛了。

如此這樣一來，她為著這個人赴湯蹈火，粉身碎骨，都不推辭的。自古以來，如文君的私奔、綠珠的墜樓，以及虞姬的自刎而亡、關盼盼的高樓獨宿，都是這個原因造成的風流佳話。

如今這劉婉容，屢次遇著光義，見他對於自己萬種溫存，百般體貼，心中早已覺得光義這個人在婦女身上是很能用情的，便不知不覺有些喜愛他了。及至鞦韆架上直撞下來，在那性命攸關的當兒，又得光義奮力相救，感念著活命之恩，更加覺得光義是個有恩有義的人了。所以倒在光義懷中，一任他撫摸輕薄，絲毫沒有卻避的意思。況且那時，她方才蘇醒轉來，四肢無力，百體皆慵，就是要想卻避，也動彈不得。

男女偷情，最要緊的是第一次接近的時候，只要接近之後，兩心相印，並無違忤，便可以勢如破竹，絕不費力了。這時的光義與劉婉容，雖沒有真個銷魂，卻已到了相親相愛，雙方默許的地步了。所以光義把婉容慢慢的扶著，坐將起來，婉容還覺得十分嬌慵，仍舊將頭枕在光義的肩上，徐徐的伸出兩條玲瓏玉琢的臂膊，把香雲整理了一會，方叫光義扶她起立。

光義聽了，如奉著聖旨一般，急忙地雙手捧著婉容，從地上立起。哪知婉容的氣力，仍未恢復，一雙金蓮貼在地上仍是站立不穩，如輕風弱柳一般，東搖西晃，勢將傾

跌。光義見了這個樣子，急忙把她扶住道：「你剛才蘇醒轉來，尚難獨自行走，還是我攙扶著送你回宮罷。」劉婉容聽了，並不答言，只將頭點了一點。光義便扶著婉容，慢慢的回至宮中。

一群宮娥，見光義扶著婉容，喘吁吁的走將進來，不知什麼緣故，一齊迎上前去，詢問原因。光義道：「娘娘從鞦韆架上跌下地來，幸虧我打從那裡經過，將她扶住方才無事，但已跌得昏暈過去，不省人事，此刻還是力倦身慵，不能動彈，你們快領著我，送往寢宮裡面，扶她安睡，好好休養。」

眾宮娥聽了，連連答應，有幾個在前領導，有幾個幫著光義攙扶著婉容，直入寢宮。光義好好的扶她在沉香床上睡下，隨手取過一條龍鳳繡衾，替婉容蓋在身上；又將錦帳放下，方才囑咐宮娥，好好的侍候著，不可無故驚動，待她將養了一宵，自然痊癒。

宮娥們連聲應諾。光義還不放心，又輕輕的揭開錦帳，看了一看，見婉容星眼微閉，玉體橫陳，已是呼呼的睡去。光義便放下了心，逕自退出宮來，也不到韓惠妃、方婉儀等宮去，直至自己休息的地方；早有內侍服侍著，用過晚膳，陳上香茗。

光義想到日間的事情，真是機緣湊巧，這劉婉容又是自己的囊中物了。心內想著，好生暢快！喝了幾口茶，便命內侍服侍睡下，覺得心寬意適，頭一著枕，早已沉沉睡去。直至醒來，天已黎明，忙忙的起來，梳洗已畢，整冠束帶，出外會集文武，辦理政務。直至晌午，退回宮來，一心惦念著劉婉容，匆匆的用畢午飯，直向永福宮中瞧視婉容。

她只因驚駭過度，昏暈了一陣，並無什麼疾病，將養了一夜，已是精神復原，毫無所苦；清晨起身，宮女們侍候著梳頭理髮，洗面漱口，她知道光義必定要來看望自己的，便格外的整理修飾，延至晌午，方才完畢。用過午餐，正和兩個貼身宮女講論昨日在鞦韆架上怎樣的跌下，怎樣的得到光義相救，才能保全性命，不然，早已跌得筋斷骨折了。

那兩個宮女早已得了光義的賄賂，便在婉容跟前稱讚光義怎樣的多情，怎樣溫和，不但生得容貌秀美，而且能夠體貼人；便是昨天扶了娘娘回來，他還親自送至寢宮，好好的服侍睡下，又親手替娘娘蓋上繡衾，放下錦帳，囑咐我們小心侍候，臨去的時節，還輕輕的揭開帳門，仔細看視，見娘娘安然睡著，方才放心前去的話，一齊告訴了婉容。婉容心中更是感念光義，覺得他的為人竟是好到絕頂的了。

說也奇怪，當初劉婉容雖與光義相逢，見他生得清俊秀美，風度翩翩，卻是心地空明，毫不動情；自從昨日得了光義的援救，便覺心內常常念著光義，連行處坐處，都覺得光義的態度神情，時時刻刻映在眼中，要想把惦念他的心腸拋將開去，哪裡知道剛才拋去，又兜上心來，任憑如何也拋不開去。如今表面上與宮女講著話，一片芳心卻憶著光義，盼望他前來，好兩下裡細訴衷情。

正在這個當兒，守門宮監前來報道：「啟上娘娘，晉王爺來看望娘娘，已是進宮了。」

劉婉容正在盼望，聽說光義已到，心中不勝喜悅，便道：「請王爺內宮相見。」宮監奉命退出。

不到片刻，光義已直入宮內，見了婉容，滿面春風的道：「昨日受驚，今天想已平復了，我心中十分惦念，昨宵一夜未能安睡，早上便要前來探望，只因政務羈絆，不能脫身，所以此時才來，望勿嗔怪。」

婉容忙道：「王爺說哪裡話來。賤妾昨日若無王爺相救，早已沒了性命，此恩此德，雖粉身碎骨，也難報答；如今又蒙王爺親自探望，使賤妾何以克當？」

兩人謙讓著，相對入座。婉容吩咐宮女速將御用香茗取來，奉敬王爺。宮女便去取了太祖平時用的金碗，盛了香茗，獻於光義，又將婉容用的玉碗也盛上一盞來。當下光義與婉容喝著茶，便密密切切的談起心來。那兩個宮女十分知趣，瞧著光義和婉容低言悄語，談得異常親密，逕自退了出去，只剩下光義、婉容兩人相對而談。

試想，孤男寡女，在這時候，既沒有他人在旁，還有什麼顧忌呢？況且，這光義與婉容，一個是有意挑逗，一個是感恩知己，兩人早已心心相印，不過沒有機會，未曾上手罷了，現在深宮相對，宮女們自行退出，正合著兩個人的心意，好似乾柴逢著烈火，哪有不燃之理。

此時那些宮女，都在外面候著，連氣也不敢輕喘一聲，惟恐驚動了王爺和娘娘，致干未便，靜悄悄的默無聲息。過了半日，方才聽得晉王爺和娘娘談笑的聲音，又聽得呼喚宮女取茶前來，這些宮女哪敢怠慢，忙忙的斟了兩杯香茗送將進去。只見光義滿面春風，十分得意。婉容卻雲鬢微蓬，金釵斜插，和光義並肩攜手的坐在那裡，唧唧噥噥，不知說些什麼。

那宮女送上香茗。光義答嘻嘻的稱讚道：「好呀！你們很知道理，我與娘娘定當重重的賞賜你們。」

那宮女微微的一笑道：「服侍王爺娘娘，乃是奴婢等分內之事，怎麼敢望賞賜呢？但願王爺不要嫌奴婢們粗蠢，沒有旁的宮中的姊妹善於趨承，常常的前來坐談一會，莫辜負了我們娘娘今日的一番深情蜜意，便是奴婢的萬幸了。」

光義聽了，不覺哈哈笑道：「可兒！可兒！真是有其主必有其婢，可謂強將手下無弱兵了。」

劉婉容聽著宮女們的話，明明指定自己與光義的私情而言，倒覺得不好意思，滿面羞慚，低下頭去，用手整理著衣裙，默默無語。

那宮女又湊著趣道：「時候已是不早，奴婢去傳御膳司，備桌酒筵來，王爺便在這裡用晚膳罷。」

光義正捨不得拋卻婉容，聽了這話，恰中心懷，連連點頭道：「很好！很好！你就傳

去罷。」

婉容卻攔住道：「且慢！你去傳酒，倘若御膳司問你何人在宮？為甚要備酒筵？你卻如何回答呢？」

那宮女道：「娘娘放心！奴婢只說惠妃娘娘來至咱們宮中，一時高興，要和娘娘飲酒取樂，那就萬無一失了。」

婉容本意也要將光義留在此處，方可停眠整宿，以隨自己的心願，見那宮女說得有理，也就不加阻擋，由她傳去。

不多一會，酒已傳來，婉容深恐外面不便，即命宮女在寢宮內安排飲酒。宮女們奉了命令，便七手八腳調排桌椅，安放杯箸，請王爺、娘娘入席飲酒。光義便攜了婉容的纖手和她並肩坐下，宮女們斟上酒來。兩個人淺斟低酌，談談講講，情味十分濃厚。

這席酒，雖沒有絲竹管弦之盛，但是男貪女愛，眉目傳情，覺得另有一種趣味。兩人直吃到月上花梢，方命宮女撤去殘席，攜手就寢。那一夜的歡娛，自不必說了。從此劉婉容也和光義打通一路，替他在內中出力了。

光義把太祖的妃嬪勾引上手，只顧偷寒送暖，暗中取樂，哪裡還記念著太祖的出征辛苦呢？哪知好事難長，這日光義忽然接到一道旨意，心下不免著慌起來。

第二十回　孤忠抗節

光義自和劉婉容勾搭上手，志願已償，心中十分快暢！便日夕在宮內與韓惠妃、方婉儀、劉婉容、陳修媛、王貴人、李才人、潘美人等，朝歡暮樂，縱欲無度，只避著坤寧宮王皇后和長春宮宋貞妃的眼目。

因為王皇后執掌昭陽，秉性端莊，閫法森嚴；宋貞妃係出世家，深明禮教，不可干犯，所以光義很是懼怕這兩個人，非但不敢失禮，而且到處小心謹慎，防備著皇后和貞妃；惟恐自己的事情落在她們眼內，倘若告知太祖，如何得了！因此，光義雖然胡為，卻是偷偷摸摸，遮遮掩掩的，不敢明目張膽，肆無忌憚。

也就因為這個原因，光義的罪惡始終被他彌縫著，沒有敗露。這也是光義的福命，應該享有宋朝的天下，所以如此。

這日光義辦罷了政務，正要悄悄的回宮中去取樂，忽報內侍王繼恩，從潞州齎著旨意回朝。光義聽了，連忙預備香案，跪接聖旨，方知太祖已經平定了潞州，不日便要班師回

朝。光義奉了這道旨意，好似半空中起了一個焦雷，震得他幾乎失色。

只因光義與韓惠妃、劉婉容等一班妃嬪正打得火一般熱，巴望太祖永遠在外，不要回朝，方合他的心意；如今忽然平定了潞州，不日班師。太祖回朝之後，哪裡還能出入宮禁，圖取歡樂呢？所以一聞這個消息，不覺慌得面色改變起來。惟恐自己驚慌的形狀，被旁人瞧了，識破內中的秘密，連忙鎮定心神，故作歡容，以手加額道：「反賊已平，真乃國家之幸，社稷之福也。」當下捧過了聖旨，便向王繼恩詢問征討李筠的情形。

王繼恩遂將前敵的事情細細的說了一遍。光義方知王師所至，勢如破竹，李筠力竭，舉火自焚而亡，不覺喜形於色，對王繼恩道：「你行路辛苦，且去休息罷。」王繼恩拜謝了，自去休息，不在話下。

單說太祖究竟怎樣討平李筠，也須敘述一番，以免遺漏。

原來太祖自命石守信、高懷德，進討李筠，又遣慕容延釗、王全斌，出兵東路，兩面夾擊以後，也就親自統率御林軍，向前進發。途中接到前軍捷報，高懷德與石守信，兵抵長平，大勝李筠，斬首三千餘級，賊兵望風而遁，現在石守信與高懷德已率兵追趕，直攻大會寨了。

太祖聞報大喜道：「有此一捷，賊人銳氣已墜，見了官軍，心驚膽戰。大會寨雖然險峻，已有慕容延釗、王全斌前往夾擊，想也不難破了。」說罷，催軍前進，以便接應前鋒軍隊。

果然不出太祖所料，又接到石守信、高懷德奪取大會寨的報告，太祖更加喜悅，便傳來人入帳，親自垂問攻戰情形，來人細述一遍。

方知石守信自長平獲勝之後，便與高懷德商議道：「慕容延釗與王全斌已繞道直搗澤州，我等急宜前往接應。」

高懷德點頭道：「元帥之言不差，我們從速進兵，不可遲緩。」當即傳令拔營前進，直薄大會寨。

那大會寨，倚山為固，勢極險要，大有一夫當關，萬夫莫開的形狀。李筠自長平戰敗，知道銳氣已墜，便收集了敗殘人馬，緊緊的守住大會寨，不敢和宋兵交戰。

石守信見李筠堅守不出，便鼓勵士卒，悉銳往攻，接連猛撲數次，都被寨中發出矢石，打了回來，非但不能攻入寨內，倒反傷損了好些士卒。高懷德不勝憤怒，就要親冒矢石，引兵攻打。

石守信卻阻住他道：「將軍休要發怒，王全斌的兵馬若至澤州，寨內得了消息，必然驚慌。待他軍心一亂，便容易攻打了。」

高懷德聽了此言，只得忿忿的收兵回營。

到了次日，再去攻打，寨內依然箭如蝗飛，滾木炮石，相繼打下，軍士不能上前，哪

裡攻打得破？只得仍又收兵回營。

接連數日，總是攻他不下，高懷德便與石守信說道：「寨中堅守如故，並無驚惶之意，難道王全斌的人馬，還沒有到澤州麼？」

石守信道：「這也難以逆料，我們不論王全斌到與不到，且設計攻破此寨，再說旁的事情。」

高懷德道：「他堅守不出，如何攻得破呢？」

石守信道：「李筠為人，剛愎自用，使性負氣，不能忍耐。明日將軍同了王景，率兵直抵關前搦戰，如此如此，辱罵一場，必將李筠激怒，開寨出戰。我卻與羅彥環左右埋伏；將軍詐敗，誘他追趕。伏兵齊起，兩下夾攻，此寨不難破矣。」

高懷德聞言大喜！次日便與王景帶領人馬，直抵寨前，排開陣勢，大聲辱罵道：「李筠逆賊，被老爺殺得不敢出頭，如鼠子一般，躲在寨中，若敢出來與王爺戰三百合，方是英雄。」

高懷德與軍士齊聲辱罵。李筠聽了，哪裡忍受得住？便披掛上馬，率領勁卒，衝出寨來與高懷德交戰。高懷德也不答話，掄刀便砍。李筠用槍架住，兩人大戰二十餘合，不分勝敗。

宋陣上，王景一馬飛出，大呼：「高將軍且自歇息，待我來殺這逆賊。」說著，舉刀躍馬，來戰李筠。

懷德回馬，立於旗門之下，瞧他兩人廝殺。李筠見王景前來，愈加憤怒，奮槍直刺，王景用刀架開，回手砍來。李筠也隔開了，一槍向王景肋下就刺。王景將馬一帶，閃過了槍，一刀往李筠當頭直劈。兩人搭上手，也戰了二十餘合。

王景假作力乏，虛砍一刀，回馬敗走。高懷德又勒馬出陣，讓過王景，故意邀住李筠，奮力迎戰。李筠殺得性起，大叫道：「你們兩人一齊上來，我也不懼。」說著，那條槍舞得如飛花滾雪一般，十分勇猛。懷德漸漸抵敵不住，王景拍馬上前助戰。

那盧贊、偉融，在寨上見宋將軍雙戰李筠，惟恐有失，便帶了寨兵，飛馬而出，幫著李筠，力戰來將。懷德、王景雙戰李筠，尚難取勝，又添了盧贊、偉融，如何抵擋得住？兩人只得勒馬而走。宋軍見主將敗走，也就一齊向後奔逃。李筠見已得勝，哪裡肯放宋軍逃生？揮兵緊緊追趕，懷德、王景帶了敗兵，只管奔走。李筠同著盧贊、偉融，奮力追殺，直殺得宋軍棄甲拋戈，奔避不及。

追了有六、七里路，忽聽一聲炮響，石守信、羅彥環兩支伏兵分左右殺出，將敵兵衝成兩截。李筠方知中計，正要回身迎敵，那高懷德、王景又回兵殺來，兩下夾擊。李筠嚇得幾乎落馬，哪裡還敢迎戰？同著盧贊、偉融拼命殺出重圍，帶了手下的敗兵向寨中奔去。哪知剛到寨前，已見寨上豎了大宋的赤幟，早有一員金盔的大將，領著宋兵，從寨中

殺出，攔住去路。此時把個李筠弄得不知所措，只得大吼一聲，向西北角上遁去。

那將也不追趕，便迎接石守信等進寨。你道這員大將是誰？原來就是王全斌。他同了幕容延釗本要潛赴澤州，卻因沿路多是高山，羊腸小徑，崎嶇異常，深恐孤軍深入，誤了大事，所以和慕容延釗商議，半途回兵，繞出大會寨，來會石守信。恰巧石守信用誘敵計，把李筠引誘出寨，盧贊、偉融又集起寨內精卒，幫著李筠追殺宋軍，只留些老弱殘兵守寨。

王全斌便乘勢襲了大會寨，聞得李筠敗回，便留慕容延釗守寨，親自率領人馬，出寨阻擋李筠。這時與石守信等會合入寨，說明襲寨情由，彼此大喜，石守信便遣人至御營報告。太祖問了備細，龍心大悅！傳旨即日拔寨，向前往發。

不日將抵大會寨，石守信聞知太祖御駕將至，便率領眾將，出寨十里迎接。見了太祖，行了朝見的禮，太祖慰勞一番，即由眾將擁護入寨，駐蹕一宵。次日下旨，進取澤州。途中山嶺複雜，亂石嵯峨，甚是難行。太祖親自下騎，先負數石而行。眾將見太祖親自負石，哪敢怠慢，便各個爭先，負去大石，士卒隨之，頃刻之間，將一條崎嶇山路平為大道，軍隊歡呼進行，十分迅速。

將近澤州，見有數座敵寨據住要隘，阻住宋兵，不得前進。原來李筠自大會寨失守，領了數十騎逃奔澤州，半路上遇著盧贊、偉融，會合一處，互相說道：「大會寨已失，宋兵必然直逼澤州，倘若澤州也失，如何是好？」

盧贊、偉融面面相覷，一無計較。還是李筠說道：「現在別無他策，只有擇險扼守，使宋兵不能逼近澤州，待他軍心稍懈，然後設計破之。」

兩人聽了，齊聲稱是。李筠立刻調取精兵，把各處要隘嚴行據守，紮下數座大營，互相聯絡，聲勢倒也不弱。

宋兵到來，被李筠的大營阻住，不能前進。太祖便命擇地安營，親自策騎，觀看李筠的營寨，卻向眾將笑道：「李筠豎子，深恐我軍進逼澤州，不能保守，所以據住要隘，阻我前進。現在只要攻破他的營寨，澤州守兵，便可望風瓦解，不難垂手而得矣。」當下便傳令進攻。李筠與盧贊，並馬出營，迎敵宋軍。

這裡慕容延釗、高懷德兩騎馬飛出陣來，向前廝殺。李筠接住延釗；盧贊接住懷德，四騎馬，八條臂膊，殺在一處，拼命相爭，攪作一團，盤旋不已。兩邊陣上的將官，見這四個人殺得難解難分，都看得呆了。

卻見高懷德殺得性起，大喝一聲，手起刀落，將盧贊揮於馬下。正要割取首級，回營報功。忽聞敵陣有人大喊：「高懷德不得猖獗，我來取你的狗命了。」

懷德抬頭看時，乃是河陽節度范守圖，他同李筠通連一氣，幫同謀反，見懷德斬了盧贊，心下氣憤不過，飛馬出陣與懷德交戰。

懷德大罵：「范守圖背君鼠子，謀反逆賊，聖上不曾待虧於你，膽敢跟隨李筠一同造反，今已死在眼前，還敢口出大言，不要走，吃我一刀。」舉刀直向頂門砍去。

范守圖被懷德罵得暴跳如雷，也就舉刀相迎。

宋陣上，王全斌已看了多時，便拍馬舞槍，前來幫助懷德，雙戰守圖。守圖與懷德相爭，已非敵手，再加上個王全斌，早已累得手慌腳亂，一個破綻，被懷德拖住甲絛，活擒下馬，擲向陣前，小軍一擁而上，捆捉而去。

李筠見連失兩將，不敢戀戰，便拋了延釗，與偉融一同逃進澤州。宋軍追至城下，四面圍攻，早有都校馬全義，率領敢死士數十人，打從城南，緣堞而上，城內立即大亂起來。李筠聞得儋珪逃走，宋兵已經上城，直急得手足無措，面容失色。

他有個愛妾劉氏，隨侍軍中，便向李筠說道：「事急矣，令公速速備馬，逃出城去，返守潞州，還可背城一戰，不致束手就擒。」

李筠聽了，尚在猶豫未決，左右道：「令公一至城門，部下或劫公出降，以圖富貴，那時悔之晚矣。」

李筠嘆道：「我本自誓，以死報周。今已勢窮力盡，捨一死外，尚有何法？」即命左右，取薪自焚。

其妾劉氏，亦欲從死，李筠忙阻止道：「你現懷孕，倘得生男，或可為我復仇，快快逃生去罷。」劉氏號泣而去。

李筠便命縱火，頃刻之間，火隨風勢，烈焰飛騰，紅光耀眼，李筠已化成飛灰了。

後人讀史至此，有詩嘆道：

拼將一死效孤忠，臣力窮時恨不窮！
厝火積薪甘燼骨，滿城煙霧可憐紅！

李筠既死，守兵盡皆逃散。馬全義斫開城門，放進宋兵。王全斌首先衝入，恰遇偉融，匹馬逃奔，當即喝聲：「休走。」將偉融擒下了馬，命小卒捆綁起來，其餘兵將，被殺的被殺，投降的投降。太祖御駕入城，首命救滅餘火，出榜安撫百姓。

王全斌解上偉融，太祖責道：「你何得幫助反臣，抗敵我兵？」

偉融道：「桀犬吠堯，吠非其主，我為漢臣，但知有漢王之命，不知有宋。」

太祖怒道：「今既被擒，還不速降，豈謂我刀不利耶？」

偉融憤然道：「你敢負周，我不負漢，速速殺我，必不為你所用也。」

這幾句話，更加惱怒了太祖，立命衛士，用鐵撾猛擊偉融之頭，血流滿面。融猶大

呼：「死不負主，我今得死所矣。」

太祖嘉其忠烈，即令衛士停擊，釋融之縛，善言勸慰，命為太府卿，偉融乃降。太祖吩咐駐軍一日，進取潞州。

這夜太祖便在澤州安息，到了黃昏時候，覺得十分寂寞，欲思安息，又睡不著，正在那裡籌思消遣的法兒。早有內監王繼恩，窺知上意，便趨至御前，低低說道：「奴婢聞得李筠有妾劉氏，懷孕數月。李筠臨死，命她速速逃生，將來養了男兒，可以代為報仇。奴婢聽得這話，令人四處搜查，在北城馬房內，將劉氏捉住，現已拿來，請萬歲爺定奪。」

太祖正在無聊，聽了此言，即命將劉氏帶來見朕。

不多一會，已將劉氏帶來。

此時劉氏鬢髮飛蓬，衣裳破碎，見了太祖，跪伏地上，不敢仰視。

太祖問道：「你即李筠之妾劉氏麼？」

劉氏叩頭道：「罪妾正是劉氏。」

太祖道：「你可抬起頭來。」劉氏不敢逆旨，只得秉正向上。

太祖見她眉銜千斤之恨，眼含亡國之悲，杏臉凝愁，桃腮帶淚，雖在危難之中，仍不減輕盈婀娜之態。太祖看了，不禁暗暗嘆賞道：「弱質嬌姿，溫馨如玉，在這性命呼吸的時候，猶有如此風韻；倘若裝束起來，處之金屋銀屏之下，豈不更加可人麼？」想到這裡，心內愈覺憐惜，遂即和顏悅色的說道：「你的夫主李筠膽敢謀叛，深負朕恩，照例應該滅族。你乃筠之姬妾，亦難幸逃法網。朕因見你生得如花如玉，頗動憐惜之意，不忍煮鶴焚琴，下這毒手。你若順從朕躬，不但免去叛逆之罪，還要大大加恩哩，你可願意麼？」

那劉氏聽了太祖的話，不但沒有感謝之意，反倒正色說道：「罪妾夫主，世食周祿，身受厚恩，理應圖報。事既失敗，滅族亦無所恨。至於妾身，生為李家之人，死是李氏之鬼，安敢貪生怕死，懷著貳心哩！況且女子以節為重，陛下初登大寶，正宜振興禮教，維持風節，使天下之人知所適從，欲此失節之婦何為？且陛下曾與李筠比肩事周，同為一殿之臣，今乘其危亡，逼其媵妾，不知天下萬世，將謂陛下為何如主耶？罪妾自夫主舉兵以後，即知潞州一隅之地，難擋大梁之兵，久已拼卻一死，只因夫主臨歿之時，曾囑咐道：『汝現懷孕，速速逃生，倘舉一男，或可延我宗嗣。』妾奉此命，不得不暫時苟活。今既為陛下所獲，望速賜一死。臣死君，妾死夫，分也，敢有貳心麼？」

太祖聽了劉氏的言語，不覺肅然起敬道：「不意你是一個婦人，卻有這樣忠義之心，朕非但不肯逼迫於你，並且看在你的面上，還要免卻李筠滅族之罪哩。」

劉氏聽了，遂即謝恩。太祖吩咐左右內侍將劉氏帶下去，另撥一間房屋給她居住，並要好好看承，不得怠慢，待下了潞州，朕自有辦法。左右應聲領旨，遂將劉氏帶了下去。

太祖此時經劉氏一番議論，倒反心如止水，毫無他念，竟是安然睡覺。到了次日，傳旨各營拔隊起行，進取潞州。

那潞州的李守節得了情報，不覺大驚，要想求救於漢主劉鈞，一時間來不及，急得沒有擺佈，只好束手待斃。直到宋兵已抵城下，太祖傳諭守節，速速出降，尚可免死。守節聞諭，即出城迎駕，伏地請死。

太祖道：「你父謀逆，你卻知忠，平時勸諫之言，朕早已知道，豈有不分善惡，妄事孥戮之理。今特加赦宥，且授為團練使。你須好好的干父之蠱，莫負朕恩。」

守節連連叩謝！太祖遂命守節，導入潞州，安民已畢，大宴群臣，並領守節預宴，賜他襲衣錦帶，銀鞍勒馬。守節感激涕零，叩謝不已！太祖又命內侍王繼恩，齎著聖旨，先行回汴，諭知光義，以安眾心，這便是光義接到聖旨，心中著慌的原因了。

太祖在潞州休息了數日，方才啟蹕反汴，臨行之時，又傳旨於守節道：「你父有妾劉氏，頗具忠義之心，是個難得的婦人，現在身懷六甲。朕已安置在澤州，你可接來同居，好好的看待她，倘能生下一兒半女，也是你父的骨血，不可有負劉氏的一片苦心。」

守節領了意旨，待太祖去後，果然遣人往澤州將劉氏接來同住，後來劉氏生下一男，守節歷任單濟和三州團練使，才逾壯年，病歿無子，幸賴劉氏所生之男接承李氏宗祧，不至絕嗣。這雖是李筠孤忠的報應，也賴太祖聖明，不肯逼迫劉氏，才使李筠不致絕後，話休煩絮。

且說太祖班師回汴，光義雖有心事，面上卻不敢不做出歡樂的神情，率領文武百官出城數十里，迎接太祖。

太祖入了汴京，朝見群臣，自有一番慶祝。那班臣子，又免不得粉飾太平，謳歌頌揚起來。太祖也以為澤潞平定，其他藩鎮知所儆戒，必不敢胡作非為了。哪知過了數日，有南唐使臣入朝，齎表賀平澤潞，並附著淮南節度使一封密書進呈御覽。

太祖展開觀看，見書上寫道：

周淮南節度使李重進，奉書南唐主麾下，重進周室之懿親，藩鎮之舊臣，世受先帝深恩，不忍背負，今將舉兵入汴，乞大王援助一旅之師，聯鑣齊進，聲罪致討。若幸得成功，重進當拱手聽命，還爵朝廷，少效臣節於萬一，寧敢窮兵黷武哉。惟大王垂諒焉！

太祖看罷這書，勃然變色道：「重進膽敢謀反麼？朕接位之後，因其是藩鎮重臣，特命陳思誨前去撫慰他，並賜以鐵券，可謂恩至義盡了。如今思誨還沒回來覆旨，他卻潛結南唐，居然要舉兵入汴，這樣逆賊，安得不加天討？」一面又慰諭唐使道：「汝主竭誠事朕，朕心甚慰。汝可回去傳語汝主，守住要隘，勿令逆兵侵入，朕即日便要發兵平淮

了。」唐使領命去訖。

太祖絕不遲延，即飭石守信、王審琦、李處耘、宋偓四員大將，分領人馬，先行進討，御駕率著禁兵，隨後出發，仍命光義代理政事，部署六官。料理已畢，領兵啟行。那石守信等四將，奉了旨意，早已統了勁卒，向淮南進發了。

在下編書到此，卻不能不把李重進的履歷略表一番。

那李重進，乃是周太祖郭威之甥，生長太原，歷事晉漢周三朝。周末任為淮南節度使，鎮守揚州。太祖篡了周室，加授為中書令，移鎮青州。重進與太祖比肩事周，分掌兵柄，乃至太祖受禪，恐為所忌，心常不安，移鎮之命既下，重進益覺怏怏不快！李筠舉兵討宋的消息傳到揚州，重進大喜道：「趁此時機，正可與潞州聯絡進行。」特遣親吏翟守珣，往潞州聯盟，定議夾攻。

哪知翟守珣早已看出宋朝乃天之所命，李筠與李重進不知天命，定要敗亡。他奉了重進之命，不往潞州，反暗暗的來至汴京，求見太祖。太祖傳見，問明情由，便對守珣道：「重進之心，無非怕朕加罪，朕今賜以鐵券，誓不相負，他能見信麼？」

守珣道：「臣料重進，終有異志，願陛下預為防備。」

太祖點頭道：「朕與卿相識有年，今特將這個消息報告朕躬，可謂不負故交了。但朕欲親征潞州，恐重進乘虛掩襲，很是掣肘，煩卿歸勸重進，令其緩發，休使二凶並作，分我兵勢。待朕討平潞州，再征重進，那就易於對付了。」

守珣唯唯遵命。太祖厚賜守珣，令歸揚州。守珣回到揚州，面見重進，捏造一派謊話，欺騙重進，止住了他，竟是按兵不動。到了太祖北征的時候，尚恐重進掩襲後路，欲安其心，特遣六宅使陳思誨，齎了詔命，賜重進鐵券。

重進留住思誨，只說待太祖回汴，一同入朝，後聞太祖平了李筠，班師返汴，重進大懼，便欲整理行裝，隨著思誨，一同入朝。卻有部將向美、湛敬等人阻道：「令公乃周室懿親，總不免見忌宋主，此番入朝，適中調虎離山之計了。令公此去，如鳥入樊籠，只恐性命難保。」

重進聽罷此言，便道：「我不入朝，倘若宋主見責，又當如何？」

第二十一回　杯酒釋兵權

李重進深恐不隨陳思誨入朝，要受宋主的罪責。向美力諫道：「古人有言，寧我負人，毋人負我。如今宋主初平澤潞，兵力已疲。明公何不先發制人，興師入汴，以成萬世不拔之基呢？」

重進道：「我非甘心臣宋，其如揚州一隅之地，兵力不足何？」

湛敬道：「公可拘住宋使，暗向南唐乞援。唐主必思恢復全淮，定必盡力相助。我得唐助，何患兵力不足呢？」

重進嘆道：「入朝見忌，難免一死，結援南唐，以拒宋師，事敗之後，也是一死；始終總是不免一死，我便依著你們做去罷。」當下決定主意，拘住陳思誨，遣使入南唐乞援，一面修葺城池，繕具甲兵，預備戰守。

過了些時候，並不聞唐主的回報，心內好生疑慮，忽報宋兵南下了。重進大驚道：「南唐肯允援助與否，尚難無的耗，宋兵已竟前來，如何是好？」

向美、湛敬到了此時，也不免心下驚惶起來，但這件事情，是他兩人竭力造成的，只得硬著頭皮道：「令公休要著急。從來說水來土掩，兵來將擋。末將不才，願率兵拒之。」

重進遂發精兵一萬，命向美、湛敬前去迎敵。自己在城居守，靜聽好音。不料迭次傳來，多是敗耗，心內已甚惶恐；後來又聽說太祖御駕親征，將抵揚州，更加慌張，正要添募兵士，接應前敵，忽見湛敬狼狽逃歸，報說向美陣亡，兵士多半喪失。重進經此一來，更嚇得面如土色，還要設法抵抗，驀聞城外炮聲響亮，鼓角齊鳴，知道宋軍已到城下，只得親自上城看視一番，再作計較。

哪知走上城去，一望之下，但見刀槍如雪，戈矛似林，那宋兵如蟻聚一般，迤邐行來，約有數里之長。最後軍隊之中，掌著一柄黃羅傘，下面坐騎上，一位全甲金盔的人遠遠而來，諒來必是宋天子了。重進看了，知難抵敵，長嘆一聲，下得城來，便對部下說道：「我係周室舊臣，理應一死，以報先帝，今將舉室自焚，汝等可逃生去罷。」

左右請將陳思誨殺掉，以洩忿恨。重進道：「我已將死，殺之何益。」說罷，即令家人聚薪舉火，闔門燒死。

重進既亡，城中大亂，眾兵無主，只得開城出降。宋軍入城，拿住了湛敬等二十餘人。太祖御駕進來，先命救熄帥府之火，又將湛敬等提來審問，訊係逆黨，即命斬首，便問陳思誨何在？當有左右報稱，城中大亂之時，已為逆黨殺死。太祖甚是嘆息！命厚禮安喪。再訪翟守珣時，他卻躲在家裡，不敢出頭，太祖將他傳來，慰諭道：「揚州已平，卿可隨朕回汴。」

守珣道：「臣自汴返揚，覆命之後，深恐重進懷疑，所以潛居家中，藉以避死。今日得見陛下，始撥開雲霧，重睹天日，但臣事重進有年，不忍見他暴骨揚灰，乞陛下開恩，准臣收拾餘燼，葬於野外，臣雖死亦無恨矣。」

太祖道：「掩骨埋骼，理所應為，況卿曾事重進，理當如此，可速速掩埋，隨朕返汴。」守珣謝了恩，自去拾了重進燼餘之骨，買棺盛斂，葬於郊外，然後隨駕啟行。

太祖方要登程，南唐主李璟，遣使犒師，並遣子從鎰朝見，太祖深加慰勞。當這時候，恰有唐臣薛良、杜著，投奔軍前，且獻平定南唐之策。太祖怒道：「唐主事朕甚謹。你等竟敢賣主求榮，罪在不赦。」即喝令左右，速行拿下。

衛士拿下二人，由太祖當面定刑，命將杜著斬首，薛良戍邊。他二人本因得罪南唐，乘間逃來，意欲脫罪圖功，不想弄巧成拙，一死一戍，這也是賣主求榮的報應。

太祖誅了南唐逃臣，啟蹕返汴，到了汴京，少不得飲至策勳，舉行一番典禮，諸將皆恩加官爵。翟守珣尤見重用，初時授為殿直，不久便充了供奉官。

太祖自平了李筠、李重進之後，藩鎮畏威懷德，再也沒人敢生異心，很覺得四方安靜，有些太平氣象。太祖心下十分怡悅！常常出宮微行，有時獨自出去，有時命守珣等隨

行。守珣便進諫道：「陛下萬乘之尊，奈何不自愛惜，倘有不測，怎樣是好？」

太祖笑道：「帝皇創業，自有天命，不能強求，亦不能強卻。從前周世宗時，見有方面大耳者，則殺之以杜後患。朕終日在他左右，並不覺得。可知天命攸歸，絕非他人所能暗中謀害的。」遂聽守珣之言，竟至趙普家中。

趙普聞知太祖駕到，慌忙迎接，引入廳中，參謁已畢，亦勸太祖善自珍重，白龍魚服，最是可虞。

太祖笑道：「如果天命已歸他人，朕即端居深宮，也不能免卻禍患的。」

趙普答道：「陛下固是聖明，但謂普天下之人，人人畏服，無一有異志者，臣卻不敢斷言，即如典兵諸將，亦豈人人可恃，一旦變生肘腋，禍起蕭牆，那時措手不及，後悔已嫌遲了，還請陛下自重為上。」

太祖笑：「卿也未免過慮了，典兵諸將，如石守信、王審琦輩，皆朕故人，諒不至此。」

趙普道：「臣亦未嘗疑諸將不忠，但細觀諸將皆非統馭之才，倘若軍伍中脅命生變，他亦不得不俯從眾意。」

這一句話，卻說動了太祖之心，暗自想道：「普言頗為有理。朕在陳橋驛中，為部下迫脅，遂不得不負周室。如果諸將部下，也有此種舉動，又哪裡制服得住呢？」想到這裡，便對趙普說道：「卿言不為無見，朕自有道理處置此事。」趙普見太祖已明白自己的意思，便也不再多言。

太祖回宮之後，過不到幾日，在晚朝時候，命有司設宴於便殿，召石守信、張令鐸、王審琦、羅彥瑰等入宴。

酒至半酣，太祖摒退左右，對眾將說道：「朕非卿等不及此，但身為天子，實屬大難，反不若為節度使時，得以逍遙自在。朕自受禪以來，已一年有餘，從沒有一夕能夠安於枕席。」

石守信等離座對道：「現在藩鎮畏服，天下歸心，陛下尚有什麼憂慮呢？」

太祖笑道：「卿等與朕，悉係故交，何妨直言。這皇帝的寶座，哪一個人不想坐呢？」

守信等聽了此言，不禁暗暗驚惶，一齊伏地叩首道：「陛下何出此言。且今天下已定，何人敢生異心，自取滅族之禍？」

太祖道：「卿等本無此意，但麾下貪圖富貴，暗中慫恿，一旦變起，將黃袍加於卿等身上，卿等雖欲不為，但勢成騎虎，也就不得不從了。」

守信等汗流浹背，涕泣謝道：「臣等愚不及此，乞陛下哀矜，指示生路。」

太祖道：「卿等且起，朕卻有一個主張，要與卿等熟商。」

守信等謝恩起立，太祖命各歸坐位，徐徐說道：「人生如白駒過隙，少而壯，壯而老，老而死。不過一瞬間事，到了撒手之時，縱有富貴，也難帶去。惟有趁著活在世上的時

侯，多積金銀，厚自娛樂，令子孫不至窮苦，方才不負此生。朕為卿等打算，不如釋去兵權，出守大藩，多置田宅，為子孫立個長久的基業。自己卻買些歌童舞女，日夕歡飲，安享富貴，以樂餘年。朕且與卿等，結為婚姻，世世相繼，永遠不替，豈非是個上策麼？」

守信等又頓首拜謝道：「臣等蒙陛下憐念，一至於此真所謂生死人而肉白骨了，敢不謹遵聖諭麼？」是晚盡歡而散。

到了次日，諸將一齊上表乞罷典兵。太祖遂命石守信為天平節度使；王審琦為忠正節度使；張令鐸為鎮寧節度使；趙彥徽為武信節度使，皆罷宿衛就鎮。就是那駙馬都總尉算是至親了，也出為歸德節度使，撤去殿前副都點檢。諸將奉了旨意，先後辭行。太祖又設宴厚加賞賚，都歡歡喜喜的叩謝而去。

過了些時，太祖要召取天雄軍節度使符彥卿入典禁兵。那符彥卿，乃是宛邱人氏，其父名存審，曾任後唐宣武軍節度使。彥卿幼擅騎射，壯號驍勇，歷晉代漢室，已就鎮外藩。周主即位，授天雄軍節度使，晉封衛王。世宗迭冊彥卿兩女為后，就是光義的繼室，也是彥卿的女兒。周世宗加封他為太師。太祖即位，仍授為太師。此時因諸將盡皆就鎮，所以要召彥卿入值。

趙普聞知這事，忙進諫道：「彥卿位極人臣，豈可再令典兵。」

太祖道：「朕待彥卿素厚，且係姻戚，諒必不至負朕。」

趙普突然道：「陛下奈何負周世宗？」

太祖聽了此言，默然無語，遂罷此議。

既而永興軍節度使王彥超，護國軍節度使郭從義，定國軍節度使白重贊，安遠軍節度使武行德，保大軍度節使楊廷璋，同時入朝。太祖賜宴後苑，從容說道：「卿等皆國家舊臣，久臨劇鎮，王事鞅掌，殊非朕優待勳舊之意。」

語至此，王彥超已明上意，便避席跪奏道：「臣素乏功績，忝膺疆寄，今年力衰頹，幸陛下洪恩，乞賜骸骨，歸老田園。」

太祖亦離座，親自扶起彥超道：「卿有功不居，真可謂謙謙君子了。」

武行德等還不明白太祖的心事，反在席間歷陳自己戰功及平日的勞苦，太祖冷笑道：「此皆已過之事，還說它做什麼？」

待至席散，侍臣已料太祖另有旨意，果然於次日降旨，將武行德等盡罷節鎮，惟王彥超留鎮如故。後人有詩詠太祖收諸將兵權，道：

天下紛紛亂不窮，君臣遭際建奇功；
誰知杯酒成良策，盡釋兵權一語中。

太祖既盡收宿將兵柄，及藩鎮重權，乃選擇將帥，分部守邊。命姚內斌守慶州；董遵晦屯環州；趙贊屯延州；王彥升守原州；馮繼業鎮靈武，控制西陲；馬仁禹守瀛州；李漢超屯關南；韓令坤鎮常山；賀維忠守易州；何繼筠領棣州，防禦北邊；又命郭進鎮西山；武守琪戍晉州；李謙溥屯隰州；李繼勳鎮昭義，駐紮太原。諸將家族，悉留汴京，厚加撫養，所有軍務，盡許便宜行事；每逢邊將入朝，必定召對命坐，賜宴賚金，厚結其心，所以邊將悉盡死力，西北得以平靜。

那時關南地方，忽有人民控訴李漢超強佔民女及貸錢不償之事，赴汴京叩閽上訴，請求伸雪。太祖即召見說道：「汝女可適何等人家？」

此人答道：「不過農家。」

太祖又道：「李漢超沒有到關南的時候，遼人曾來侵擾麼？」

其人道：「年年入寇，苦累不堪。」

太祖道：「如今還有遼人敢來侵擾麼？」

其人道：「如今卻沒有了。」

太祖勃然作色道：「漢超是朕之大臣，汝女嫁之為妾，豈不比嫁於農家好得多麼？倘使關南沒有漢超，汝的子女及家室，早為遼人所擄劫，還能保全到現在麼？這等事情，還要來京控訴，足見是個刁猾之民。姑念初次，不來罪你，下次再敢如此，決不寬貸。」說罷，喝令左右，將那人趕了出去。那人含屈負冤，涕泣而去。

太祖趕走了告狀的人，卻下一道密諭給漢超，令他從速退還民女，並清償所貸之款，「朕念爾是有功之臣，暫從寬典，此後慎勿再做這樣事情。如果財用困乏，盡可告知朕躬，何用向人民告貸呢？」漢超奉到密諭，既感且愧，立刻將民女退還，並償清貸款，且上表謝罪。

又有那環州守將董遵晦，本為高懷德之甥，父名宗本，曾仕漢為隨州刺史。太祖微時，嘗遊漢東，至宗本署內。宗本甚是器重，留住署內。那遵晦卻瞧太祖不起，常常欺凌。一天，對太祖說道：「我嘗見城上，紫氣如蓋，又夢登一高臺，見一黑蛇，長逾百尺。忽然霹靂一聲，那條蛇飛入空中，化龍而去，不知主何吉凶？」

太祖聽了，只是微笑，並不回言。

又有一日，與太祖談講兵法，遵晦見識不及太祖，居然惱羞變怒，欲與太祖角力。太祖慌忙回避，遂辭宗本而行。周末宋初，遵晦已任驍騎指揮使，太祖於便殿召見，遵晦恐太祖記念前事，不勝驚懼，伏地請罪！太祖令左右扶起他道：「卿尚憶紫雲如蓋，黑蛇化龍之事麼？」

遵晦再拜碰頭道：「臣當日愚昧，不識真主，罪該萬死。」

太祖大笑。不到幾日，遵晦部下忽有兵士擊鼓鳴冤，告他不法之事，多至數十款。遵晦惶恐待罪！太祖召諭道：「人孰無過？能改則過自消滅。朕方赦過賞功之不暇，決勿追念舊惡。卿可無懼，自今以後，改過自新。朕且破格重用。」遵晦叩頭謝恩！

遵晦之父宗本，世籍范陽，隸遼將趙延壽部下，及延壽被執，宗本攜了遵晦南奔，妻室皆陷入幽州。太祖又令人納賂邊民，贖還遵晦生母，送與遵晦，因此遵晦更加感激，誓以死報。太祖見他可用，特授為通遠軍節度使，鎮守環夏。

遵晦至鎮，召諸族酋長，宣諭朝廷威德，眾皆悅服。未幾，蕃眾又來寇邊，遵晦發兵深入，斬獲無數，邊境以寧。太祖鑒於唐代尾大不掉弊，又令文臣知州事，置諸州通判，設諸路轉運使，選諸道兵入補禁衛，於是藩鎮之弊，一掃而空了。

太祖正在盡力的施行政事，哪知杜太后忽然生起病來。其時正是建隆二年，夏六月，太后病勢甚沉。太祖日夕侍奉，不離左右，無奈日重一日，竟成不起之症。

太后自知垂危，便召諸子及趙普，同至榻前，先問太祖道：「你可知道得國的原因麼？」

太祖答道：「皆仗祖考及太后之餘蔭，所以得此幸遇。」

太后道：「不然！正因周世宗以幼兒主天下，你所以得至於此。使周有長君，你哪能得天下呢？你百歲後，可傳位於光義，光義傳光美，光美傳德昭。四海至廣，萬幾至眾，國有長君，社稷之福也，你不可有違我言。」

太祖涕泣頓首道：「敢不如教。」

太后又顧謂趙普道：「你隨主上，已歷多年，無異骨肉。我的遺言，須要幫同記著。」遂命普於榻前，寫立約書，先載太后遺囑，在末了還寫上他自己的名字道：「臣趙普謹記」，藏於金櫃之內，命謹密宮人掌管著，永為成規，世世勿替。」

那光義、光美，前已表過，你想必知道。這德昭又是誰呢？乃是太祖長子，元配賀皇后所生，所以太后遺囑中，命光義傳光美，光美傳德昭，若能照此做去，不背遺言，倒還公允；如若後人不能遵守，就難免鬧出骨肉慘變來了。

這是後話，暫按不提。

單說太后命趙普寫畢約言之後，不到兩日，便崩於滋德殿，年六十，謚曰明憲，乾德二年，復改謚昭憲，葬於安陵，神主附享太廟。

太祖遭了大喪，少不得哀毀異常，頒詔天下，不在話下。

太祖自從改文臣知州事，盡收藩鎮兵柄，集權中央，五代外重內輕，尾大不掉之弊，淨盡除去。百年痼疾，一旦全蠲，心下自是歡然，便又改元乾德，以建隆四年，為乾德元年，百官又有一番朝賀的禮節，這些瑣事，也不去敘它。

太祖改元之後，適有武平節度使周保權，遣使入朝，表稱衡州刺史張文表，聚眾作亂，勢甚危急，乞求救援。那保權乃是周行逢之子，行逢在周世宗時，因平定湖南，授為朗州大都督，兼武平軍節度使，管轄湖南全境。太祖受禪，加中書令，任職如故。行逢

在鎮，力求治理，頗得眾心，惟境內一切處置，還是五代時方鎮舊例，並未改革，行動自由，朝命難制。

太祖即位之後，接連著就有李筠、李重進的叛亂，中原尚未平定，哪裡顧得到邊鎮地方呢？所以行逢在鎮七年，安安穩穩，很享了些尊榮之福。到得病重將死的時候，召集部下將校囑咐道：「我子保權，年才十一歲，全仗諸公護持，所有境內各屬，大都恭順，必無異心。惟衡州刺史張文表，為人剛而且險，素性兇悍。我死之後，必定為亂。望諸公善輔吾兒，無失疆土，萬不得已，可舉族歸朝，不可陷入虎口，那還不失為中策。」言畢而逝。

保權嗣位，訃至衡州，那張文表果然說道：「我與行逢，俱起家微賤，同立功名，如今行逢已歿，不將節鎮與我，反叫我北面而事小兒，未免欺人太甚了。」當即帶領部眾襲據潭州，殺死留后廖簡，且聲言進取朗州，將盡滅周氏，朗州大震。保權遣楊師璠往討文表，且遣使齎表入朝，請求救援。

那荊南節度使高繼沖，亦奉表上聞。繼沖係高保勗之侄，保融之子。保勗之祖，名季興，唐末為荊南節度使，歷梁及後唐，晉封南平王。季興死後，子從誨襲爵，從誨傳子保融，保融傳弟保勗，保勗復傳侄繼沖，世鎮江陵，與湖南接壤，境地毗連。繼沖恐文表侵入轄境，所以馳奏朝廷。

太祖閱了兩處的奏章，知道有機可乘，早已成竹在胸，先下詔於荊南高繼沖，命發水師數千名，往討潭州；後令慕容延釗為都部署，李處耘為都監，率兵進討。臨行之時，面諭二將道：「江陵臨長沙，東距建康，西逼巴蜀，北近大梁，乃是形勝之區，要害之地。如今四分五裂，正好乘著這個機會，收歸朝廷。二卿此去，向荊南借道，因利乘便，同隙入城，豈非一舉兩得之事麼？」

二將領旨而去。到了荊南，便遣閤門使丁德裕先赴江陵，向繼沖借道進兵。繼沖已先接到太祖諭旨，命他起水師，往討潭州，並言大兵不日即至，且須借道江陵云云。繼沖接到此諭，十分猶疑，卻又不敢違命，只得點集水軍三千名，令親校李景威統率了，向潭州出發。此時又有丁德裕前來，說明大軍已抵襄州，要借道江陵，進取湖南。繼沖便一面款留丁德裕，一面召集僚屬會議。

部將孫光憲進言道：「中國自周世宗時，已有統一天下之志。如今宋主，規模更是闊大，比周世宗還要神明英武。江陵區區一隅，地狹民貧，萬難拒抗宋師，不若以疆土歸之，還可免禍。就是明公的爵位，也不至完全失卻。若遲疑不決，兵臨城下，那時就要玉石俱焚了。」

繼沖聞言，躊躇了一會，也無他法，便遣叔父保寅，採選肥牛數十頭，美酒百甕，先往犒勞，以覘宋師強弱。保寅既至荊門，往軍中請見，先由李處耘接待，甚是殷勤。次日

又由慕容延釗召保寅入帳，置酒款洽，相對甚歡。保寅以為宋將並無他圖，便暗遣心腹，往報繼沖，令他安心。哪知李處耘早已暗領人馬，銜枚疾馳，徑赴江陵。

繼沖正盼保寅的回報，忽聞大軍掩至，急得手足無措，惟有出城相迎，北行十餘里，方與處耘相值。處耘請繼沖入寨，令他在營等候延釗，逕自率兵，進了江陵，及至繼沖歸城，宋兵已扼住各處險要，不得已繳出版圖，不費一矢，不折一兵，便將荊南三州十六縣，完全收歸朝廷了。

繼沖既已納土，便遣王濟昭，奉表齎冊入朝。太祖聞得兵不血刃，已定荊南，龍心自然喜慰萬分。遂命王仁瞻為荊南都巡檢使，仍令齎衣服玉帶，器幣鞍勒，賞給繼沖，且授為馬步都指揮使，仍領荊南節度使。

又因孫光憲勸令繼沖納王歸朝，授為黃州刺史。荊南自高季興據守以來，傳襲四世五帥，凡五十七年，至繼沖降宋，初時乃任荊南節度使，後改武寧節度使，直到開寶六年，方才病歿，總算富貴終身了。那慕容延釗、李處耘，平定荊南，便率領大軍，浩浩蕩蕩，直取潭州。

其時湖南將校楊師璠，已在平津亭大破敵軍，擒住了張文表，臠割而食，潭州城守空虛，延釗之兵，乘勢掩入，又是不費兵刃，得了潭州，遂即進兵朗州。周保權是個稚子，聽說大兵到來，已嚇得面無人色，還有什麼主張？

倒是牙將張從富說道：「如今我兵新勝，氣勢正盛，宋兵遠來，必然疲勞，何妨與他決一勝負?且朗州城郭堅固，就使戰而不勝，憑城固守，待他食盡，自然退去了。」諸將皆以從富之言為然。保權有什麼見識，一憑將佐們主張，當下計議已定，便準備戰守事宜，整頓兵甲，抗拒宋師。慕容延釗未抵朗州之前，先令丁德裕去宣撫保權，勸他納土歸朝，卻被張從富等辱罵而回。

慕容延釗即日奏聞太祖，太祖又遣中使往諭，從富非但不受朝命，反盡拆境內橋梁，沉船阻河，伐樹塞路，一意抵抗宋軍。慕容延釗見他絕無降意，方與李處耘陸續進兵。處耘先到灃江，見對岸設立敵陣，旌旗飄揚，防守得甚是嚴整；若要渡江，必被邀擊。處耘看了一會，眉頭一皺，計上心來。

第二十二回 風流天子

李處耘兵至澧江，見對岸敵人防守甚嚴，知道難以飛渡。他便得了一個計較，分兵一支，悄悄的從上流頭偷渡過去，自己卻在正面，佯作欲渡之勢。

那張從富只防著李處耘一方面，卻不料斜刺裡殺出一彪宋軍，真個是飛將軍從天而降一般，慌得措手不及，連忙回身迎戰。那對岸的宋兵，又飛渡過江，兩面夾攻，如何抵擋？只得帶了敗兵，一溜煙逃進朗州去了。

宋軍俘獲甚眾，悉至處耘帳下，獻捷報功。處耘檢閱俘虜，那肥而且壯的人，拿來臠割作糜，分啖左右；又把幾人黥字於面，縱他回去，傳說宋軍甚是厲害，喜啖人肉。朗州城內聽了這個消息，頓時全城驚駭，紛紛逃避。等到處耘兵臨城下，城中愈加慌張。

從富料知難以堅守，便向西山遁去；別將汪端，保護著周保權及其家屬，逃至澧江南岸一個僧寺裡面，躲藏起來。處耘攻入朗州城內，待延釗兵到，搜捉逃虜，尋至西山，恰巧遇著從富欲往他處，毫不費力，捉來斬首；又探訪至僧寺，搜出保權及其家屬，盡為俘

虜，湖南遂平，保權解往京師，上表待罪。

太祖下旨，釋縛入朝，保權不過十一歲的小孩子，驟睹天威，嚇得他戰戰兢兢，連「萬歲」兩個字也叫不出來，惟有伏在地上，顫作一團。

太祖見他驚懼得這般模樣，甚覺可憐！便降諭特赦，授為「右千牛衛上將軍」，葺京城舊邸院，賜他與家屬同居。後來保權年歲長大，累遷右羽林統軍，出知並州，也與高繼沖同一善終，這總算太祖以忠厚待人了。

荊襄既定，太祖復擬蕩平南北，統一天下，因恐兵力過勞，不得不略事休養。會軍校史圭、石漢卿，入白太祖，誣陷殿前都虞侯張瓊，擁兵驕恣，擅作威福。太祖召瓊面訊，張瓊不但不肯認罪，倒反頂撞起來。太祖大怒！喝令左右掌嘴。那石漢卿一聞諭旨，即舉鐵撾，猛擊瓊首，血滾如注，立時暈厥，漢卿便將他拽出，閉置獄中。

等到張瓊蘇醒過來，知道自己受傷甚重，料難再活，不覺大泣道：「我在壽春，身翼主上，迭中數矢；當日死了，倒也得個忠臣的名氣，如今死在獄中，落得不明不白，真是可恨。」

原來周世宗時，太祖率兵，進攻壽春，身先士卒。城上矢如蝟集，盡向太祖而發。張瓊以身蔽翼太祖，連中數矢。太祖方才得免，嘗撫其背，稱為忠勇。如今聽信石漢卿與史圭的讒言，竟忘其勞，所以張瓊言及其事。

當下張瓊長嘆一聲，將腰間所繫玉帶解下，託獄吏寄回家中，以遺其母，便猛力向牆上一頭撞去，頭破腦裂，倒地而絕。

太祖聞瓊臨死之言，復探得他家中毫無餘財，不覺後悔，命有司厚恤其家，且嚴責石漢卿魯莽，便把一個忠心救主的張瓊，活活送卻。

到了乾德二年，范質、王溥魏仁甫三人同日罷相，乃以趙普為門下侍郎、同平章事集賢殿大學士。趙普入相，范質等三人，同日罷職。中書無宰相署敕，普以白上。太祖道：「卿但以敕來，朕為卿署之。」

趙普奏道：「此乃有司之職，非帝王之事也。」太祖便命翰林學士，講求故實。竇儀奏道：「今皇弟尹開封，同平章事，即宰相任也。」太祖乃命光義署敕賜普。原來宋朝初年，官制多仍唐代舊例。同平章事，唐時已有此官，即宰相之代名詞。趙普既相。太祖擬置一副相，苦無名稱，因詢之翰林承旨陶穀。

穀進言道：「唐有參加政事，比宰相下一級即副相也。」太祖遂命樞密直學士薛居正，兵部侍郎呂餘慶，並以本官參知政事，以為趙普之副，刺尾署銜，隨宰相後，月俸雜給，視宰相減半，自是垂為定例。

太祖既相趙普，視之左右手，事無大小，悉與諮商，有時在朝廷上面，未能決定，到了夜間，太祖便親臨普宅商酌要政，所以趙普退朝以後，深恐御駕降臨，不敢易去衣冠。

一日大雪向夜，道路已為雪落，趙普退朝，用過晚膳，對門客道：「今夜如此大雪，主上想必不來了。」

門客答道：「雪夜甚寒，便是尋常百姓，也不願出門了。況貴為天子，豈有冒此宵寒，輕易出外。丞相盡可早些安寢了。」

趙普聞得此言，方才放心易服，退入內室，與林氏夫人閒談片刻，將要安睡，忽聞有人叩門，趙普聽了，心下甚疑。忽閽人入報，聖駕到來。慌得趙普不及冠服，匆匆出迎。只見太祖立於風雪之中，連忙叩拜道：「臣普接駕來遲，且衣冠未整，應該待罪。」

太祖笑道：「今夜大雪，卿必疑朕不出，何足言罪。」一面說道，扶起普來，趨入廳事道：「朕已約光義同來，他還沒到麼？」

趙普正要回答，光義已經驅馳而至。君臣三人齊集廳事。

太祖笑問趙普道：「美酒、羊羔，為禦寒妙品，卿家亦備之乎？」

趙普唯唯應道：「臣已備之。」太祖大悅，遂命將重裀列於地上，憑藉而坐，就堂中熾炭燒肉。趙普並命妻林氏出而司酒，林氏奉命而出，拜見太祖及光義。太祖呼林氏為嫂道：「今宵有勞賢嫂了。」趙普代為遜謝。

不上片刻，酒內俱已齊備，由林氏捧獻上來，趙普斟酒侍飲。酒至半酣，太祖問趙普道：「朕因諸國未平，時生邊患，是以寢不安枕。他處尚可從緩，惟太原一路，接連遼邦，時來侵擾，朕欲先取太原，徐圖他國。卿意如何？」

趙普答道：「太原當西北二面，我若攻下太原，便與遼邦毗連，邊患我獨當之矣。不如先圖諸國，俟削平各路。太原彈丸黑子之地，不入版圖，又將安歸？」

太祖笑道：「朕意亦復如此，前言不過試卿；只是現在要削平諸國，當從何處入手？」

趙普道：「莫如伐蜀，蜀道雖是險阻，後主荒淫無度，君驕臣惰，百姓離心。王師所至，不難一鼓蕩平。臣主先伐蜀者，即因此也。」

太祖連連點頭道：「卿言有理。」

因又議及伐蜀計畫，君臣三人，足足談議了兩個時辰，夜色已深，太祖方與光義相偕而去。後人有詩一詩，詠太祖雪夜訪趙普，商議征伐諸國道：

漫天風雪迎王駕，列地重裀坐主臣；
不避宵寒籌妙策，艱難蜀道一時平。

太祖自在趙普家中，議定了先行伐蜀，然後削平諸國之謀，便命王全斌等，訓練兵馬，貯積糧草，伺有機會，即便興兵。太祖伐蜀，尚有一番預備，暫按不提。

單說那西蜀地方，劍門閣道，形勢險要，土壤肥沃，古稱天府之國。五代時，孟知祥

為西川節度使，後唐明宗，封為蜀王，唐末僭稱帝號，歷史上名為後蜀。那蜀主孟知祥，恃著地勢險阻，不愁外兵侵入；更兼閭閻富饒，人民蕃庶，他就未免荒淫起來了。

他未曾入蜀之時，娶妻李氏，本是後唐太祖弟克讓之女。莊宗即位，封為瓊華長公主，嫁於知祥，夫妻甚是相愛。知祥為蜀王時，李氏一病不起，撒手長逝。知祥自然十分悲傷，少不得從厚殯殮，擇地安葬，及知祥稱帝，遂追冊為皇后。但知祥因李氏病歿，心中時覺不快，便藉酒色兩字消遣悶懷，因此後宮裡面羅綺似雲，嬪嬙如織，知祥受寵愛的宮嬪，也是姓李，乃是後唐的宮女。莊宗因知祥滅梁定蜀，功績很鉅，所以選擇後宮美女賜給知祥。偏是李氏十分湊趣，不上多時，便受了孕，生下一子，取名仁贊，便是將來的後主孟袒了。

知祥見李氏生了兒子，更加把她寵愛起來，竟造了一座⿰山屏宮，與李氏居住，日夜在⿰山屏宮裡面，征歌選舞，飲酒取樂，但是那⿰山屏宮是怎樣建築的呢？乃是知祥自出巧思，用羅綺置成畫屏七十扇，上面皆是名手所畫的花卉翎毛，以及山川人物，細入毫髮，遠望如生。每扇屏上都裝有機關，將樞紐合起來，曲折回環，深奧幽邃，成為一座宮殿。不識路徑的人，誤入其中，任你繞來繞去，千迴百折，還在那個地方，休想走得出去；若是知道其中秘密的，卻又玲瓏剔透，任意往來，毫無阻礙。真個是鬼斧神工，勾心鬥角，巧妙已極。

那蜀主知祥既然創製了⿰山屏宮，又搜羅了許多美女。在⿰山屏宮中，羅列著無數的奇珍異寶，使人見了，目眩神迷，不知其名。就中單兩件著名的寶物，乃是稀世之珍，罕有之品。第一件叫做「皇明帳」，乃是一頂帳兒，其色淺紅，類若鮫綃，捲之不盈一握，放之其大無比；夏日張之，蚊蠅不敢飛集；夜間自有光芒生出，如鏤金錯采，雖無燈火，亦復耀眼放明。最奇怪的是無論床之大小，把這帳兒張上，總是尺寸相稱，不爽毫釐的。蜀主因有此異，十分寶貴，又賜它一個名字，喚做「如意帳」。

第二件叫做「左宮枕」，是用一塊青玉琢成的，紋理細密，光輝滑膩，其體平方，其長卻好兩人並肩與睡，設於床榻，冬溫夏涼；酒醉之後，用以枕首，能夠解醒，任是爛醉如泥，嘔吐狼藉，只要一著此枕，便涼沁肺腑，心酣意暢，毫無醉態，沉沉睡去。平常睡時，用了此枕，便於夢中往遊仙境，閬苑蓬山，奇花瑤草，玉液瓊漿，神女仙姬，羅列滿前，無異登仙。蜀主視同性命一般，愛惜非凡，也替它起個名字，喚作「遊仙枕」，和「皇明帳」一同擺設在㡦宮裡面，要算兩件至寶。

其餘的珠玉錦繡，珊瑚碧樹，也不計其數，多不及這兩件的寶貴，蜀主也不甚重視的，不過藉此陳設著，貪圖誇耀富貴，爭奇鬥異罷了。後人讀史至此，有詩詠道：

綃帳輕紅玉枕青，仙能入夢醉能醒；
瓊華一去㡦宮冷，獨旦迢迢七十屏。

蜀主這樣荒於酒色，究竟是上了年紀的人，哪裡禁受得住？不到幾時，便染成一病，懨懨而亡。子仁贊嗣位，改名昶，是為後蜀後主。

後主初立，年始十六，委政於趙季良、張知業、李仁罕，不改元，乃襲蜀主知祥年號，稱明德元年。尊其父知祥為高祖皇帝，生母李氏為皇太后。至四年，始改元為廣政元年，以事誅張知業、李仁罕，始親政。後主初親政事，尚知勸農敦耕，以重國本，嘗手自撰詞，頒給郡縣，以勸農桑，其詔書言道：

刺史縣令，其務出入阡陌，勞來三農，望杏敦耕，瞻蒲勸稼。春鶊始囀，便具籠筐；蟋蟀載吟，即鳴機杼，其各勉旃，毋負朕意。

後主精研詞翰，崇尚六經，命其相臣毋昭裔，刻孝經、論語、爾雅、周易、尚書、周禮、毛詩、禮記、儀禮、左傳，凡十經於石，盡依太和舊本，歷八載乃成。又恐石經流傳不廣，因刻為木板，以便傳流。後世用木刻本書，實始於後主孟昶。

後主善賦詞，而薄纖浮之禮，平居嘗道：「朕不傚王衍作輕薄小詞。」乃敕史館，集古今韻會五百卷，並從毋昭裔請，營學館，鏤板印九經以頒郡縣。故其初政，尚有可觀。

後人曾作宮詞詠其事道：

舊本新翻漶漫餘，摹鐫不異太和初；

君王最薄纖浮體，特敕官司勘韻書。

這首宮詞，便是詠後主刊刻經書，集輯韻會，有功於文學的。

到了廣政十三年，後晉末季，秦州節度使何建、鳳州防御使石奉頵，俱以城來降。後主以為實力充足，遠入歸服，便慢慢地放縱起來；並用藩邸給事之人，王昭遠、伊審征、韓保正、趙崇韜等，分掌機要，總持內外兵柄，他自己卻酣歌恆舞，日夜娛樂。

其母李氏，曾對後主說道：「吾昔日曾見莊宗，跨河與梁軍戰；又見汝父在并州捍禦契丹，及入蜀平定兩川。當時主兵者，非有功不授，所以士卒畏威，樂為之用，所向必克；今王昭遠，出自微賤，自汝就學之年，給侍左右；韓保征等，又皆紈褲子弟，素不知兵，一旦邊警忽起，此輩有何智略可以禦敵？高彥儔是汝父舊人，秉心忠實，多所經練，汝可重加委任，必定勝於王昭遠等萬倍了。」

後主非但不能依從李氏的話，且因王昭遠等善於逢迎，更加重用，凡一切政務，都由昭遠等辦理，自己卻因歡喜打球走馬，強取民地，辟為打球跑馬之場，悉命宮女衣錦曳

紈，來往場中，打球走馬，如蛺蝶飛舞，紅飄綠揚，以為笑樂！又因後宮妃嬪沒有絕色美女，下詔國中，民家女子，有姿色者，都赴官署報名，聽候選擇。

時青城費氏有女，生得嬌小玲瓏，丰姿秀逸，長成之後，不但盛鬋豐容，並且擅長吟詠，精工音律。後主聞其才色，選入宮中，十分嬖愛。因前蜀王建之妾小徐妃號為花蕊夫人，也就襲其名稱，封費氏為花蕊夫人。

那花蕊夫人，既生成玉樣溫柔，花樣風流，更兼天賦歌喉，每逢侍宴，紅牙按拍，檀板輕敲，真個是響遏行雲，聲徐流水，餘音嫋嫋，繞梁三日。

那花蕊夫人，又精擅烹炰，後主日日飲宴，覺得餚饌都是陳舊之物，端將上來，便生厭惡，不能下箸，花蕊便別出心裁，用淨白羊頭，以紅麴煮之，緊緊捲起，將石鎮壓，以酒淹之，使酒味入骨，然後切如紙薄，把來進御，風味無窮，號稱「緋羊首」，又名「酒骨糟」。後主遇著月旦，必用素食，且喜薯蘗。花蕊夫人又以薯蘗切片，蓮粉拌勻，加用五味，調和以進，清香撲鼻，味酥而脆，並且潔白如銀，望之如月，宮中稱之為「月一盤」。其餘餚饌，另翻花樣，特別新製的，不計其數。

後主將她的法兒，命御膳司刊列食單，多至百卷，每值御宴，更番迭進，累月沒有重味。那菜餚之多，也就可想而知了。後人也有宮詞一首，專詠此事道：

聽朔先期敕大官，緋羊首向食單刊；
玉霄自具清虛府，只奉齊筵月一盤。

後主因花蕊夫人最愛牡丹花與紅梔子花，因闢宣華苑，廣選牡丹，種植於內。蜀中牡丹花種，最為珍貴，惟於繪圖中見之，皆稱為洛陽花，不知有牡丹之名。後主不惜金錢，四出收集，廣加栽植，十分茂盛，改名宣華苑為牡丹苑。當春花開時，雙開的有十株，黃的、白的各三株，黃白相間的四株，其餘深紅、淺紅、深紫、淺紫、淡花、巨黃、潔白；正暈、側暈，金含棱、銀含棱；傍枝、副搏、合歡、重疊臺，多至五十葉，面徑七八寸，有檀心如墨的，花開香聞五十步，真個是錦繡成堆，繁華滿目，如入花城香國，疑是閬苑蓬瀛；後主與花蕊夫人日夕盤桓花下，吟詩作賦，飲酒彈琴，便是神仙也無此快樂。

後主又因歌詞俱乏新調，遂於後苑召集群臣，開筵大賞牡丹，命群臣各賦新詩，播入管弦，吹唱起來，音韻嘹亮，煞是可聽。不啻唐玄宗在沉香亭，命李太白奏清平樂，此後便著為例，年年三月間必舉此會，名為宴隳瑞牡丹。

那紅梔子花，乃是道士申天師所獻，只有種子兩粒，說是入山訪道，仙人所賜，不敢自秘，故以進御，實係世間罕有之物。王昭遠從旁獻諛道：「仙花出現，乃國家祥瑞，西蜀當興之兆，陛下宜敬謹受之，種於後苑，不可褻瀆。」後主大喜，厚賜申天師，將這兩

粒花種栽於芳林園內，命謹密宮人，專司灌溉，小心培植。這花得著人工調養，果然發育甚快，開起花來，其色斑紅，其瓣六出，清香襲人。花蕊夫人最愛這些花，說紅梔子有牡丹之芳豔，具梅花之清香，真是仙品。後主亦看得十分寶貴。

民間聞得紅梔子花乃是仙品，蜀中只有兩粒種子，還是仙家賜於申天師，由申天師獻於後主，已栽在芳林園內，民間哪裡還可購覓？蜀中人民，空自尋覓一番，絕無所得，便有人模仿那花的式樣，畫在團扇上面，執在手內，以示誇耀。初時不過一、二善畫之人，聊以遣興。後來竟相習成風，不但團扇上面畫著紅梔子花。那豪家子弟，便命繡工繡在衣服上面，到處遊行，比較美惡，爭豔鬥麗起來。

那些婦女，見男子們這樣看重紅梔子花，也就互相仿效，都把絹素鵝毛裁剪出來，做著紅梔子花，插在鬢上，作為裝飾。一時之間，傳遍蜀中。那鳳釵珠環，金押銀簪，盡都摒而不用，一齊戴起紅梔子花來。就是後宮裡面，那些嬪妃宮娥，也都戴著此花，遂成為當時的風尚。後人也有宮詞詠此事道：

紅梔花種自仙岩，點綴釵梁綠鬌銜；
香似宮梅兼有色，畫宜團扇繡宜衫。

後主又因蜀稱錦城，不可沒有點綴，乃下令國中，沿著城上，盡種芙蓉。至秋時，芙蓉盛開，沿城四十里遠近，都如鋪著錦繡一般，高下相映，耀目爭暉。

時近中秋，後主命駕往遊浣花溪，並觀水嬉。其時蜀中，百姓富庶，又直昇平之候，遇著佳節，一齊踵事增華，點綴太平景象；所以到了中秋佳節，便在浣花溪畔，濯錦江邊，羅列水嬉，慶祝中秋。如今聞得後主御駕，也來觀看水嬉，更加興如顛狂，夾著江岸，皆創起錦棚繡帳，花亭月榭，以為御輦憩息之所，哄動了傾城婦女，都來遊玩，珠光寶氣，綺羅成陣，簫鼓畫船，逐隊而行。及至後主御輦出宮，帶了無數的宮嬪女官，一個個錦衣玉貌，珠履繡襪，車水馬龍，碾塵欲香，所過之處，百姓皆伏地迎接，口呼萬歲，真個是風流天子，千古盛事。

後主龍輦出城，遙看著沿城的芙蓉花，開得疊錦堆霞，一眼望去，好似紅雲一般，連續不斷，心中大喜，對左右近臣說道：「自古以蜀為錦城，今日觀之，真個是錦城了。」

侍臣張立見後主荒淫驕奢，久欲講諫，現在得有機會，便作詩一首，陳於後主，意在諷諫，其詩道：

四十里城花發時，錦囊高下照坤維；
雖裝蜀國三秋景，難入幽風七月詩。

後主看了張立這詩，知道他意存諷諫，但只笑了一笑，也不獎勵他，也不責備他，一直出城。到了江邊，棄了御輦，同著花蕊夫人，寵妃張太華，與近御的宮人登上龍舟。其餘的妃嬪宮娥，俱坐著鳳舸，追隨著後主的龍舟，上下遊行，觀看水戲，真是珠翠羅綺，名花異香，馥郁森列，十里錦江，龍舟來去，舟中簫鼓競奏，弦竹齊鳴，前後左右的美貌宮人，都輕啟朱唇，放出嬌音，唱著後主自編的《萬里朝天曲》。

那嬌喉宛轉，如鸞鳴樹梢，怡神悅耳。兩岸的百姓，連水戲都無心觀看，只追逐龍舟，聽唱歌曲，望著舟中，錦繡羅綺，就如神仙一般，莫不稱羨！後人又有宮詞詠道：

浣花溪水滑於油，面面芙蓉映好秋；
下上龍舟簫鼓引，神仙宛在錦城遊。

後主看罷水戲，回至宮中，仍是日日娛樂，夜夜笙歌，顛倒於宮女隊裡，哪裡還有心情去問國事？每逢宴餘歌後，略有閒暇，便同著花蕊夫人與張太華，將後宮的佳麗召至御前，親自點選，揀那身材婀娜，姿容俊秀的，加封位號，輪流進御，特定嬪妃位號，為十四品：計有昭儀、昭容、昭華；保芳、保衣、保香；安宸、安蹕、安情；修容、修媛、修涓等封號；其品秩比於公卿大夫士，每月香粉之資，皆由內監專司，謂之月頭。到了支給俸金之時，後主親自監視，那宮人竟有數千之多，唱名發給，每人由禦床之前走將過去，親手領取，名為支給買花錢，所以花蕊夫人有宮詞詠此事道：

> 月頭支給買花錢，滿殿宮人近數千；
> 遇著唱名多不語，含羞走過御床前。

後主最是怕熱，每遇炎暑天氣，便覺喘息不已，甚至夜間亦難著枕，便命韓保正徵召夫役，鳩庀材料，在摩訶池上，建築水晶宮殿，以為避暑之所。

第二十三回　洞仙歌

後主因天氣炎熱，沒有避暑的地方，便傳旨命韓保正徵召民夫，起造水晶殿，擇定地址，在摩訶池上。那摩訶池本是前蜀王衍避暑的地方，總命叫作宣華苑，其中風景宜人，樹木清幽，風亭水殿，曲榭迴廊，只因年久失修，俱已傾頹。後主栽種牡丹花的地方，也就在這苑內。地址極其廣大，如今要找避暑的所在，這個宣華苑最是相宜。所以命韓保正建築水晶殿，並將苑中各處亭閣臺館，一齊收拾齊整，且要限期完工，趕著夏天避暑。

韓保正奉了旨意，哪敢遲延？便督率著民伕，晝夜經營起來。果然世上無難事，只要人手多，不上兩個月工夫，已將那座宣華苑收拾得齊齊整整。那摩訶池上的水晶殿，也建築完竣；又另外鑿了一處九曲龍池，蜿蜒曲折，有數里之長，通入摩訶池內，清波漣漪，朱欄迴環；池內盡植蓮花，青梗綠蓋，紅白相間，亭亭淨植，風來飄香；池邊兩岸，悉種楊柳，絲絲垂條，蘸波生暈。

工程完畢，便命啟蹕，前往看視。韓保正引導後主，來至苑中，但見畫棟雕梁，飛甍

碧瓦，五步一閣，十步一樓，復道暗廊，千門萬戶，紋窗珠簾，繡幕錦幃，富麗堂皇，似秦始皇之阿房；清幽曲折，疑隋煬帝之迷樓。

後主見了，已是欣然，他最要緊的是那座水晶殿，瞧著旁的地方已是如此美麗，料想水晶殿更為可觀了，便命韓保正從速引導至摩訶池上，要看水晶殿造得如何。韓保正奉了旨意，便領著後主，迤邐而行，來到摩訶池上。

後主細看那殿，矗立在池之中央，四圍均用文木，做成活絡橋梁，直通殿內，共有四座小橋，按著東西南北架立。要用之時，池欄上面有個機關，只須一按，那橋自然架好，便可從橋上走入殿內；不用那橋時，也不過將機關一拉，那橋自會收將起來，要用哪一面的橋，便按哪一面的機關，卻是萬無一失的。

後主便從南面橋上步入殿內，仔細看時，見大殿三間，都是楠木為柱，沉香作棟，珊瑚嵌窗，碧玉為戶，四周牆壁不用磚石，盡用數丈開闊的琉璃鑲嵌；內外通明，毫無隔閡；一入其中，如入琉璃世界。最奇妙的是，池內安著四架激水機器，將機括開了，四面的池水便一齊激將起來，高至數丈，聚於殿頂，仍從四面分瀉下來，歸入池中。

那清流從高處直下，如萬道瀑布，奔騰傾倒；又如匹練當空，琤瑽瀉玉，聲似琴瑟，清脆非凡。那池中的水珠兒，激蕩得飛舞縱橫，如碎玉撒空，如珍珠走盤，十分好看，卻又沒有一點兒激入殿裡來。無論什麼炎熱天氣，有這四面的清流，自上射下，那暑熱之氣早已掃蕩淨盡，便似秋天一般了。

再看那殿中陳設的用品，全是紫檀雕花的桌椅，大理石鑲嵌的几榻，珊瑚屏架，白玉碗盞，沉香床上，懸著鮫綃帳，設著青玉枕，鋪著冰簟，疊著羅衾。後主到了這裡，好似入了清涼世界，不復知世間再有暑熱；又好似遊那閬苑瓊樓，隔絕了十丈紅塵，直喜得眉開眼笑，連連讚美。四下看了一會，忽然皺著眉頭，現出不悅之色。

韓保正見後主驀然不樂，不知什麼地方建築錯了，致使聖心煩悶，連忙趨前奏道：「未知何處不合聖意，望乞指示，以便改造。」

後主道：「卿造此殿，妙絕人工，處處都合朕意，並無不好的地方，何用改造。」

韓保正道：「既無不妥之處，陛下為何忽呈不悅之色呢？」

後主道：「朕看了此殿，色色俱全，並且出奇鬥異，巧奪天工。惟有夜間仍用銀燈寶炬，未免尚有油膩之氣。這樣所在，如廣寒宮一般，若不出一新奇之法，使夜間光明如畫，仍舊還用那金蓮寶炬，未免是個缺點。況且這座水晶殿，本是避暑的所在，若點起了許多銀燈寶炬，煙焰薰蒸，豈不煩躁得很？卿有何法，可使夜間不點燈，而自能光明呢？」

韓保正聞得後主此言，也覺好生為難，暗暗想道：「我非神仙，怎麼會有夜間生光的法兒呢？」一時不能回答，只是低頭沉思。

卻聽得後主自言自語道：「若在月望左右，這水晶殿，裡外通明，有月光照著，倒可

不用點燈，只可惜不能夜夜都有明月，那卻如何是好呢？」

韓保正正因想不出法兒，心裡很覺著擔憂。忽聽得後主說月望左右，有明月照著，可以不用燈燭。他便觸動靈機，頓時想得一法，啟奏後主道：「臣聞先皇在日，後宮中曾有明月珠一顆，常常懸在殿中，以代燈燭。陛下何不將此珠取來懸掛，夜間就可以光明透澈，不用燈燭了。」

後主大喜道：「非卿言及，朕幾忘卻此寶珠矣。」忙命內侍，飛馬取了明月珠，懸於殿內。

後主見水晶殿已佈置得毫無缺憾，便又注意到殿之外面，用手指著向保正問道：「那邊青翠飄揚，紅橋隱隱，又是何處？」

保正道：「此名九曲龍池，乃臣鑿通了摩訶池，藉它的水灌注而成。池中皆種蓮花，兩岸遍植楊柳；架以紅橋，環以曲欄，全仿江南揚州平山堂的風景。陛下避暑於水晶殿，晝長無事，到彼遊賞，就無異置身江南了。那池中還繫著幾隻畫船。陛下於宴飲之暇，可以命宮人們蕩槳採蓮，憑欄而看，亦頗有興趣。此係臣隨意妄為，並未奉有諭旨，還乞恕罪。」

後主聽了，又不勝喜悅道：「不意卿之胸中卻有如此丘壑，朕正思遊玩江南風景，深恨路程遙遠，關山阻隔，不能如願；現在有這個地方，與江南風景相同，朕時時遊玩，也可略慰中懷了，卿可引朕前往一看。」

保正領旨，導著後主，彎彎曲曲，行至九曲龍池，只見夾岸楊柳，迎風飄拂；滿池芙渠，映日鮮妍，危樓一角，隱於萬綠叢中，小橋跨水，橫臥百花深處。若於斜照銜山，明月初上之時，置身其間，憑欄而立，細細的嗅那蓮花香氣，真可沁入肺腑；倘於楊柳之下，盤陀石上，執竿垂釣，也可以領略靜中趣味，風景入畫，無異江南。

後主遊覽至此，不覺大悅道：「卿為朕建築宮殿，勞苦功高，朕當有以酬之。」遂命近侍取錦鍛百尺，金珠稱足，賜於保正。保正謝恩，欣然而退。

花蕊夫人有宮詞詠九曲龍池道：

龍池九曲遠相通，楊柳絲牽兩岸風；
長似江南好風景，畫船來往碧波中。

後主自建築了水晶殿，轉瞬之間，炎夏已屆，便攜了花蕊夫人，偕同宮眷，移入宣華苑內，以避暑熱。趙崇韜見韓保正以建築宮殿蒙後主恩賞，深得寵任，心內好生豔羡！又聞得後主已將宮眷遷入宣華苑避暑。他也要博取後主的歡心，以圖爵賞，暗中打算道：「宣華苑整理得固是美麗，主上於其間宴樂，只有歌伎，而無梨園，亦是缺點。我於去

歲，即購備了許多聰明子弟，命樂工教以歌曲，現已一齊練習純熟，前次命他們奏技，果然歌喉抑揚，舞態翩翩，進退疾徐，都中音節。本來預備下了獻於主上的，何不趁著這個機會，把來進獻呢。」打定主意，絕不遲延，便將全部梨園獻於後主。

後主得了趙崇韜的梨園，便親自檢點，見有三十二名子弟，個個多是年在十二、三歲，生得相貌清秀，性情聰穎，甚討歡喜，遂又考究他們的戲劇，卻有數十餘齣都是歌舞純熟，板眼無訛。後主得了這部梨園，真個如獲異寶，連連的稱讚趙崇韜，忠心愛主，不可不加重賞，以示鼓勵，便下諭趙崇韜晉封侯爵，並賜金銀彩緞，以旌其進獻梨園子弟之功。

後主加封了趙崇韜之後，便命在水晶殿內排宴，攜著花蕊夫人和張太華同入宴中。後主居中正座，花蕊夫人居左，張太華居右，宮娥彩女兩旁侍立，聽候傳喚，一律都穿著霧縠輕紗，羅襪珠履，一望去，翠羽明璫、瓊環玉珮、紅粉成行，美豔異常。後主看著大樂，便命傳那梨園子弟前來奏樂侑酒。

梨園子弟奉了聖諭，便有那押班的進上歌扇，請後主點曲。後主便遞於花蕊夫人道：「卿可揀好聽的點來。」花蕊夫人接過，展開一看，見上面載著二三十齣戲名，內中卻有《霓裳羽衣曲》，遂向後主道：「這《霓裳羽衣曲》乃是唐明皇同著葉法善，在中秋之夕，遊玩月宮，袖中藏著玉笛，適值嫦娥在廣寒宮，與群仙宴飲奏曲，明皇將玉笛偷倚其譜，回至凡間，與楊太真按譜填曲，奏將起來，真個是音韻嘹亮，響遏行雲，不同凡間之樂。自從安史作亂，楊太真馬嵬賜帛，明皇幸蜀歸來，移居西內，為李輔國所製，鬱鬱不樂，又因思念楊妃，不忍再歌舊曲，便將歌詞遺失。如今只傳其譜，而無其詞，不知這班梨園子弟所歌的《霓裳羽衣曲》又從何來，陛下何不令其奏一套呢？」

後主道：「卿言正合朕意。」遂命梨園先奏一套《昇平樂》，再奏《霓裳羽衣曲》。梨園子弟奉命，便在階前奏樂歌舞起來，一霎時簫鼓並宣，笙歌迭奏，吹過了一套《昇平樂》。

後主連連點頭，道：「聲韻雖佳，惜欠悠揚。」花蕊夫人與張太華卻含笑不語，後主即傳命速奏《霓裳羽衣曲》。這一次的奏曲，卻不比先前的奏《昇平樂》了。班中步出十六個年輕子弟，都在十齡以外的光景，盡是錦衣繡裳，眉清目俊，分為兩班，八個歌，八個舞。那笙簫管笛，琴瑟鐘聲，一時並奏。但見那舞的是羽衣翩躚，歌的是嬌聲宛轉，和著各種樂聲，高低疾徐，音韻悠揚，十分入拍。

後主聽到好處，不禁連聲稱讚，就是那花蕊夫人和張太華，皆是精工音律，善於歌舞的，到了這時，也就凝神細聽，點頭不已。後主早舉起金杯，連進數觴，向花蕊夫人、張太華笑說道：「觀此妙舞，聽此仙曲，二卿不可不進一觴，以賞其妙。」

二人齊稱領旨。早有宮女，執著金壺，斟上酒來。花蕊夫人與張太華各飲了一杯；

又聽那歌舞時，已經入破，覺得歌聲更加激越，其音可裂金石；那舞也愈舞愈緊，飄飄然有凌空之態，使人聽了歌聲，觸動壯懷，看了舞態，心驚目駭；到了最後之時，又從激昂之中，轉為抑揚宛轉，令聽者如御風而行，不知其身之在於何處。奏至分際，忽聞一聲金鐘，清越無比，一剎那頃，歌停舞止，絲管齊歇，萬籟無聲，四周寂靜，真有「曲終人不見，江上數峰青」之妙。

後主連連讚嘆道：「這樣仙樂，確是世間罕有，朕今日得聞妙音，實是平生大幸。想當初唐明皇與楊太真在宮中宴飲奏樂，也不過如此快樂的了。」因命近侍重賞梨園子弟，以酬其奏曲之勞。

張太華見後主如此高興，便起身奏道：「今日之樂，固已達於極點，但所奏《霓裳羽衣曲》，歌舞並陳，簫管齊鳴，尚覺繁雜太過，殊少清幽之致，於暑炎之時，似乎不甚合宜。臣妾之意，欲選梨園中善吹玉笙及精於歌曲之人，命他在九曲池頭、楊柳岸畔、海裳花下，全用細樂，更番迭奏，再用銀笙按拍，唱陛下新譜的《梁州序》曲兒，那聲調樂腔，夾著池水，隨風傳來。陛下在這裡聽著，必然格外的悠揚飄渺，如聞仙樂，比到那《霓裳羽衣曲》，還要好聽得多呢。」

後主聞言，拍手稱妙道：「這樣佈置，又清爽，又幽雅，比那繁音促節，酣歌恆舞，高過萬倍，非但另出心裁，別開生面，洗卻繁華，掃盡塵俗；而且最宜於夏夜，納涼時聽之，當可全消暑氣，滌去煩襟，如入清涼世界。非卿慧心，不能及此。」當下命梨園子弟挑選那善於吹歌的，速往九曲池，依照張太華的言語，全用細樂，歌唱《梁州序》。

梨園押班，奉了聖諭，便選了十二名子弟，摒除繁音，全用簫笛琴笙，前往九曲龍池，吹唱起來。

後主坐在宴中，剛飲了一杯酒，忽聽得龍池那邊，楊柳蔭中，海棠花下，悠悠揚揚起了一縷聲音，甚是清越；細細聽去，乃是玉笛之音；接著又有兩種聲音，與笛聲相和，其音更覺幽細而長，與玉笛合在一處，因風飄蕩，竟辨不出是何樂器，覺得這股樂聲，忽斷忽續，忽高忽低，令人心靜氣斂，躁釋矜平，如置身高山流水之間，便含著笑，向張太華微微點首道：「有趣得很，但先吹的乃是玉笛，後來與笛相和的，又是兩樣什麼東西呢？朕卻分別不出，卿可知道麼？」

張太華道：「臣妾聽來，一是鳳簫，一是銀笙，故其音嫋嫋，細長而宛轉，能與笛聲相合，毫無參差之處。」

花蕊夫人也連連點首道：「不錯！一定是笙、簫、笛三種合奏，才能這般抑揚低昂，清楚動人哩。」

正在說著，又聽得一縷嬌音隔水飛來，異常流動。後主忙定了神，拍著手，一字一字的聽他唱來，正是唱的《梁州序》新曲，卻頓挫有致，高下合節；又夾著池中的流水，樹

上的清風，更覺得聲音飄飄，幾欲仙去。

後主此時，爽快已極，便命左右：「快斟酒來，朕當浮一大白，以賞此雅之曲。」又對花蕊夫人與張太華道：「二卿亦應各飲大杯，聊佐朕興。今日之宴，也可算得生平第一快事了。如何可以不痛飲一醉呢？」

花蕊夫人與張太華不敢違逆後主之命，口稱臣妾遵旨，便有宮女替兩人換上大杯，斟滿了酒，一飲而盡。花蕊夫人也把這事吟成宮詞道：

梨園子弟簇池頭，小樂攜來候宴遊；
試炙銀箏先按拍，海棠花下合梁州。

後主這日因聽梨園奏樂，興酣意暢，直飲至天色已晚，猶未罷宴。那殿中懸著的一顆明月珠，已是熠熠生光，真個似明月一般，照耀得如同白晝。這水晶殿，四圍都是琉璃鑲嵌而成，被那珠光映射，更加內外洞澈，纖悉畢具。坐在殿中，如在水晶宮裡一樣，愈加高興起來，便命左右進上酒來，連舉數觥，不覺大醉。

花蕊夫人見後主醉得人事不知，便命停樂撤筵，同著宮女，把後主扶在沉香床上，輕輕的扶他睡倒，將鮫綃帳垂下。後主首一著枕，已是呼呼睡去，十分沉酣。花蕊夫人吩咐宮人在床前小心侍候，徐徐退去。看視張太華時，見她也是兩頰紅暈，雙眼朦朧，已有十分醉意，知道她的酒量甚淺，今日飲得過多，難以支持，便命太華的隨身宮人，好好的扶持著她，回宮安寢。

太華的四名隨身宮人，奉了花蕊夫人之命，連忙點起龍鳳宮燈，傳了小輦前來，將太華慢慢地扶離坐位。只見她早已柳腰軟擺，蓮步郎當，低垂粉頸，微合星眼，竟難動彈。便由四個宮人，左右前後的扶持著她，上了小輦。

花蕊夫人惟恐太華醉中糊塗，從輦上傾跌下來，又把自己的宮人，派了四名，幫同著送她回宮。這八名宮人，便令小內侍執定宮燈，在前引導，她們簇擁著小輦，慢慢行去。花蕊夫人送去了張太華，又親至床前，揭起了鮫綃帳，見後主仍是酣睡未醒，便又退了下來，命宮人預備下雪藕、冰李，待後主醒來，與他解醒。

那後主這一睡，直睡到半夜方才醒來，一翻身坐在冰簟上面，覺得甚是煩渴。正要喚宮人斟茶解渴，花蕊夫人已盈盈的步至床前，掛起了鮫綃帳，手托晶盤，盛著備下的冰李、雪藕道：「陛下酒已醒了麼？可略進些以解宿醒。」

後主正在燥渴得很，見了這兩樣東西，正合其意。便取來大嚼一陣，覺得涼生齒頰，頓時宿醒盡消，十分爽快，連連稱讚道：「卿真能如人意，朕初醒之時，煩熱異常，得此二物，頓如醍醐灌頂，遍體清涼，但酒性雖退，卻難安臥。卿可扶朕起來，偕

往納涼。」

花蕊夫人連稱遵旨，便舉纖手，將後主扶起。後主尚覺四肢無力，身體搖擺不定，只得伏在花蕊夫人香肩之上，慢慢地行至水晶殿階前，在紫檀椅上坐下。此時綺閣星回，玉繩低轉，夜色深沉，眾宮人悉已酣睡，靜悄悄的絕無聲息。花蕊夫人意欲喚起幾名宮人前來侍候。後主攔阻著道：「朕與卿對坐納涼，頗覺清淨，若將她們喚起，人太多了，又要覺得煩熱了。」因命夫人並肩而坐，攜著她的纖手，四下觀看。

但見微雲一抹，河漢參橫，天淡星明，涼風時起，那岸旁柳絲花影，映在摩訶池中，被水波蕩著，忽而橫斜，忽而搖曳，那種風景，就有善畫的名手，也畫不出這樣清雅幽悄的神情來。回頭看那花蕊夫人時，卻穿著一件淡清色蟬翼紗衫，被明月珠的光芒，映射著裡外通明，但見她裡面隱隱的圍著盤金繡花抹胸，乳峰微微突起，映在紗衫裡面，愈覺得冰肌玉骨，粉面櫻唇，格外嬌豔動人。後主情不自禁把花蕊夫人攬在身旁，相偎相依，情味十分甜蜜。

那花蕊夫人低著雲鬟，微微含笑道：「如此良夜，風景宜人。陛下精擅詞翰，何不填一首詞，以寫這幽雅的景色呢？」

後主道：「卿若肯按譜而詠，朕當即刻填來。」

花蕊夫人道：「陛下有此清興，臣妾安敢有違？」

後主大喜，立即取過紙筆，一揮而就，遞與花蕊夫人道：「朕詞已成，卿可譜將起來。」

花蕊夫人接來觀看，乃是以夏夜即景為題，調寄《洞仙歌》一闋，把那良夜風景描寫得淋漓盡致。花蕊夫人捧著詞箋，嬌聲誦道：

冰肌玉骨，自清涼無汗。水殿風來暗香滿。繡簾開，一點明月窺人；人未寢，攲枕釵橫鬢亂。起來攜素手，庭户無聲，時見疏星渡河漢。試問夜如何？夜已三更，金波淡，玉繩低轉。但屈指、西風幾時來，又只恐流年暗中偷換！

花蕊夫人看了這詞，只是嬌聲諷誦，愛不忍釋，連連稱讚道：「陛下詞筆，清新俊逸，氣魄沉雄，可謂古今絕唱了。」

後主微笑道：「卿休只是稱讚，快快按入譜中，歌於朕聽，那是胡賴不去的。」

花蕊夫人道：「既已有言在先，臣妾自當按譜歌來。」

才歌得「冰肌玉骨」四個字，後主忽將她攔住道：「且慢！卿一人歌來，雖覺可聽，尚嫌枯寂。待朕吹著玉笛，卿再歌唱，使歌聲、笛聲融成一片，方才有趣呢。」說罷，親自取過平日所用的玉笛，吹將起來。

花蕊夫人低鬟斂黛，歌著詞兒，果然笛聲嘹亮，歌聲宛轉。唱到那「人未寢，攲枕釵橫鬢亂」，後主便將玉笛放慢，花蕊夫人卻隨著玉笛，延長了珠喉，一頓一挫，更加靡曼動人。至「又只恐流年暗中偷換」，又變作一片幽怨之聲，如泣如訴，格外淒清。後主的笛聲也吹得迴環曲折，悽楚悲涼。那林間的宿鳥被歌聲驚動，撲撲飛起。池中的游魚更是搖尾擺鱗，在波面上跳躍了一會兒，都聚在後主和花蕊夫人所坐的那一方面，好像也懂得歌唱，前來靜聽的樣子。當時歌聲的好處，也就可想而知了。

後人讀史至此，嘗題宮詞一首，詠後主在摩訶池避暑，令花蕊夫人唱《洞仙歌》之事道：

冰肌玉骨耐煩炎，拜奉新詞妮夜蟾；
池上風來紈扇卻，雪香濃傍御衣沾。

後主歌吹了一會，覺得露涼侵衣，風寒撲面，星橫斗轉，夜色已闌，方才興盡。便攜了花蕊夫人，同往安寢。

後主這樣的朝歡暮樂，那光陰過得非常迅速，轉眼之間，早又夏去秋來，又是重陽佳節，秋高氣爽，最宜遊覽。後主聞得青城山，風景最佳勝，冠絕塵寰，久擬前往遊玩，便趁著重陽登高，前去一遊。本來要與花蕊夫人偕行，只因夫人偶患微恙，故後主單與張太華同輦而往。哪知這一去，竟把張太華的性命送掉，使後主抱恨無窮。

第二十四回　倩女幽魂

後主當著重陽佳節，赴青城山登高，本欲與花蕊夫人、張太華兩人一同前去，只因花蕊夫人偶患感冒，御醫診視，說是受了風寒，所以青城之遊不能偕行。後主只得囑咐她安居宮中，小心靜養，便攜著張太華，啟蹕往青城山去。

沿路之上，官員迎送，供張豐盛，難以言喻，不說別的，單是途間所經之處，那樹上枝頭，都用紅錦剪成花朵，綠絹裁成葉兒，綴在樹上，遠望去好似萬花齊放，鮮豔奪目。

那御駕休憩的地方，蓋著錦亭繡閣；夜間住宿的行宮裡面，都用紅錦泥著窗戶，碧紗籠罩四壁。又因後主素性最愛名花，那宮殿之中一時來不及栽種，便選覓了各式盆花，或堆作花山，或疊成花屏，不知費了幾許人工，多少物力，方才佈置起來。

那後主不過住得一夜，便已登程而去。至於每餐所進御膳，地方官搜羅異味，想盡方法，欲思巴結，真個餚列山珍，品具海錯，宴陳水陸之奇，饌羅天廚之精。

後主是宮中享用慣的，外面的烹炰，怎及得上方玉食？任你竭盡了庖人的才能，備具

了珍饈的美味，那後主還覺得嚼蠟無味，沒有一顧的價值，下箸的地方。但是官員們因為要博後主的歡心，才這樣的窮奢極欲，盡力供奉，好藉此加官進爵，驟膺天眷。無如錢財乃是第二生命，他們豈肯自掏私囊，前來供張呢？不過藉著這個名目去剝削百姓，使那富者出錢，貧者出力罷了。到得後來，索性不論貧富，一概供張之費，都要民間擔任承辦。還有那些兇惡的吏胥差役，從中侵漁，挾仇陷害，以致傾家蕩產的，到處皆是。

蜀中人民向稱富庶，因為後主歷年來荒淫無度，土木時興，征役不息，已竟支持不住。再加了這次的遊覽青城山，到處均須鋪張揚厲，竭力供奉，那百姓們的財力經此一來，更是蕩然無餘，全國騷然了。

偏是那後主還不知民間的疾苦，又傳下一道旨意，要地方官派遣織工，限期織成鴛衾百幅，以供御用。你道什麼叫做「鴛衾」？原來後主見天氣漸漸寒冷，恰於此時又往青城山去，雖然沿路之上供張甚盛，哪裡有深居宮中這樣的安樂？未免曉行夜宿，侵冒風露。他又不知珍攝身體，每夜還要臨幸妃嬪，所以身體稍感不快，便疑心是陳設的衾褥不甚潔淨，以致違和。遂與張太華商議，要想個法兒，另外製成一種錦被，睡時蓋在身上，可以遮蓋嚴密，不為風寒所侵，以便途間應用。

張太華便想了一個主意，乃是用綾錦或羅絹，一梭織成，須有三幅之闊，被頭織出兩個孔穴，若雲板之狀，鋪在床上，恰恰兩人並肩而睡，可以扣於頸項下面，如盤領的模樣，兩旁所餘存的被兒，擁覆雙肩。這樣一來，遮蓋得異常嚴密，一些風寒也透不進去，仍舊可以男女兩人擁抱而臥。因這被兒是兩個人並肩而睡時蓋的，有如鴛鴦交頸一般，所以取名為「鴛衾」。

張太華想了這個主意，後主大喜道：「卿的巧思，真不可及，現在旅行之際，急宜從速備來，以便應用。」立刻命太華繪成圖式，開明大小闊狹，長短尺寸，傳出旨意，著有司派令織工，照著圖樣，織成百幅進用。並嚴立期限，不得延遲；如有違誤，必加罪責，決不寬貸。

那些官員奉了這樣嚴厲的上諭，哪裡還敢怠慢！連夜派出差役，搜羅織工，要他們三日之內，織成鴛衾百幅，把一般織工逼得叫苦連天，逃走無路，躲避無門。那有錢的織工，還可以拿些財帛賄賂監督的差役，或是避免此事，或是寬展期限；獨有那窮苦的工人，既沒錢財使用，又不能免此工役，哭哭啼啼的受了敲打鞭撲，還要無晝無夜的趕織鴛衾。好容易織成功了，由有司獻於後主，他不過把來賜於隨從的妃嬪，到了夜間臨幸之時，可以恣情風月，取得片刻之歡。卻不知消耗了多少工人的血汗，甚至因此廢了性命的也不計其數哩！你道專制君主的淫威，可嘆不可嘆呢？

那後主織成鴛衾，心滿意足，便催促著扈從人等，趲程前進。一路之上，車水馬龍，旌旗鮮明，儀仗輝煌，直向青城山而去。恰恰於九月初八日，行抵青城山下，正好應那重

陽佳節登高的景兒。青城地方的官員，早在數十里外迎接聖駕，御蹕經行之地，鋪陳得花團錦簇，風光滿眼。又在青城山麓，費了無數金錢，蓋造了一座行宮，預備後主駐蹕。眾官員迎著聖駕，伏地朝參，三呼萬歲，行禮已畢，方才引導著後主，來至行宮裡面，立刻擺上盛筵，替聖上洗塵。後主傳旨，各官且退，明日為重陽佳節，聖駕清晨即上青城山登高，此時已要休息了。眾官員奉了旨意，方敢退去。

次日，後主啟駕上山，張太華同輦而行；其餘宮眷妃嬪乘車相隨，扈從官員及衛士，左右前後，擁護而登。後主在輦中，見青城山高入雲際，盤道危險，險峻異常。到了那逼窄之處，連御輦也不能平行而過，只得換坐籃輿，以躋山顛。

這些宮眷妃嬪，都深處宮闈，嬌養嬌慣的，哪裡經過這樣高峻險窄的所在？籃輿又不能遍及，只得跌跌撞撞，你扶我，我攙你，連綴而上。此時後主同著張太華，早由衛士簇擁著上了山，就是幾個有位號，得著後主寵愛的妃子，也乘籃輿相隨而登。惟有那些宮眷都跌得花冠傾欹，羅衣皺皴，有的跌倒在地，倩人攙扶；有的剛才爬起，又復傾倒，那種艱苦情形，真堪發噱。

後主在山上，見了這般模樣，不覺哈哈大笑，心中大樂。當下便傳旨意，至九天丈人觀暫時休憩。早有近侍在觀中預備齊全。聞得聖駕將臨，觀主李若沖，率領著觀中全體道士，披了法服，鳴鐘擊鼓，拜伏在觀門以外，迎接聖駕。

後主攙著張太華步至觀前，見李若沖率眾跪接。久知這李道士是個有功行的，也就不肯輕慢，傳諭平身。李若沖謝了恩，上前來引導後主，入觀隨喜。後主仍攙著太華，步入觀內，見這丈人觀，建築得甚為壯麗，四面俱是蒼松翠柏，高出雲表，濃蔭密翳，連紅日都遮蔽了，不能透入。進了觀門，便是一帶石砌甬道，直達三清殿，殿上供奉著三清聖像。後主同太華參過了三清，繞到後殿。那後殿卻供奉的是玄穹上帝，後主也親自拈香禮拜，然後由李若沖領到雲房裡面，敬上香茗。

後主飲著茶，覺得芳馨異常，看那茶色，卻是碧沉沉的，與旁的香茗顏色不同；就是盛茗的碗盞，也是潔白如玉，光滑膩潤，極為可愛，便舉著茗碗，向李若沖問道：「煉師，這茶是如何煎的，卻有這樣的芳香？」

李若沖回奏道：「貧道這茶，不過是武彝松蘿，卻用梅花蕊上收下的露水，盛於古磁罈中，埋在山內，已歷多年。今日因陛下駕到，方才取出，以松柴煎煮，故此芳香異常。」

後主聽了，不覺大喜道：「煉師有這樣的情趣。朕今日不啻置身於仙家矣。」

李若沖連連遜謝，不一會，擺上筵，雖是山餚野簌，後主因素常吃的，都是珍饈百味，把腸胃也吃膩了，忽然吃著素筵，覺得清香可口，十分受用，所以愉悅得很。用罷了齋，便傳諭侍從，今宵在九天觀休息，明日赴丈人峰遊覽。那後主安寢的所在，已由李若沖預備停妥。

到了晚上，即行安寢。至次日天還未明，後主便起身，命侍從秉著火炬，照耀出觀，要往丈人峰頂觀看日出。就是那些妃嬪，也因要看奇異的風景，都踴躍爭先，齊上峰頂。好在九天觀已在丈人峰的峰腰，到峰巔並不很遠，且有登道可行，不似昨日上山那樣艱險。不上一刻，已登峰之絕頂，其時天方黎明，後主命將火炬全行熄滅，遙望著東方。

但見那極東的天上，漸漸的射出一道光華，為雲氣蓊翳著，隱隱約約的亂晃。忽然間，那道光華迸做了數萬道，把那雲氣映成了五顏六色，便有車輪大的一輪紅日，忽上忽下，升降不定，照耀得人的雙目不能逼視。正在揉眼細視，忽地那輪紅日往下一落，如墜入雲海裡面，絕無蹤影，眼前頓時黑漆漆的，絕無所見，如同夜間一般。

後主正覺驚詫，但見那光華陡然升起，一剎那頃，滿天的雲翳完全消滅，一輪紅日已在天上，照耀得遍地光明了。後主點頭嘆道：「紅日一出，浮雲全消，正與那真主一出，即可削平西方，戡定禍亂一般，但不知現在的真主卻是何人，並於何時出現呢？」

後主嘆嗟了一會，便要攜著張太華同下峰去。回身看時，那太華帶了兩名宮人，離開自己站立之地，約有十餘丈路，在那裡看著峰下，指指點點，講論風景。後主連連招手，叫她過來，哪裡知道，驟然之間，黑雲湧起，將日光遮住，閃電如金蛇一般，在黑雲裡面亂竄亂射。

後主驚道：「方才紅日初升，雲翳全消，怎麼此時又黑雲蔽天，暴雨將至呢？這真是天有不測之風雲了。」一語未畢，已是狂風驟雨，打將下來。

後主忙著要找個地方躲避一下，誰知平空起了個霹靂，其聲之大，勢將撼搖山嶽，把後主震得目眩耳鳴，心驚魄蕩，幾乎跌倒峰頭。好容易撐持住了，抬頭看時，這一個巨雷已震得雨散雲收，那天上的紅日重又現了出來，覺得分外的光明了。

後主看自己身上已被暴雨淋得渾身俱濕，正在沒有主意，卻聽得宮人們連聲喧嚷，連忙回頭看望，只見那些宮人們，有的被雷震得昏暈在地；有的雖然沒有暈去，卻驚駭得玉容失色，抱定了頭，坐在亂石之上，都一個個如水淋雞一般，甚是可憐，此時正在那裡彼此詢問，所以喧嚷起來。

後主瞧著眾人的模樣，忽然念著張太華，她的膽子最小，在宮內的時候，遇著輕微的雷聲還要掩沒兩耳，驚得躲藏不迭；如今在這高峰之上，驀地遇到這樣的巨雷，不知驚惶到怎樣地步了，便向太華所立的地方望去。只見太華與兩個宮人一齊倒在地上。後主還道她們為雷聲所驚，昏暈過去，忙招呼了宮人，隨同自己親往看視。行至太華身旁，彎下腰去，連聲呼喚，太華沒能答應。後主好生詫異，便伸手在太華身上一摸，誰知那美麗無雙，才容絕世的張太華，已是香魂渺渺，七魄悠悠，竟被暴雷震死了！後主此時，好似一個失腳，跌入冰窖裡面一般，禁不住抱著太華的屍身，放聲大哭起來。

那些妃嬪宮人瞧見這般模樣，也聚將攏來，悲啼不已。有年長的宮人忙止住她們

道：「莫哭！莫哭！這是驚恐過甚，厥暈過去，可以救得轉來的。」當即止住了哭聲。那年長宮人便在太華胸前按摩起來，又命旁的宮人把同著太華驚死的宮娥，也照樣按摩，不可間斷。

按摩了半晌，那兩個宮娥卻慢慢的蘇醒轉來，微微的嘆了口氣，睜開眼道：「震死人了。」眾人大喜！再看太華時，已四肢僵直，毫無轉機。那年長的宮人知已絕望，只得停止按摩。

後主見兩個宮人雖已醒來，太華竟沒法救治，又不覺悲從中來，涕泣說道：「此皆朕之過也，朕若不登丈人峰觀看日出，何止送了美人的性命。如今美人這樣喪身，叫朕何以為情呢？」說著，又號啕不已。

眾妃嬪上前勸道：「死者不能復生，陛下還須保重龍體，不可過哀。況張妃子的屍身在這高峰之頂，也不是事情，必須設法運下峰去，備棺殯殮。」

後主經眾人再三勸解，方才略止悲哀，遂諭近侍，往九仙觀借了一張竹榻，把太華屍體陳於榻上，抬下峰去。在九仙觀內，備棺殯殮。

觀主李若沖知道此事，也甚吃驚，忙至觀前迎駕。只見那位張娘娘，已僵臥在竹榻上面，平日間玉笑花香的態度，不知哪裡去了。李若沖連連點首嘆息道：「在劫者總是難逃，任你富貴炙手，勢力熏天，也不能挽回造化的。」

李若沖在那裡嘆息著，後主御駕已至。李若沖連忙上前迎接，後主含著痛淚道：「朕的美人，竟在丈人峰上為暴雷震死，煉師道法高明，必知其故，豈知張太華造下了什麼罪惡，因此上天降罰，雷擊而死麼？但太華青年入宮，情性溫和，平日之間，服侍朕躬，小心謹慎，口不妄言，並無罪惡，為什麼要遭此慘死呢？朕實不解，望煉師明以教朕。」

李若沖奏道：「張娘娘之被震而死，乃是前因，並非造下罪孽，上干天怒，遭雷擊斃者可比。若是上天示罰，必用雷火誅戮，屍體焦黑，不忍看視。今張娘娘不過大數已盡，適當其道，所以被震而歿，豈可疑為造下罪孽，遭致天誅呢？」

後主道：「照煉師這樣說來，張妃之死，乃是適當暴雷之道，所以被震而死。但那兩個宮人，也與張妃同立一處，同被震死，何以兩個宮人加以施救，絕而復蘇，張妃卻不能救治呢？」

李若沖道：「這就是所說的大數了，兩個宮人數未應絕，所以遇救重生。張娘娘大數已盡，雖然加以救治，也難再活，便是這個道理。」

後主道：「即使張妃大數已盡，以她平日的為人而言，也應該在深宮裡面好好死去，為什麼要在這高峰之上，被雷震歿呢？」

李若沖道：「這又是貧道所說的前因了，凡人生於世上，一飲一啄，皆由前定，何況生死大數，哪有錯誤之理。張娘娘應該在丈人峰上，遭暴雷震死，早已由冥冥中註定了

的。古人說得好，『生有時辰死有地』便是指此而言。」

後主道：「煉師以為凡事皆有定數，如此言來，人生在世，只要聽之運數，任其自生自滅就是了，何必勞苦辛勤，早起夜眠的力行政務呢？」

李若沖道：「這又不然！大數雖由天命，有時也可以人力挽回的，如那水火刀兵之災，荒旱饑饉之難，若能勤修政治，預為防備，也有可以免去禍患的時候。所以說『君相能夠造命』；又道『人力可以勝天』，若事事委之命數，那又何必要這君相呢？總之，人生於世，應該盡我之力，防微杜漸，方是道理。如果人力已盡，尚難挽回，那便委之大數，也就無憾了。所以凡事雖有個運氣，人力卻不可以不盡的。如今張娘娘已死，也難復活，陛下也不必過於悲悼！只好好的殯殮安葬，也就不負平日的情義了。」

後主聽了李若沖一大篇議論，心內雖略略省悟，但是張太華乃係最寵愛的妃子，平常時候，相隨左右，寸步不離，現在忽然死去，心頭的悲痛總難解釋。但事已如此，只得傳出旨意，備棺盛殮；又命宮人們，把太華平素心愛的衣飾一齊替她穿戴起來，將紅錦龍褥裹好屍體，盛入棺中。後主又撫棺大哭了一場，方在九仙觀前，白楊樹下，掘土安葬。

後主葬了太華之後，又想起花蕊夫人抱恙在宮，未知已否痊癒，現在一個張太華已經死了，花蕊夫人若再有個長短，豈不是把自己心頭之肉都割去了麼？想到這裡，更覺放心不下，恨不能身生雙翅，飛回宮內，看視花蕊夫人才好。所以到得次日，便匆匆的離了九仙觀，啟蹕回去。那後主一路之上，淒淒切切，思念著張太華，回歸成都，卻非一日可至，未免要耽延幾日，我且不去提他。

單說那丈人峰的九仙觀內，自從後主把張太華葬在觀前白楊樹下，啟蹕去後，觀中的道士，每逢夜間，便聽得有女人悲吟之聲，其音淒怨異常，動人心肺；到了風雨陰晦之夜，且聽得有敲打觀門及女子行路之聲，那些道士十分驚懼，盡說是張太華死得淒慘，陰魂不散，所以顯魂，日子久了，恐怕變成殭屍，還要前來吃人哩！

這個謠言發生起來，便將這班道士嚇得魂不附體，天色方才傍晚，便將觀門閉上。大家躲躲藏藏，不敢出外行動，惟恐遇見鬼魂，傷了性命。

那座九仙觀，本是名勝的所在，相傳當初時候，有九個仙人，因遊玩丈人峰，曾經跨鶴而來，降於觀中，所以取名為九仙觀。因有這個靈異，那九仙觀的香火異常興旺，遊玩之人也陸續不絕，都是借住在觀中，所以觀中的收入很是不少。自從有女鬼顯魂，這番謠言傳說開去，非但遊玩風景的人不敢前來，便是燒香的人，也沒有這個膽量敢來輕易嘗試，踏這險地了。就此一來，好好的一座香火旺盛的九仙觀，竟弄得冷冷落落，蕭條異常。

那九仙觀的道士，雖然有些山地可以耕種，但是人數過多，靠著地產所出，哪裡夠得開銷？平常日間全憑著燒香的施生捐緣助款，和遊玩風景的人們寄宿觀中，收取宿費膳

資。如今因著鬧鬼，沒人敢來，便把九仙觀的生計斷絕了。

觀主李若沖每日只在雲房習靜，修煉功夫，觀中的各項事情，都派定職事的人擔任管理，他是絕不過問的。那些有職事的道士見連日來一些收入也沒有，眼見得一座熱熱鬧鬧的九仙觀，要被女鬼鬧得冰消瓦解了，若不早些設法挽救，恐怕噬臍無及。那些有職事的，便會齊了，一同來至雲房，面見李若沖，把所有的情形陳說一番；要請觀主設法挽回，並驅除女鬼，以免人心惶惑。

李若沖聽罷一番說話，便用好言撫慰道：「你們不用過慮，俺這九仙觀，數千年來的道場香火十分興旺，豈有被這個女鬼鬧敗之理？那女鬼的事情，俺久已知道，只因她死得甚苦，陰魂不散，一時又難托生，所以夜間出來顯魂，並不為祟，俺不能用法力去鎮壓她。現在既與本觀生計有關，俺於今晚當用言語點化於她，使之往好處托生，自然沒有禍患了。你們且去辦理正事，不用心焦，今晚可把觀門虛掩著，不必上閂，待我前去會那女鬼便了。」

眾職事聽了這話，知道觀主道法玄通，若去會那女鬼，定可無患，大家放了心，告退出外。

到了夜晚的時候，李若沖用了晚齋，也不帶道童，手內扶著一根藜杖，獨自一人，打從雲房慢慢的出來，行至觀門，見那門兒果然虛掩著，並未關閉，那些道士早躲得無影無蹤，一些聲息也沒有。李若沖道：「好個出家人，這樣貪生怕死，還修什麼仙、什麼道呢？」說道，隨手開了觀門，步將出去。

此時月淡風清，四圍靜悄悄的，萬籟俱寂，那棵楊樹的枝條被風吹著，在月光之下，搖曳不定。那種景色，陰黯黯的覺得甚是幽寂，若不是有道氣的人，在這樣淒清寥落的所在，便是沒有什麼鬼祟，也覺有些毛骨森然，何況還明知有女鬼出來顯魂呢？但是那李若沖，卻與平常人不同，他乃修煉有年，很具功行的，所以毫無恐懼之心，拄著杖，在月光下面徘徊瞻眺了一會，並沒有什麼影響，暗暗的想道：「那女鬼難道曉得俺前來會她，今夜竟不出現了麼？」

正在想著，忽然一陣風過去，天上的月色，好似被一層薄霧籠罩住了，那光兒更加陰森起來。

李若沖低低說道：「來了。」語聲未畢，已見那白楊樹側隱隱綽綽，似煙非煙，好像有個影兒，忽前忽後的好一會，便有個女子，一手扶著楊樹，一手拿著一方白綾巾，立在那裡，低鬟斂眉，口中低吟，其聲幽細，極其哀怨。

李若沖要看她作何行徑，絕不聲響，卻留著心，細細的聽她吟些什麼。那吟聲雖然十分幽咽，倒還聽得清楚，卻是一首詩。其詞道：

一別鑾輿經幾年，白楊風起不成眠；
常思往日椒房寵，淚滴衣襟損翠鈿。

其吟聲淒惻異常，李若沖聞其詩句，早已知是張太華的幽魂，便前行幾步，故意喝問道：「在白楊樹側低鬟微吟的，是人是鬼，可速速言來，若有半字虛言，須知本師法力高強，道術精通，便要將你打入九幽地獄，永不超升了，你可從實而言。」那女子聽了，竟毫不畏怯，反翩然向前，斂衽而言。

第二十五回　萬里朝天

李若沖在九仙觀前，白楊樹側，聽那女子所吟之詩，確是張太華的陰魂，便故意問她是人是鬼？

那女鬼見問，斂衽說道：「與煉師別來未久，何至相忘。妾非他人，乃蜀主之妃張太華也。因陪侍聖駕遊玩丈人峰，為雷震死，不能托生，欲求煉師超拔。」

李若沖道：「汝既係張太華之陰魂，何得每夜驚憂，使人心驚惶不安？」

女鬼答道：「妾非敢驚擾，只因欲求煉師超拔，不能徑入觀內叩求煉師，所以每夜在觀前盤桓，希望得見煉師，面陳衷曲。不意觀中諸人疑妾為祟，遂致驚惶不安，實非妾有意騷亂也。今日得能面見煉師，真是萬幸，望煉師憐念孤魂無依，沉淪苦海，大展法力，俯賜超拔，俾得向好處托生，那便永感鴻恩了。」

若沖道：「汝既欲求超拔，亟宜斂跡幽冥，須知人鬼殊途，不能相混，免得驚駭生人，擾亂本觀的道場本師當允汝所請，為汝修建醮事，使汝向好處托生，脫離苦海。」

女鬼聞言大喜，拜謝道：「既蒙煉師俯允超拔，妾願已遂，何用夜夜出現，從此當藏身地下，聽候好音，決不敢再行出外，驚擾世人了。」說著，又拜了兩拜，退至白楊樹下，冉冉而滅，霎時之間，絕無蹤影。

李若沖連連稱奇道：「世間竟有如此靈鬼，能與人覿面接談，據她說夜間顯魂，並非為祟，實欲求俺超拔，俺既允她建醮，倒要從速料理此事，不可使她在地下延頸盼望。」心中盤算了一會，也就退歸觀中，自行安睡。

到了次日，便將昨夜遇見女鬼，乃是張太華陰魂，欲求超拔，所以顯形，並非為祟，俺已允許了她的要求，從此便當斂跡泉臺，等候救度，決不出現了，說於眾道士。眾道士聽了此言，人人放心，個個歡喜。

自此以後，那張太華的幽魂，果然不出來哀吟，那些道士也就照舊出入，並不驚惶躲藏了。

這消息傳將開去，都說九仙觀李若沖煉師，道法高深，已將現形的女鬼，送往好處托生，九仙觀依舊太平無事了。人家聽了這個傳說，都相信李若沖是個仙人，便一齊前來建醮修齋，超度亡魂。那九仙觀的香火比前時更加興旺了。就是那些遊覽風景的人，也都陸續而來，紛紛不絕了。

那李若沖因答應了張太華的請求，便擇定吉日，啟建道場，虔修長生金簡，超度太華的靈魂，脫離苦海，移牒幽冥，使太華往好處托生。到得道場將畢，醮事圓滿。

這日的夜間，李若沖正在雲房，調息養氣，端然默坐。忽然一陣風過，似夢非夢的見張太華翩然而來，向他拜謝道：「妾蒙煉師超度，已可脫離幽冥，受生人世矣。今生投胎之期，感念煉師恩德，特懇求監守的鬼使，得其許可，領導前來拜謝鴻慈。」說罷，連連拜謝，又在雲房牆壁之上，用黃土寫了七絕一首，以堅若沖之信，方才跟隨鬼使前去托生。

李若沖驀然省悟，見自己身體仍然端坐在那裡，並未移動，那張太華的靈魂，已杳無跡兆。

若沖驚疑不已道：「明明的見那張太華向俺拜謝，說是仰蒙超度，已經受生人世，特求鬼使領來道謝的，怎麼又一無所有呢？她臨去的時候，還在壁間留詩一首，待俺看來。」便起身向壁間觀看，果然用黃土寫首一首詩在壁間，那字跡黯淡得很，細細辨別，卻還看得清楚，其詩道：

符吏匆匆叩夜扃，便隨金簡出幽冥；
蒙師薦拔恩非淺，領得生神九卷經。

李若沖看了這詩，嘖嘖稱奇，便用筆錄將出來。哪知壁上黃土所寫的鬼書隨錄隨滅，及至若沖抄錄完畢，壁間已一字無存了。若沖更加奇怪了。

到了次日，眾道士聞得此事，無一人不稱為奇事，傳為美談。不上幾日，這事傳到成都。後主聞知，命使至九仙觀，向李若沖詳詢一切，並將兩首詩帶了回去，呈於後主觀看。

後主看了這詩，十分傷感，又因李若沖超薦太華，使之托生人世，免致墜落幽冥，心內甚為嘉尚，便遣使命賫了許多金帛寶玩，賞賚若沖以示寵異，並報其超薦太華之功。

後人有詩一首，詠張太華創製鴛衾，導後主入於奢侈之途，以致在丈人峰頂，為暴雷震死，幾乎永沉苦海。若非李若沖道法高妙，哪裡還能受生人世。

其詩道：

鴛衾成時只一梭，鋪裝早屏舊綾羅；
清宵夢杳芙蓉帳，黃土留詩不忍哦。

單說後主自從九仙觀啟蹕回鑾，一路之上，只是思念著張太華死得可慘，心內不勝悲傷，時時哭泣！雖有妃嬪們再三勸解，也難減卻胸中的悲感。又因惦記著花蕊夫人的病體未知已否痊癒，惟恐有甚長短，又要失去一個美人，因此晝夜不安，恨不能立即便抵成都見著花蕊夫人，方好放心。真個是度日如年，好容易一程一程的趕向前去，到了成都，回至宮中，卻見花蕊夫人已率領全宮妃嬪前來迎接。

後主見她花容如舊，知道其疾已癒，心中的一塊石頭方始落下，便搶步上前，攙定花蕊夫人玉手，一面走一面問道：「卿恙已經痊癒了麼？朕身雖在外，心中無時無刻不掛念著卿的，如今託賴上蒼的福佑，病已脫體，真乃朕之萬幸！只可憐張太華，已經長逝人世，不能再見了。」後主說到這裡，已是哽咽起來，再也說不下去了。

花蕊夫人因為不見太華與後主同行，心內正在疑惑，今見後主說起太華，這樣悲傷，便知太華必遭不幸。只因後主那樣哀感，不便多問，便同入宮中，與眾妃嬪朝參已畢，問了一番遊覽青城山的情形。見後主已消了悲傷之念，方徐徐的問及張太華的事情。

後主見問，長嘆一聲，將如何至丈人峰觀看日出，如何忽起暴雷，張太華竟為雷震而亡，如何用紅錦龍褥裹了屍體，葬於九仙觀前，白楊樹下，然後啟蹕回來，說了一番，不禁又雙淚交流，十分痛惜。

花蕊夫人聞得張太華慘死於丈人峰上，也覺不勝傷感，惟恐自己若一哭泣，更加惹動後主憶念太華之心，只得忍住眼淚，婉言相勸。後主經花蕊夫人百般勸慰，也不得不略止悲懷；況且久別之後，一旦聚首，少不得互訴衷腸，喁喁細語，情話纏綿，自有一番樂境。

花蕊夫人更恐後主思念太華，鬱鬱於懷，有損龍體，格外的柔情宛轉，輕顰淺笑，引著後主尋歡取樂。後主本是個忘憂天子，被花蕊夫人施出手段，加意奉迎，便一心只在花蕊夫人身上，朝朝晚晚，追歡取樂，把個張太華早已拋在九霄雲外，不復記憶了。

時光迅速，轉瞬過了殘冬，又到上元燈節。蜀中向例，每逢正月望日，謂之元宵節，必定張燈三日，以志慶祝。這日夜間，後主循著舊例，於五鳳樓前高搭彩棚，架起鰲山，遍懸燈炬。

那鰲山上面，札成一套一套的故事，都用綾羅綢絹製成人物花卉，禽鳥鱗介，五色鮮妍，各式俱備。日間看去，已覺十分精彩；到了入夜之時，點起燈燭，光輝奪目。鰲山之旁，陳列妓樂，鑼鼓喧天，笙簧遍地。後主又傳旨任憑人民入內觀燈，不得禁止。真個是銀花火樹，金吾不禁，一派笙歌，與民同樂。

剛近黃昏，後主親登露臺，大宴群臣。到得酒酣之時，御駕直至曲闌之側，觀看燈彩。只見那些百姓，擁擁擠擠，紛紛擾擾，萬頭攢動，都是爭先恐後，搶至五鳳樓，觀看鰲山。兩旁的舞娼歌妓，更是笙簫迭奏，舞態翩躚。

後主見了那些歌舞的娼妓，不覺心中一動道：「宮內的歌舞，和梨園子弟所奏之曲，朕已聽得夠了，覺得陳腐可厭，今天既有民間的歌舞陳列於此，何不宣她們來此歌舞一番，不但藉此侑酒，且可以一廣眼界，豈不甚妙。」當即傳下旨來，宣召舞娼歌妓至露臺前奏技。

那旨意一下，這些娼妓哪敢遲延，便由內侍引導而來。歌者居右，舞者居左，分成兩行，各執樂器，排列露臺之前，舞的舞，歌的歌，夾雜著音樂之聲，抑揚頓挫，十分可聽。那舞的更是高低疾徐，進退中節。後主仔細審視，見那些娼妓皆係年輕女子，一個個花容月貌，錦衣繡裳，甚是嬌豔。

看到那舞娼隊中，有個梳著高髻的女子，容光更為奪目，不禁心動神移，暗暗喝采。只因剛才舞時，沒有留意，不知她舞得如何，便命近身內侍，去問那舞娼中，頭上梭著高髻，身上穿著藕香色繡花盤金舞衣的，叫何名字，可命她獨自一人，奏技與朕觀看。內侍奉了旨意，如飛而去。

不上片刻，便上來覆旨道：「那個梳高髻的舞娼，名喚李豔娘，年方十八歲，已奉了聖命，獨自奏技。」後主點了點頭，兩道眼光便直注在李豔娘身上，只見眾舞娼一齊退去，單剩了李豔娘一人在場，後主又傳命豔娘舞時，只奏細樂，不用鑼鼓。一聲旨下，鑼鼓齊停，只有笙簫管笛，宛轉悠揚。

那李豔娘便在這個時候，用手按了一按頭上高髻，緊了一緊身上舞衣，從容不迫的輕舒蓮步，軟擺柳腰，舞起天魔舞來。

但見她忽高忽低，或進或退，輕如飛燕，快如盤鷹，腰肢婀娜，體態輕盈，翻若游

龍，翩若驚鴻。舞到緊急之際，便如風雨驟至，只見衣袂飄飄飛動，騰起空中，卻不見她的身形，使看的人目蕩心驚，噤住了口，連氣息都不敢吐將出來。這樣的技藝，真是出神入化，世間罕有。

後主見了這樣的絕技，又生得那樣的美貌，心內如何不喜，便傳諭道：「李豔娘舞罷，可上露臺見朕，還有言語要詢問她呢。」

內侍又將此旨傳下。豔娘舞畢，便遵著旨意，珊珊的上了露臺，來至後主御前，俯伏在地，三呼萬歲。後主傳旨平身，豔娘謝恩起立。後主便細細的賞鑒她的姿容，真是遠看不如近看。那豔娘的美貌，的確無可比擬，便是那一身的肌膚，潔白如玉，令人見了，便要銷魂。何況美若太真豔如西施，一舉一動，莫不合宜；一顰一笑，亦足移人。後主望著她，不覺看出了神，反把個豔娘弄得羞慚滿面，不知如何是好。

後主看了半晌，方才含笑問道：「你叫李豔娘麼？」

豔娘低低的應了聲「是」。後主又道：「你頭上的髮髻，梳得高高的，和旁人不同，是何緣故？」

豔娘道：「賤妾因奉傳宣，前來五鳳樓奏技，所以梳得這髮髻，名曰『朝天髻』，乃是取朝見陛下之意。」

後主大喜道：「好個『朝天髻』，朕從前曾作一曲，名為《萬里朝天》，乃是說四海之內，萬里之外，皆來朝見朕躬的。你今天的髮髻，又名『朝天髻』，與朕的曲名，不謀而合，可謂具有同心了。朕意欲宣你入宮，不知你可願意麼？」

豔娘道：「賤妾蒲柳之姿，荷陛下厚恩，宣召入宮，哪敢違背。惟是妾家甚貧，父母年老，賴妾養贍。妾若入宮，父母失了依賴，必受饑寒之苦，還乞陛下開恩。」

後主道：「這個容易得很，卿之父母，朕當重加賞賚，使之得以溫飽便了。」當下便賜豔娘父母金錢十萬；豔娘遂即謝恩。後主又封豔娘為昭容，終日隨侍御駕，十分寵愛。

後宮妃嬪見豔娘如此寵幸，不免私心羨慕，一齊學著她的裝束，盡把髮髻綰得高高的，希望博得聖駕臨幸。這個風氣一開，連宮人們也梳起朝天髻來了，真是上行下效，捷於影響。

後人讀史至此，也有宮詞一首，詠李豔娘梳朝天髻，宮人互相仿效道：

露臺燈耀舞衣妍，一搦纖腰十萬錢；
進御乞頒新位號，梳將高髻學朝天。

後主自得了李豔娘之後，命她與花蕊夫人一同隨侍，愈加縱情酒色，恣意笙歌，把一座宣華苑點綴得花團錦簇，真是個朝朝寒食，夜夜元宵，富貴非凡，歡樂無盡。

一日，後主自覺得心中毫沒興趣，向花蕊夫人說道：「朕因日日宴飲，把腸胃也吃膩了。那宮人們的歌舞，梨園的奏曲，也覺得過於熱鬧，聽的歌聲，心內未免生煩。卿可有什麼新鮮而且清靜的消遣法兒麼？」

花蕊夫人笑道：「天天是這般笙歌聒耳，酒肉羅列，果然很是乏味。無怪陛下嫌它陳舊可憎，便是妾等，也實在沒有興趣了。如今陛下要另覓快樂之法。妾想九曲龍池裡面，蓮花盛開，陛下何不駕幸龍池，賞玩一番呢？」

後主道：「賞荷一事，原是最清雅的，但花酒相連，既然賞花，必須飲酒，到得酒酣之際，沒有歌舞，又覺枯寂得很，豈非仍舊不離舊套麼？」

花蕊夫人道：「賞花固須開宴，妾意所有菜餚均改用新鮮之品，不用那些山珍海味，卻傳旨於成都的漁人，命他們將才起水的鮮魚，輪番進御，把來或作膾，或作羹，或作湯。那才起水的魚，鮮味必佳，作了羹湯，既可醒酒，又能開胃，且無油膩之患；陛下再傳旨御廚裡面，命他們製備菜餚，須選時新的蔬果，避去油膩，惟尚清潔，這樣一來，那餚饌便鮮美可口，當與往日大不相同了。到了酒酣之際，陛下如果不喜歌舞，可命那些宮人蕩舟划槳，前去採蓮，在著藉花深處，紅妝綠袖，齊聲高唱採蓮之曲，出沒煙波之間，陛下倚闌而觀。待她們採得蓮花歸來，再由陛下點視，如有奇品異種，格外頒賞。那些宮女，聞得另有賞賚，必然踴躍從事，爭先恐後了，這不是很有趣味的事情麼？」

後主聽了花蕊夫人的言語，不禁拍手稱讚道：「卿的主張，真是超群脫俗，這樣安排，不但去盡陳腐，而且清雅得很！待朕傳旨出去，叫他們預備起來。」當即傳出兩道旨意，一道是命成都漁人，每人都要進獻初出水的鮮魚數尾；一道是命御廚房所備餚饌，屏除珍饌，均用時新蔬菜，以免油膩。

這兩道旨意傳將出去，御廚房自然購取時新蔬菜，置備起來。他們領了管家的銀錢，想著法兒去採辦時新之品，不過多費些手續，倒還容易照辦。惟有那些漁人，都是窮苦異常，每日靠著打魚，賣了錢來，作為衣食之費。現在奉了聖旨，要他們進奉才出水的鮮魚，都要揀大而且活的納入宮內。試想，他們費了許多氣力，搖著一隻小船，出去數十里或是百餘里方才打著活的鮮魚，原想把來賣了錢鈔，好去糴米買柴，養活家口，遷延歲月；忽然要每個漁人進獻鮮魚，以供御用。那些漁人怎麼不要叫苦連天呢？卻又不敢違逆聖旨，只得將那鮮魚送入宮內。還有那沒有打著鮮魚的，或是打到了，又嫌過小，不能進御的，種種困難之處，艱苦之狀，真是一言難盡。

那後主自傳出兩道旨意之後，便命近侍預備了許多採蓮的船，宣齊宮人，每隻船上派定宮人四名，兩名打槳，兩名採蓮，且要齊唱採蓮之曲。那些宮人奉命之下，也去預備起來，一個個打扮得玉笑花香，嬌豔異常，都在九曲龍池中的畫船上侍候著。那後主左攜花蕊夫人，右攜李豔娘，在一隻龍棹鳳槳的畫船上面，兩扇的文窗一齊開了，見左

右前後，環繞著幾十隻採蓮船。每隻船上四個宮人，都是高髻宮裝，玉琢的臂兒，帶著黃澄澄的金釧，映著亭亭的紅花，透在水面的綠葉，分外覺得嬌豔美麗，婀娜輕盈。那粉香花氣，融成一片，撲入鼻中，也分不出是花香、是粉香，只覺甜蜜蜜的令人嗅著，心曠神怡。

後主此時胸懷暢然，動了酒興，遂即傳命排宴，一聲旨下，廚船上把早已準備好的時新蔬菜，一樣一樣的端將上來。花蕊夫人與李豔娘，左右夾侍；近臣們卻列坐艙外，侍候傳喚。後主飲著酒，用著時新蔬菜，果然清爽可口，比那山珍海錯，另有一種風味。

飲了一會，便命將各漁人進奉的鮮魚，須要揀那肥嫩鮮活的，臨時開剝，做起膾來下酒。近侍奉命，傳宣出去。那些漁人，都捧了鮮魚，等候多時，聽得傳宣，不敢上前，隔著花枝，把鮮魚遞於內侍，送往廚船，立刻做起魚膾來。花蕊夫人曾有宮詞道：

廚船進食簇時新，侍座無非列近臣；
日午殿頭宣索膾，隔花催喚打漁人。

不多一會，奉上魚膾。後主吃著，鮮美非凡，連連誇獎花蕊夫人想的法兒真是不錯！酒至半酣，便命宮人們開始採蓮。

那些宮人奉了旨意，蕩起畫槳，船兒散將開來，爭向藕花深處。到了花叢裡面，一個個輕展珠喉，嬌音宛轉唱起採蓮曲來。那歌聲或遠或近，隱隱的在紅花綠葉之中，傳將過來，真個悠揚飄渺，入耳怡神。後主連稱有趣，舉起大杯，飲了一杯。再看採蓮的船兒在池中划來蕩來，宮女們一面唱、一面爭著採蓮；那水中的沙鷗，被蘭棹所驚，一齊撲撲的飛向兩岸。

那數十隻畫船，追逐奔馳，畫槳齊拍，那水珠兒濺將起來，把宮人的羅衣，盡皆濺濕。她們雖然濺濕了羅衣，還是爭先恐後的來往採蓮。後主此時，雙眼迷離，也辨不出哪裡是花，哪裡是人，但見穿來梭去，鬢影衣香，夾著花光，在面前晃漾不定。花蕊夫人也有宮詞，詠採蓮時的情景道：

內人追逐採蓮時，驚起沙鷗兩岸飛；
蘭棹把來齊拍水，並船相鬧濕羅衣。

後主看著那些宮人，蕩著畫槳，正在眼花繚亂之際，忽見她們唱著歌，把船頭一齊掉轉，如飛的直向御舟而來，把個御舟團團圍住，頓時都捧定了所採的蓮花，如戰勝歸來獻捷一般，將蓮花都安放於後主之前。

後主便命花蕊夫人同李豔娘，細細檢視，將那奇異的蓮花撿了出來，以便賞賚。兩人奉命點了一會兒，見有重臺的、並蒂的、並頭的、連理的，共計二十餘枝；其餘白的、紅的、金邊白底的、金邊紅底的，又有一百餘枝。兩人檢視清楚，啟明後主。後主便將採得重臺和並蒂、並頭、連理花的宮人，加以賞賜。那些採蓮的宮人，也各賞宮錦一匹。眾宮人受了賞賜，一齊歡喜，叩謝而退。

有一天，後主在宣華苑內，遍賜群臣宴飲，吩咐群臣，皆宜盡歡，不醉無歸，群臣頓首奉命。後主乃宣豔娘，當席而舞，梨園子弟，奏樂以和。後主到了酒酣之時，興致勃勃，便親自執著檀板，唱那韓琮的柳枝詞道：

梨園隋堤事已空，萬條猶舞舊東風；
何須思量千年事，唯見楊花入漢宮。

後主唱得聲韻嘹亮宛轉異常，群臣皆捧觴上壽，爭進諛詞，後主大悅。獨有內侍宋光浦，見後主荒於酒色，不以國事為心，甚是憂愁。意欲進諫，遂起身斟酒，獻於後主道：「陛下歌韓琮詞，臣亦記得胡曾有一詩，願歌與陛下聽之。」遂歌道：

吳王恃霸棄雄才，貪向姑蘇醉綠醅：
不覺錢塘江上月，一宵西送越兵來。

宋光浦歌得音節淒涼，惻人心肺。後主聽罷，甚為不悅，正欲譴責宋光浦。宰相李昊亦起身諫道：「宋光浦所歌之詩婉而多諷，望陛下三思之。」

後主道：「蜀中富庶，時值太平。宋光浦所歌之詩，未免擬非其倫了。」

李昊又奏道：「陛下宴樂深宮，久不預聞外事。現在宋主已平荊南，兵威所加，無不摧折。臣觀宋主，不類周漢，將來必定統一海內。為陛下計，不如遣使朝貢，免啟戎機。」

後主尚未應言，早有王昭遠趨前奏道：「蜀道險阻，外扼三峽，宋兵焉能飛渡？陛下何必稱臣入貢，自損威風呢？」

請續看《新大宋十八皇朝》（二）燭影斧聲

新大宋十八皇朝（一）躍馬天下

作者：許慕羲
發行人：陳曉林
出版所：風雲時代出版股份有限公司
地址：10576台北市民生東路五段178號7樓之3
電話：(02) 2756-0949
傳真：(02) 2765-3799
執行主編：朱墨菲
美術設計：吳宗潔
業務總監：張瑋鳳

出版日期：2024年4月
ISBN：978-626-7369-60-9

風雲書網：http://www.eastbooks.com.tw
官方部落格：http://eastbooks.pixnet.net/blog
Facebook：http://www.facebook.com/h7560949
E-mail：h7560949@ms15.hinet.net
劃撥帳號：12043291
戶名：風雲時代出版股份有限公司

風雲發行所：33373桃園市龜山區公西村2鄰復興街304巷96號
電話：(03) 318-1378
傳真：(03) 318-1378
法律顧問：永然法律事務所 李永然律師
北辰著作權事務所 蕭雄淋律師

行政院新聞局局版台業字第3595號 營利事業統一編號22759935

定價：380元

國家圖書館出版品預行編目資料

新大宋十八皇朝 / 許慕羲著. -- 初版. -- 臺北市：風雲時代出版股份有限公司, 2024.02-　冊；　公分

ISBN 978-626-7369-60-9 (第1冊：平裝). --

857.455　　112021758